上癮

ADDICTION

vol 3

柴雞蛋 著

I.

孫警衛再次看到白洛因，說的第一句話就是：「最近很閒嘛。」

白洛因迫不及待把包裡的項鍊拿給孫警衛看。

孫警衛愣了愣，問道：「什麼意思？」

和顧威霆一模一樣的反應，可見顧夫人的這條項鍊沒有任何一個人見過。

「這是我在顧海母親的房間裡發現的一條項鍊。」

孫警衛坐下來，面色平和地看著白洛因，「你想說什麼？」

「我覺得顧海母親的死和這條項鍊有關係，我問過顧海、也問過顧首長，他們都對這條項鍊沒有任何印象。」

孫警衛淡淡一笑，「這又能說明什麼？夫人的首飾那麼多，首長和小海怎麼可能一一都記得。何況夫人走了那麼久，就算他們對夫人的東西有印象，也變得模糊了。」

白洛因眼神很堅定，「我看了顧海母親的所有首飾，只有這條項鍊和其餘的首飾風格迥異。而且她的首飾都保存在專門的櫃子裡，只有這條項鍊扔在了一個不起眼的角落。」

孫警衛還是一副不為所動的表情，「像顧夫人這種身分，有人送她東西再正常不過了，說不定是她不喜歡，隨手就扔掉了。」

「不是。」白洛因很篤信自己的猜測，「她不會隨隨便便把這麼貴重的東西扔掉的，她一定是收到這條項鍊不久，就有了突發情況，一直到去世都沒來得及收起來。」

「洛因。」孫警衛站起身，拍了拍白洛因的肩膀，「我知道你一心想幫助小海，但是這件事沒你想得那麼簡單。當初顧首長為了查出真相，不知道花費了多大的力氣，結果還是一無所獲。既然對方能把事情做得這麼隱蔽，就一定有他不可抗衡的能力，我們再追究下去，說不定會牽扯出更大的麻煩。」

「他有多大的能力我不管，我只想查到一個真相，我不能讓顧海連自己的親生母親是怎麼去世的都不知道。」

看著白洛因固執的眸子，孫警衛臉上流露出幾分無奈。

「那你現在查到了什麼？」

白洛因拿起手中的項鍊，「這就是個線索，顧海母親的屋子裡出現一條莫名其妙的項鍊，而且一反常態地沒有保存起來，光是這兩點就值得懷疑。」

「你也說了，僅僅是懷疑，當初我們懷疑的東西比你多得多，可追究下去，什麼答案也沒有。我知道你很聰明，也很優秀，但是這些東西真的不是你該想的。」

「難道您不覺得這條項鍊是個暗示麼？」白洛因的情緒變得有些焦急，「顧海母親是收到這條項鍊之後才出事的，這條項鍊是誰送給她的？那個人的目的是什麼？……」

「好了。」孫警衛再一次打斷了白洛因，「孩子，回去吧，已經不早了。」

「可是……」

白洛因還想再說，孫警衛的手機響起來了，只好暫時閉上嘴。孫警衛一邊接電話一邊朝外走，白洛因跟了出去，過程中稍微穩定了一下情緒，暗示自己不要著急。

孫警衛撂下手機，抱歉地朝白洛因笑笑，「首長找我，我得馬上過去。」

白洛因還想開口，但是看孫警衛的臉色，已經沒法繼續下去了。

回去的路上，白洛因的心情很陰鬱，他以為孫警衛會因為自己的這點發現而喜出望外，結果卻截然相反。儘管孫警衛的臉上一直帶著笑容，但是白洛因能看出他眼神中的鄙夷，是的，這麼大的一個謎案，又過去了那麼久，誰會相信他一個學生能解開謎團呢？

可是白洛因隱隱間又覺得，其實事情沒有那麼複雜，是他們刻意把事情複雜化了。

也許，真相就在頭頂上方，只要稍稍一伸手就搆到了。

雖然倍受打擊，可白洛因不停地鼓勵著自己，別人越是覺得沒可能的事情，他越是要做到！他就是這樣一個人，愈挫愈勇，倔強頑固，如果這麼輕易就放棄了，他就不是白洛因了。

「你怎麼又來了？」

姜圓愕然地看著站在門口氣喘吁吁的白洛因。

白洛因二話不說，直接衝上二樓，直奔顧夫人的房間。

姜圓嚇得跟了上去，看到白洛因焦急地翻找著什麼，沒一會兒的工夫，乾淨整潔的房間就被他弄得亂七八糟。櫃子裡放好的東西全被折騰出來，沒輕沒重地撇在一旁，看得姜圓心驚膽顫的。

「我的寶貝兒啊，你可別亂來啊，你要是把她的東西弄壞了弄亂了，顧海會和我玩命的，老顧也會給我臉色看的。」

白洛因恍若未聞，一個勁地在抽屜裡翻找著。

「兒子，你到底在找什麼啊？你說出來，媽媽幫你找。」

白洛因依舊我行我素，他把櫃子裡和抽屜裡所有的首飾盒都打開了，裡面全都存放著首飾，沒有一個空盒子。白洛因突然意識到了什麼，如果夫人的項鍊隨便丟在了一個地方，那盛項鍊的錦盒肯定也不會規矩地在櫃子裡。他的目光上移，很快發現了梳妝檯上的一個不起眼的小盒子，拿過來一看，是空的，再把項鍊往裡面一放，正合適！

眼神裡難以掩飾的激動。

「這個首飾盒一開始就是空的麼？」白洛因扭頭朝姜圓問。

姜圓一臉發愁的表情，「我還要說多少遍你才會相信？她的東西我從來沒有動過，以前是什麼樣，現在還是什麼樣。」

白洛因走出顧夫人的房間，坐在客廳的沙發上，再一次打開了首飾盒。和別的首飾盒沒什麼不同，只是沒有商標罷了，不對，是有商標的，只不過標在了盒子裡面的絨布上。白洛因仔細看了看絨布上面的英文標識，ＤＡＮＧＥＲ，危險。

白洛因的腦袋轟的一下炸開了。

他衝到顧夫人的房間，將正在收拾東西的姜圓拽了出來。

「我有事求妳。」

這是姜圓第一次在白洛因的臉上看到他對自己的需要。

「和我還說什麼求不求的，你說吧。」

「妳認識珠寶首飾界的專家麼？」

姜圓猶豫了一下，「我倒是不認識，但是我有很多好姐妹，她們中估計會有認識的。怎麼了？你是想做珠寶鑒定？」

白洛因穩定了一下情緒，不緊不慢地說：「我只有一條紅鑽石項鍊和一個首飾盒，妳能憑藉這兩樣東西，追查到這條項鍊的產地和出處麼？」

「紅鑽石……」姜圓的眼睛微微瞇起，「你指的是老顧前妻項鍊上的那一顆？」

白洛因點點頭。

姜圓的表情很謹慎，「據說紅鑽石是很罕見的，有些從事珠寶行業的資深人士都無緣見識到，我也只見到過這麼一顆。既然它這麼稀有，每一份成交紀錄應該都是很詳盡的，我不敢斷言一定能查到，但是我會盡力而為的。」

姜圓這麼一說，白洛因心裡就有譜了。

兩天之後，姜圓再次找到了白洛因，交易紀錄和項鍊全都交到了白洛因的手上。

白洛因再一次找到了孫警衛。

消停了兩天，孫警衛以為白洛因知難而退了，沒想到他又拿著所謂的「線索」找到了他。這一次不光有項鍊，還有一疊厚厚的資料。

本來，孫警衛打算隨便翻看一下就把白洛因打發回去，結果剛拿起那疊資料，就被一個名字揪住了目光——Calun。

第一次聽到這個名字是在顧威霆的口中，也就是三年前，顧威霆負責那個武器研發工程的時候，美國的軍工業巨頭派人過來交涉，想購買這份軍事機密，結果遭到了拒絕，而當時過來交涉的人就叫這個名字。

為了進一步確定是否就是此人，孫警衛繼續往下看，果然看到了交易人的詳細資訊。的的確確就是那個人。

「你是從哪得到的這份資料？又是從哪找到的這條項鍊？」

此時此刻，孫警衛看向白洛因的眼神發生了改變，他沒想到，積壓了三年的疑案居然在一條不起眼的項鍊上找到了突破。更令他沒想到的是，發現這個小細節的人竟然是一個普通的孩子。

白洛因把自己發現這條項鍊以及追查到購買人的全部過程很詳盡地告訴孫警衛，孫警衛聽得很認真，白洛因說完之後，朝孫警衛問：「您認識這個人？」

「不瞞你說，這個人就是當初美國軍企派過來的交涉人。」

白洛因五指攥拳，目露精銳之色。

「Calum 一定是打聽到了顧首長交付軍事機密的日期，但是沒能打聽到具體的線路。他把這條項鍊送到顧海母親的手裡，暗示她首長本次任務會有危險，為的就是通過她打探到軍事機密的運送線路。因為 Calum 篤定顧海母親一定會去找顧首長，只是沒料到顧首長最後會來這麼一手……當然，這也僅僅是我的猜測，因為我就知道這麼多。」

孫警衛的表情從未這樣凝重過，但他還是肯定了白洛因的大部分猜測。

白洛因擰了擰眉，繼續說道：「但這也僅僅是推理，沒有確鑿的證據，還是無法讓顧海信服。比如，顧海母親是如何獲知顧首長行動的線路的？這才是問題關鍵，如果這個問題解決不了，一切答案都無從談起。因為當時知道這條假線路的人很多，其中也包括顧首長，如果他派人給顧夫人捎信兒，也不是沒有這種可能。」

「其實，可以去找一個人。」孫警衛自言自語地說道。

白洛因眸色一沉，「誰？」

「他叫甄大成，是原總參二部七局局長，也是顧海的舅舅，總參二部是負責軍事情報搜集工作的，甄大成的實力不容小覷。」

「那你們為什麼沒在事發後第一時間找到這個人？」

孫警衛一臉正色，「這是組織上的紀錄，誰也不容違抗。何況他和夫人斷絕兄妹關係很久了，沒有追查的必要。」

白洛因明白了，也知道自己該怎麼做了。

孫警衛卻冷聲命令道：「你絕對不能去找他，我也只是說說而已，這個人沒有追查價值。而且他這個人很怪，你去了只會給自己找麻煩，絕對得不到一點兒好處。」

白洛因心裡暗暗回道：「只要有一絲希望，我都要去嘗試。」

臨走前，孫警衛還朝白洛因叮囑了幾句。

「記住，我們談論的所有內容都不要讓首長知道，他已經夠累的了，別再重新折騰他一次了。」

白洛因點點頭。

2.

穿過庭院外小園香徑，聞著叢林間鳥鳴蟲叫，白洛因來到了甄大成中式豪宅的高闊大門前，被兩個警衛攔住了去路。

「幹什麼的？」

「我找甄大成。」

警衛將白洛因上下打量了一番，沉著臉問道：「證件呢？」

白洛因把身上僅有的學生證和身分證都拿了出來，其中一名警衛走了進去，另一名警衛像是防賊一樣地盯著白洛因，帶刺兒的目光扎得白洛因渾身上下都不舒服。

過了一會兒，那名警衛走了回來，揚揚下巴，示意白洛因進去。

這麼簡單就能進去？

因為孫警衛事先的提醒，白洛因已經做好了被轟出去的準備，沒想到竟會如此順利。

結果，到了裡面，白洛因才發現他大錯特錯了。

進了大門，才僅僅是第一步。

庭院大得令人咋舌，在土地如此緊張的當下，私人擁有如此寬敞豪華的庭院真是暴殄天物。院子中央有個魚塘，初春的清晨，水面上結了薄薄的一層冰，池水很清澈，可以看到冰層下面的魚兒歡快地游動著。

距離魚塘不遠處有著幾棵老樹，每棵樹的枝杈上都掛著三、四個鳥籠子，裡面的鳥吱吱喳喳叫個不停。還有隻會說話的鸚鵡，一個勁地在那兒說著：「你好、你好！」，白洛因往前走了一步，就聽到大狗的狂吠聲。

是一隻兇猛威武的奧達獵犬，很少見的犬種。

白洛因禁不住一喜，暫時忘了自己所來的目的，上前去逗這隻狗。起初這隻奧達獵犬還一副殘暴兇猛的架勢對著白洛因，好像靠近不得碰不得，一般人早就敬而遠之了，白洛因偏偏就不吃這一套，過了不足兩分鐘的樣子，這隻狗就和白洛因打成一片了。

「你本事不小啊！」

聽到聲音，白洛因身體一僵，剛才高興過頭了，連身後站著一個人都不知道。趕緊轉過身站起來，看到一張極其普通的男人臉，這種人在街上一抓一大把，如果不是在這裡看到，白洛因肯定不會把他往高官身上聯想。

「我的這隻狗只認主人，你是第一個能靠近牠的外人。」

白洛因神色一凜，「您是甄先生麼？」

甄大成點點頭，「我就是。」

白洛因心裡訝然，都說這人很怪，我也沒看出來哪兒怪啊！

「甄先生，我有事情想求您幫忙。」

甄大成淡然一笑，「我知道。」

白洛因還未開口，甄大成就繞過他，走到樹根兒底下逗鳥去了。白洛因覺得這兒不是說話的地兒，他要等甄大成把自個的事情忙完了，再鄭重其事地和他說。

甄大成逗完鳥，看都沒看白洛因一眼，自顧自地朝正對面的廳堂走去。

白洛因沉默地跟在後面。

到了廳堂門口，甄大成進去了，白洛因被攔在外面。

「我有事情要和甄先生談。」

站在門口的人一副殭屍臉。

「我知道，但是甄先生現在有事要忙，沒空和你談，你先在外面等著吧。」

白洛因順著窗口朝裡面看了一眼，甄大成什麼事兒都沒有，就在那一個人喝茶呢，多麼好的聊天契機啊，可就是乾著急進不去。後來白洛因也想通了，像甄大成這種人物，哪個不得擺點兒架子？既然讓他在外面等，那就乾脆等好了。

這一等就等到了中午。

白洛因早晨就沒吃飯，肚子早就餓得叫喚了，瞧見有人給甄大成送飯進去，覺得這會兒想進去估計沒戲了，於是打算吃完飯再來。

走到大門口，又被那兩個警衛給攔住了。

「我要出去。」

「出去也需要甄先生的批示。」

白洛因只好又原路返回，再一次來到廳堂外面，對門口的人說：「麻煩您幫我進去通報一聲，我想先出去吃個飯。」

殭屍臉一副漠然的表情說道：「先生用餐的時候不能隨便進去打擾。」

白洛因只好接著等。

這一等又是一個多小時，終於看到有人端著吃剩下的餐食走出來了。

「現在可以幫我通報一聲了麼？」

殭屍臉木訥地走了進去，沒一會兒又木訥地走了出來。

「先生說了，你要出去可以，出去就別指望進來了。」

白洛因驀地愣住，看了看殭屍臉，沒有一丁點開玩笑的意思。他攥了攥拳，心裡暗暗給自己鼓氣，餓一會兒怕什麼，既然他已經讓你進來了，就等於答應了一半。剩下的一半機會需要你自己創造，一定得耐住性子，讓他看到你的誠意。

這麼一想，白洛因的心又靜下來了。

甄大成吃完飯，其他的人也紛紛去吃飯了，只剩下白洛因一個人站在院子裡。

兜口裡手機在響，一看是顧海的電話。

「在哪呢？」

白洛因隨口回道：「在家呢。」

「今兒中午吃了什麼？」

白洛因想了想，「吃了餃子。」

「草，真尼瑪幸福啊！我和虎子出來吃了，又點了一堆中看不中吃的玩意兒。」

你知足吧……白洛因心裡暗暗說。

顧海問：「晚上回來麼？回來給你煮麵條吃。」

這會兒想起顧海煮的麵條，突然間覺得好美味。

「沒準呢，我要是回去會提前打電話告訴你的，你先吃飯吧。」

「嗯。」

手機掛斷，白洛因歎了口氣，扭頭朝廳堂裡瞅了兩眼，竟然沒看到甄大成。他心裡一緊，又挪動了一下位置，伸著脖子往裡看，還是沒看見甄大成。

「甄先生呢？」白洛因朝殭屍臉問。

「甄先生出去了。」

「什麼時候出去的？」白洛因一驚。

「就在你剛才打電話的時候。」

白洛因懊悔不已，忙問殭屍臉甄大成去了哪裡，殭屍臉往那一戳，眼睛一閉，一句話都不回了。白洛因只好自己在院子裡找，終於，在最西邊的那間臥房，看到了脫外套準備睡午覺的甄大成。

不用問也知道，他肯定進不去。

中午的太陽很大，晒得人直發睏，白洛因打了個哈欠，伸了個懶腰，無聊地看著院子站著的其他人。除了殭屍臉，每個房間門口都有人把守著，白洛因禁不住想，這個甄大成到底惹了多少人啊？竟然派這麼多人給他守門。

而且白洛因發現，這些人都是訓練有素的殭屍，往那一站動都不動，剛才全都睜著眼，這會兒全閉上了，院子安靜得出奇，只能聽見鳥叫聲。

沒一會兒，一陣隱隱約約的鼾聲傳來。

白洛因仔細聽了一下，不像是屋子裡發出來的，況且這裡的每個房間隔音效果都相當好，即便是打呼也聽不到。

可他剛才聽得真真切切的。

白洛因忍不住側目，發現旁邊站著的殭屍閉著眼睛，胸脯隨著鼻息一起一伏。白洛因小心翼翼地朝他靠近，結果鼾聲越來越大，很明顯是從他的鼻子裡發出的。

草！白洛因心裡訝然，這幫傢伙不會是站著睡覺吧？

事實證明，白洛因的想法是正確的，外面所有閉著眼站立的人都在睡覺。白洛因忍不住打了個寒噤，心裡突然想起了孫警衛的忠告，這裡貌似真的是個不祥之地。

又站了兩個多小時，白洛因連個瞌睡都不敢打，生怕一個瞌睡過後，甄大成又從他眼皮底下溜走了。

終於，白洛因等到了甄大成從床上坐起來的那一刻。

睏倦的神經一瞬間精神起來。

白洛因挺直腰板，注視著甄大成穿衣服、下床、在屋子裡踱步、坐下喝水、接電話……然後，邁著輕緩的步子朝外走。

終於熬到頭了，白洛因趕緊走到門口候著。

甄先生的身影出現在白洛因的視線中，他的臉上是帶著笑容的。

白洛因覺得時機差不多了，往前跨了一步，「甄先生……」

「哈哈哈……老李，你總算來了！」

突然一陣熱情的寒暄和身後的笑聲震醒了正在作美夢的白洛因，他轉過身，甄大成已經和另一個男人摟抱在一起了，兩個人有說有笑地從他身邊走過，進了另一間屋子。

白洛因站了好久才挪動步子，繼續走到那間屋子外面靜候。

兩個男人坐在裡面下棋，一盤棋才剛剛開始。

「你站在這裡會影響先生下棋的，請到那邊等候。」又一個殭屍臉朝白洛因伸出手，表面上是恭送，實則是驅趕。

為了心中的謎底，白洛因再一次忍受了這份屈辱，站到稍遠一點兒的地方等候。

天色漸漸暗了下來，轉眼間又到了吃晚飯的時間。

甄大成和那位棋友在屋子裡共進晚餐，香味兒順著窗口溜了出來。

白洛因嚥了口唾沫，他已經沒有退路了，現在出去，之前的努力全都白費了。只好拿起手機，給顧海發了條簡訊，告訴他自己不回去了，便繼續忍受飢餓的煎熬。

這一頓飯又是兩個小時，白洛因已經感覺不到餓了，大概是餓大勁兒了。

他現在只祈求甄大成能趕緊出來，哪怕給他五分鐘的說話時間，他就知足了。

終於等到了棋友離開，甄大成出來送他到門口，白洛因沉默地跟在後面，兩條腿已經麻了，走路的姿勢都有點兒變形了，可眼神裡仍舊帶著小小的興奮。

這一天馬上就要過去了，到了這個點兒，他應該沒什麼事了吧？

看到甄大成走回來，白洛因緊走兩步迎了上去。

「甄先生，我們……」

「你還沒走啊？」甄大成對白洛因的存在表示訝然。

白洛因很平靜地告訴他，「我一直在等您。」

甄大成點點頭，就沒再說什麼，逕自地走進臥房，白洛因在門口被攔截住。

然後，眼睜睜地看著他在裡面看電視，然後他夫人回來了，兩個人一起看電視，再然後，屋子裡的燈滅了。

白洛因的心也跟著寒了。

外面的人已經換了一批，這一批看起來更威猛，幽暗的燈光打在他們的臉上，看起來陰森駭人。

看來，要在這裡蹲一宿了，白洛因點了一枝菸，無聊地看著院子裡的布局，這會兒才發現，這裡不像是個人家，倒像是個禪院，難不成甄大成還吃齋念佛？白洛因被自己這個想法逗笑了，信佛的人能有這麼狠毒的心麼？

白洛因正在自娛自樂，突然感覺頭頂上一股寒意，他猛地抬起頭，一個人正端著一個大盆。他還沒反應過來，一盆涼水就那麼潑下來了。浸濕了棉衣、羊絨褲、順著脖頸子流到裡面，每一股水流都像是一把冰刀，戳刺著他皮肉下面的一根根肋骨。

剛剛開春，夜裡極寒，白洛因被凍得猛然間跳起，拽著施暴者的衣領，哆嗦著薄唇問：「為什麼用涼水潑我？」

施暴者面無表情地看著白洛因，「這裡不能抽菸，我只是幫你把菸熄滅。」

白洛因牙齒凍得嘚嘚作響，揮出的拳頭都帶著冰碴子。

施暴者再次開口，「這裡不能大聲喧譁，如果想打架，我可以帶你出去。」

白洛因的身體僵硬得如同一塊石頭。

到了後半夜，白洛因的衣服已經結上一層冰了，頭髮被凍成了冰棒，一根根地搭在腦袋上。他感覺自己的腿已經凍麻了，完全沒了知覺，這會兒要是截肢，都不用打麻藥。為了讓自己暖和起來，白洛因開始在院子裡跑動，結果他一跑狗就叫，狗一叫殭屍臉又過來了。

「這裡不能大聲喧譁。」

白洛因徹底體會到了飢寒交迫的感覺，這還勉強可以忍受，最讓人不能忍受的，是無休止的等待和看不到邊的希望。

白洛因走到距離甄大成臥室最遠的那個牆角縮著，給顧海打電話。

深夜裡，顧海的聲音聽起來那麼溫暖。

「這麼晚還沒睡？」

白洛因手抖得厲害，「我有點兒冷，你陪我說說話。」

顧海的口氣中帶著滿滿的心疼，「你傻不傻啊？冷了就多蓋一床被子麼！和我說話管屁用啊？再去櫃子裡抱一床被子出來，麻利兒的[1]，別犯懶啊！」

白洛因笑得很艱難，「不去，就想和你說話。」

顧海頓了一會兒，語氣又柔和了幾分。

「是不是想我了？小寶貝兒？」

一陣冷風猛地飆過來，白洛因趕緊縮起脖子，結果還是被凍得呼吸困難。這種冷直接往骨頭縫兒裡鑽，侵蝕著白洛因僅存的那點兒意志，他覺得眼前一片模糊，心裡的警鐘不停地敲擊著，絕對不能暈倒，暈倒了他們肯定會把你扔出去的，出去了就進不來了。

「怎麼不說話了？」

白洛因咬著牙挺了一會兒，聽著手機那頭傳來的呼吸聲，心裡終於暖了些。

「大海，你抱抱我吧。」

「因子乖，我抱著你呢，快點兒睡吧。」

1：做事速度迅速。

3.

白洛因就這麼忍著忍著，最後不知道怎麼就睡著了，醒來的時候天都亮了，奧達獵犬蹲在不遠處的籠子裡盯著他看。白洛因身上除了眼睛，其餘的部位全都動不了了，他木然地看著清潔人員在院子裡晃動的身影，靜靜地等著肢體恢復知覺的那一刻。

甄大成一大早就出門了，中午回來的時候白洛因還坐在那個角落裡。

「那是誰？」甄大成朝門口的警衛問。

警衛小聲匯報，「就是昨天來找您的那個人。」

甄大成的目光中流露出幾分詫異，他以為白洛因早就走了，沒想到還堅守在這。而且看他這副模樣，應該是在外面待了一宿吧。

小夥子，意志夠頑強的，我看你能撐到什麼時候！

白洛因看到甄大成，勉強扶著牆站了起來，衣服上的冰已經化了，到現在還是濕的，又在牆角蹲了一宿，上面蹭滿了泥。他就用這副狼狽的模樣，一步一步地朝甄大成走去，側臉的輪廓依舊那樣倔強。

「甄先生，請問您今天有時間麼？」

甄大成站住腳，回過頭瞧了白洛因一眼，輕笑著說：「有。」

白洛因表情一怔。

甄大成接著說，「但是我沒心情。」

白洛因斗膽問了句，「那您要怎樣才能有心情？」

「想要和我聊天，起碼要把自己弄得乾淨一點兒吧。」

白洛因神情一凜，再想開口的時候，甄大成已經轉身離開了。

中午，溫度最高的時候，白洛因打了一盆涼水，把身上的棉襖和褲子脫下來，用力地搓掉上面的泥水。他不僅要忍受著寒冷和飢餓，還得忍受著那些嘲笑的眼神和明晃晃的鄙視，從小到大，他遭受到的屈辱都不如在這裡三十幾個小時遭受的多。

終於洗好了，白洛因把衣服晾在了後院的晾衣杆上。然後就找了一個陽光充足的地方晒晒太陽，從口袋裡摸出手機，發現已經沒電了。白洛因已經沒轍了，到了這個份上，他也只能在這等了，希望能有個結果，不然他就沒臉回去了。

傍晚時分，白洛因去看自己的衣服，結果發現晾衣杆上其他的衣服都掛得好好的，只有他的棉衣和褲子掉在地上，而且不知道被踩了多少道腳印。

白洛因撿起來，聽到身後傳來一陣鬨笑聲。

他強忍著心頭的憤怒，頭暈腦脹地走到水龍頭底下，又把衣服涮了一遍。眼瞅著快要乾的衣服又一次濕透了，白洛因的心裡也凍上了一層冰，他不恨這群看熱鬧的人，他憐憫他們，憐憫他們活在這個沒有人情味兒的地方。

沒法再把衣服掛在晾衣杆上了，白洛因只好站在一塊空地上，兩隻手提著自己的衣服。

天又黑了，這一天又過去了。

白洛因已經兩天沒有吃東西了，站著的兩條腿都有些發軟。

一陣飯香味飄過來，白洛因暫時找個地兒坐下，手裡攥著那兩件濕衣服。

突然，一個饅頭滾到了他的腳邊，混雜著白麵和泥土的香氣。白洛因的胃突然間開始抽搐。他憤怒地抬起頭，看到一個比自己還小的孩子站在他的面前，笑嘻嘻地看著自己。剛才的饅頭就是他扔過來的，而且，他還在上面踩了一腳。

一直到所有人都睡下，白洛因都沒有再瞅那個饅頭一眼。

這一晚比上一晚更難熬，沒有棉衣和褲子的遮擋，寒風就那麼無情地往薄薄的衣服裡面灌。他沒法蹲著，怕稍不留神衣服又蹭上土，他還沒法動彈，怕弄出動靜吵醒沉睡中的獵犬。他只能這麼站著，像是一尊雕塑，靜靜地等待著清晨的來臨。

第三天一早，甄大成從臥房裡踱步而出，看到筆直的身影佇立在門口。乾淨的著裝，慘白的一張臉，青紫的嘴唇，炯炯有神的目光。

白洛因艱難地開口，像是有人在用刀刮著他的嗓子。

「甄先生，早上好。」

甄大成平凡的一張臉上終於露出了不平凡的表情，他上下打量著白洛因，似乎想從他的身上發現投機取巧的痕跡，然後找了許久都一無所獲。這一刻甄大成才開始正視白洛因，一張英俊剛毅的面孔，一雙堅韌倔強的眼睛，一份非比尋常的氣魄。

他忍不住在想，假如他一直這麼冷落著白洛因，白洛因會不會等到死？

許久過後，甄大成拍了白洛因的肩膀一下，發現他的衣服是凍著的。

「請進。」

白洛因聽到這句話，感覺自己像是闖了一次鬼門關。

「甄先生，我這次找您來……」

「你不用說了。」甄大成晃了晃手指，「我知道。」

「您知道？」白洛因有些驚愕。

甄大成把白洛因的身分證和學生證還給他，淡淡說道：「我看到這些，就知道你來找我是什麼目的。只不過我沒想到來的人是你，我以為第一個來找我的人會是顧海。」

白洛因激動得手指都在發抖，既然甄大成都這麼說了，證明他肯定是這個事件的知情者。如此一來，他做出的那些猜測也就順理成章地連起來了，顧夫人先是收到了暗示，然後迫不得已來求自己的哥哥，想讓他提供軍事情報，結果甄大成蒐集到的情報也是假的，這樣一來，顧夫人就陰差陽錯地上了那輛出事的車……

白洛因將自己所知道的一切都告訴了甄大成，希望甄大成可以提供顧夫人找他查問情報的證據，並保證這些證據一定不會流落到他人的手裡。

甄大成靜靜地聽完，並沒有如白洛因所料，露出驚訝或是為難的神色。

他很平靜，平靜得像是什麼都沒有聽到。

白洛因緊張地等著答覆。

過了很久，甄大成才開口說道：「如果我說，她是自殺的，你相信麼？」

白洛因身形劇震。

「如果我說，她一開始就知道這條線路是假的，而我也知道這條線路是假的，你會作何感想？」

白洛因冒出的冷汗在這一刻驟然乾涸。

「我是家裡的老大，她是最小的那一個，是我的老妹子，我最喜歡的一個妹子。但是從她嫁給顧威霆的那一天起，我就和她斷絕了一切往來，因為我猜到會有那麼一天，她會為了這個男人犧牲掉什麼。我故意冷卻我和她的這段感情，就是怕傷害來的那一天我會扛不住，結果，還是來了，而且是我親手把她送上死路的。」

白洛因什麼都明白了。

「我到現在還記得，那天她找到我，跪在我的面前，求我告訴她顧威霆的整個計畫。我很明確地告訴她，顧威霆就在一輛計程車上，她只要靜靜地在家等著就行了。她說不可以，如果她不上那輛車，如果她坐以待斃，對方一定會繼續追查顧威霆的下落，一旦查到他在一輛毫無防備的計程車上，他必死無疑。」

說到這裡，甄大成的眼睛裡浮現幾絲痛苦。

「我說這僅僅是一種可能，還有另一種可能，他沒被搜查到。她告訴我，她上了那輛車，也有兩種可能，一種是她死了，另一種是她沒死。既然都要冒風險，那這個風險就由她來承擔好了。」

這一刻，白洛因突然間明白，顧海錚錚鐵骨下掩藏的那顆柔軟的心是源自誰的恩賜了。

「那個時候，我對自己的這個身分深惡痛絕，我經常會想，我為什麼要承擔這樣一個職務？如果對方不知道她的哥哥掌控著祕密情報，又怎麼會去威脅一個手無縛雞之力的女人？如果我手裡沒有這些東西，縱然她把槍指著自己的腦袋，我也沒本事把她送上死路啊。」

甄大成懊悔自責的表情和之前折騰白洛因的漠然形成了鮮明的對比。

白洛因想，他應該是一個把傷痛掩藏得極深的男人。

「你知道我為什麼要放你進來，又和你說這些麼？」

白洛因試探性地回答：「因為我的堅持感動了您？」

雖然他心裡是這麼想的，可說出來還是有點兒沒底氣。

甄大成笑了笑，「因為我的狗沒有咬你。」

白洛因：「……」

「如果你沒有把牠馴服，你就是在這等到死，我也不會看你一眼的。」

白洛因不知道自己該哭還是該笑。

「這條狗我養了十多年了，在我的印象裡，牠只老實了兩次。第一次是我妹妹來這裡求我，第二次就是你來這裡求我。我始終覺得，狗比人更可靠。」

4.

和白洛因失去聯絡之後，顧海第一時間打了白漢旗的電話，結果才知道白洛因這兩天都沒有回家。他用各種方式尋找白洛因，都沒有他的任何消息，再聯繫起白洛因之前的種種不正常，心裡開始被強烈的不安籠罩。

顧海在街上徘徊了整整一夜，急得眼冒金星，這個王八羔子去哪了？為什麼總是這樣莫名其妙的失蹤？為什麼每次做事之前都不想想後果，都不考慮身邊人對他的擔心？

拳頭重重地砸在方向盤上，顧海心裡又氣又急，剛要啟動車子繼續找，突然就接到了一個陌生電話。

「顧海。」

聽到白洛因的聲音，顧海有種想砸了手機的衝動，卻又如同救命稻草一般緊緊握著，對著手機那頭怒吼道：「你丫這兩天去哪了？」

「你現在在哪？」

顧海平緩了一下呼吸，眼睛朝四周瞄了一眼，報上地址後就把手機扔到了副駕駛座位上。腦袋後仰，長出了一口氣，幸好沒出什麼事。

估摸著時間差不多了，顧海下了車，站在車門外等著白洛因。

五分鐘過後，一輛計程車在不遠處停下來，白洛因的身影從車裡冒出，顧海剛壓下去的火猛地竄了上來，大步朝白洛因走過去。

白洛因從甄大成那裡出來，顧不得洗把臉、吃個飯，就興沖沖地來找顧海了。剛把錢付好，就感覺自己被一股大力拖拽住，身體不受控地朝後面倒去。

顧海攥住白洛因的後衣領，兇狠地將他拖到自己的車旁，重重地砸在車門上，急赤白臉一通吼，「你他媽這幾天跑到哪去了？你知不知道我找了你一宿？你知不知道我有多著急？」

白洛因顧不得被摔的疼痛，兩隻手緊緊攥著顧海的胳膊，興奮的目光灼燒著顧海的臉頰，聲音裡透著難以抑制的激動，「顧海，你知道麼？我查到你媽當年去世的原因了，她不是你爸設計害死的，你誤會你爸了……」

顧海的臉絲毫沒因為這句話而顯露出任何的驚訝或是感動，反而更加陰沉，他強勢打斷白洛因的話，怒斥道：「我只是在問你，你這兩天去哪了？」

白洛因悸動的眸子漸漸冷卻，泛白的唇角微微扯動了一下，艱難地從口中吐出幾個字，「去了甄大成家，也就是……你舅舅那。」

顧海突然暴怒，兩隻手發狠地攥住白洛因的肩膀，大聲咆哮著，「誰讓你去找他的？誰讓你去的？」

白洛因的手攥著幾張單薄的紙，在顧海劇烈的晃動下散落一地。他的目光變得呆滯、木訥，好像被凍了兩宿的後遺症這會兒才顯現出來。僵硬的手指按住顧海的胳膊，一寸一寸地從自己的身上剝離。

然後，轉身離開。

顧海沒去追，狂暴地發洩過後就是極度的空虛和落寞，大腦空白一片，已經失去了思考的能力。

他將目光挪移到地上的資料上，一張一張地重拾起來，看都不敢去看，真想直接撕了，卻又沒這個勇氣。最後用腳狠踹了一下車門，歇斯底里，鋼板被骨頭撞出一個絕望而痛苦的凹陷。

白洛因行若遊魂地走在街上，完全憑藉本能在辨認著方向，兩條腿像是灌了鉛一般，脖子勉強支撐著腦袋，嗡的一聲，又是嗡的一聲，白洛因用手扶住看板，靜靜地緩了一陣。

旁邊就是一家飯館，白洛因已經五十幾個小時沒吃東西了，以致於當一碗麵端到他的面前時，他連味道都嘗不出來了。硬強著塞了幾口，白洛因就衝了出去，在外面的垃圾桶旁吐得天昏地暗。

真難受啊！

眼淚都吐出來了。

跌跌撞撞地走回家，直奔臥室，一頭扎在床上，好冷。白洛因把濕衣服脫了，蓋了兩床被子，還是冷，渾身哆嗦得近乎抽搐，掙扎了一會兒便昏睡了過去。

顧海在家裡悶了一天，睡了醒，醒了睡，沒去學校，也沒和白洛因聯繫。最後睡得再也睡不著了，拿起枕邊的那幾頁資料，一張一張，一個字一個字地往腦子裡吞嚥。

看完之後，顧海靜靜地坐了一會兒，眼睛看著窗外，裡面是乾涸的，流不出一滴眼淚。

姜圓打開門，看到顧海陰鬱的面孔，心裡咯噔一下，惶恐擔憂了好幾天，終於把這位主兒給「盼」來了。

顧海看都沒看姜圓一眼，繞過她直奔二樓。

姜圓站在顧夫人房間門口，已經做好了充足的準備，如果顧海發現了什麼異常，怪罪下來的話，她就把責任都攬到自己身上。

三年之中，顧海在這個屋子裡待了無數次，進來的腳步是沉重的，出去的腳步是悲涼的。從沒有一刻像現在這樣，平淡、敬畏、默哀……他終於承認並接受了一個現實，他的母親已經不在了。

「媽，為什麼您捨得為他死，卻不捨得為我活呢？」

顧海默默注視著顧夫人的照片，一點點地擦拭掉相框上的細小塵埃。

「能讓您心甘情願付出生命的男人一定是個好父親，對吧？」

顧海的腦子裡浮現自小到大，他與顧威霆相處的點點滴滴，這段被他塵封和掩埋了三年多的感情，微妙地在心底復甦。從最初的敬畏、尊重到後來的憎惡、仇恨……一根虛擬的導火線，引爆了三年的誤解和傷害。

他突然會意了顧威霆的很多眼神，沉痛的、深切的、無可奈何的……還有被他刻意抹殺掉的某個片段：顧威霆結婚的前一晚，在這裡整整坐了一夜，清晨時分，他站起身，對著前妻的照片，重重地敬了一個軍禮。

「媽，我別無所求，如果您愛我，請保佑我和因子一直走到最後。」

顧海面懷感激地朝顧夫人的照片鞠了一躬，最後狠狠看上一眼，挺直脊背，邁著堅定的步伐走出了這個房間。

姜圓已經在外面轉了無數個圈，看到顧海出來，表情淡然，心裡頓時鬆了口氣，看來他沒發現什麼不對勁的地方。

「以後不用每天去我媽的房間裡打掃了，她生前用過的那些東西，值錢的都留下，不值錢的就燒了吧。」

姜圓面露驚詫之色，她不知道顧海這段話暗含著什麼意思，她還在等著暴風雨的來臨，顧海就已經步履輕鬆地抽離了她的視線，外面的天空一片晴朗。

儘管已經快放學了，顧海還是回了學校，昨天沒給白洛因好臉色，完全是氣他不吱一聲就消失，害得自個一通著急。現在氣已經全消了，心裡只剩下感動，他要當面表達自己的感激之情。要讓白洛因知道，他為自己付出的這一切，值得顧海感恩一生。

然而，白洛因的座位上空空如也。

顧海臉色驟變，當即打了白漢旗的電話。

「在醫院。」

聽到這三個字，顧海的腦袋像是爆炸了一樣，火急火燎地衝出教學樓，攔了一輛計程車直奔醫院。

路上，顧海的腦子裡不停地翻滾著一個畫面，白洛因激動得拽著自己的胳膊宣告著他這兩天的成果，他從未這樣失態過，從未這樣狼狽過……在那一刻，他一定是想讓自己給他一個擁抱，說一聲辛苦了，哪怕只是一個肯定的眼神，都不會讓他不堪忍受地轉身離開，只留下一個失望落寞的背影。

到了醫院，顧海急匆匆地走到白洛因的病房，只有鄒嬸一個人待在那。

「大海，你怎麼來了？」

「因子呢？」

鄒嬸指指病房裡面，「他睡著了。」

顧海輕輕推開門走了進去，白洛因躺在病床上，面無血色，整個人憔悴得不像樣兒。顧海坐在病床旁邊看著白洛因，心裡狠狠揪疼了一把。昨天他就是這副模樣，昨天他就是這副模樣來找我的！為什麼我當時就沒看出來？為什麼我還能肆無忌憚地對著他大吼大叫？為什麼我滿腦子都是氣憤，沒有挪出一點兒空間來心疼心疼他？

「因子。」顧海輕輕叫了一聲。

白洛因聽到了顧海的聲音，眼睛微微睜開一條小縫，很快又閉上了。

沒力氣說話，也不想說話。

顧海靜靜地坐了一會兒，面色晦暗地走了出去。

鄒嬸看到顧海站在樓道口抽菸，心裡像是意識到了什麼，朝他走了過去。

「大海啊，是不是因子惹著你了，你才把他關在外邊的？」

顧海眼神滯愣了片刻，盯著鄒嬸的臉，「您為什麼這麼說？」

「哎……這孩子昨天一回來就發高燒了，後來燒得直說胡話，說誰誰誰不讓他進屋睡覺，把他凍得夠嗆。我一想，他這兩天不都住在你那麼，所以就……哎，嬸兒也是瞎猜的，要是沒有這碼事，你也甭往心裡去。」

顧海夾著菸的手猛地一僵，半截菸頭掉在了地上。

「我有點兒冷，你陪我說說話。」

「大海，你抱抱我吧。」

鄒嬸看著顧海直接從二樓的樓梯口蹦到一樓的地面上，忍不住嚇了一跳，這孩子是要幹什麼？在她還驚魂未定的時候，顧海已經衝出了醫院。

5.

顧海直奔甄大成的家。

他對這個舅舅沒有任何感情可言，從他出生到現在，和甄大成見面的次數不超過三。若不是他母親偶爾提起過那麼幾次，顧海根本不知道他還有這麼一門親戚。他對甄大成的了解完全是從一些外人口中聽來的，脾氣古怪、桀驁不馴、人品低劣、作風不正……所以在他聽說白洛因去找了甄大成之後，才會發那麼大的火。

兩個警衛攔住了顧海。

「證件呢？」

顧海一記重拳掃向其中一個人的門面，「證你姥姥的件！」

另一個警衛陰著臉衝過來，還沒站穩，就被顧海一記飛踹堵在牆邊。被打臉的警衛想從後面突襲顧海，不料顧海的動作比他還快，又是一拳掃在同樣的位置，此警衛的下巴立刻塌陷了一大塊，連嘴都張不開了。倒在牆角的警衛想要大喊，顧海抬起腳狠狠地對著他的脖子蹬了下去，只聽咔嚓一聲，那個警衛再也沒能抬起頭來。

顧海陰森著一張臉闖進院內，如同一陣颶風，很快閃到了甄大成的門外。

殭屍臉看到顧海都忍不住一愣，這人的表情怎麼比我還恐怖？

「甄先生有事要忙，您不能進去打擾。」

顧海瞥了他一眼，冷冷一笑，「你知道蛋疼是什麼滋味麼？」

殭屍驀地一愣。

下一秒鐘，顧海的釘子鞋已經落在了殭屍臉的胯下，原本面無表情的一張臉驟然扭曲，大汗淋漓，倒地之後不停地抽搐，褲襠蹭地，畫出一道血痕。

甄大成正坐在廳堂裡面喝茶，背對著窗戶，對外面發生的事情一無所知。

顧海幾大步跨進屋內，猛地搶過甄大成手裡的茶碗，一把摔到地上。因為衝擊力過大，有個碎片蹦到了甄大成的手背上，畫出一道小口。

「甄大成。」顧海從牙縫裡擠出這三個字。

甄大成瞥了顧海一眼，彷彿早就料到他會來，面色從容地問：「幹什麼？」

「我草你大爺！」

隨著一聲怒吼，顧海猛地將甄大成放倒在地，拳頭如雨點般砸了下去。甄大成年輕那會兒好歹算個將領，現在年齡大了也堅持鍛煉身體，身子骨倍兒硬實，顧海幾拳下去沒事人一樣。可問題是顧海瘋了，瘋子身上都有無窮的力量，甄大成僅能硬撐，卻沒有還手之力。他就算是再禁打，骨頭再硬，多捶兩下照樣會折。

何況他還是顧海的舅舅啊，有舅舅這麼讓外甥打的麼？

「保護甄先生！」

不知是誰喊了一聲口號，窗口立刻豎起十餘桿槍，七、八個人整齊畫一地衝進了廳堂。這麼多人制服一個人容易，可制服兩個人就難了，因為他們既要將顧海拉開，又要保證甄大成毫髮無傷。偏偏這會兒顧海生猛得像是一頭雄獅子，見誰咬誰，靠近一點兒都不成。結果七、八個大老爺們兒淨去搗亂的了，人沒拽開，還把甄大成擠兌[2]得顏面盡失。

不知誰在外面開了一槍。

甄大成先急了，怒瞪著雙眼嘶吼一聲。「誰也不許朝他開槍！」一聲指令過後，窗外那幾個舉槍的人齊刷刷地將槍放下，屋裡這幾個幫忙勸架的也都站著不敢動了。這人敢打甄大成，來頭肯定不小，還是不要輕舉妄動。外面的那幾個持槍的人也都進來了，跟著這七八個人站成一圈，對著中間的兩個人乾瞪眼。

甄大成看著頭頂上的一圈腦袋和十幾雙戒備的眼睛，肺都要氣爆炸了。我讓你們別開槍，也沒讓你們別動手啊！你們是想等我就剩一口氣了，再過來幫我收屍麼？

等顧海停手的時候，甄大成老命都沒了半條。

傍晚，院子裡死一般的寂靜。

顧海隨便拽起一個守門的，狠狠朝他脖子上甩了一皮帶，鈍痛刺激得他直咧嘴，頸間瞬間畫出一道被夕陽浸染的暗紅。

「說，你有沒有刁難白洛因？」

守門的強忍住痛楚搖搖頭，身體站得筆直，一臉無愧的表情。

顧海又甩了一皮帶上去，還是剛才的那個地方，還是剛才那個力度，暗紅瞬間變成了血紅。

「說出刁難他的那個人，說出他的所作所為，說不出來你就替他挨。」

顧海手裡的皮帶又舉了起來。

守門的立刻指了指旁邊的那位，「他……他用涼水潑了那個人。」

顧海的面孔驟然變寒，瞳孔劇烈地收縮著，他一步一步地走到那個人面前，靜靜地看著他，指著不遠處的魚塘，「跳下去。」

這個人一動不動。

「如果你讓我踹你下去，你就別指望上來了。」

男人僵硬的目光回望著顧海的威脅，緊緊抿著的嘴角綳出一條倔強的直線，顧海的手伸了過去，骨節發出咔咔的響聲，男人的腿不受控地踉蹌前行，直到徹底沒了支點，蝕骨的嚴寒將他整個身體淹沒。

顧海的腳蹬在男人的頭上，迫使他整個人沉沒水底。

三分鐘過後，男人開始劇烈地掙扎，水裡冒出一個個崩潰的氣泡。

顧海死死按住他的頭不放，直到他的身體僵了，巨大的晃動攪得水裡的魚都開始驚慌失措地四處亂游，顧海才把他的腦袋從魚塘裡撈出來。

「說出下一個人。」

恐怖的兩個小時內，所有刁難過白洛因的，折騰過白洛因的，嘲笑過白洛因的……一個不落，全都遭受了十倍以上的慘痛代價。原本就死氣沉沉的豪宅大院，又增添了幾分恐怖冷寂的氛圍，猶如一座活死人墓。

一個男孩蹲在牆角，哆哆嗦嗦地看著朝自己走來的顧海。

他是最後一個被舉報的，他朝白洛因的腳邊扔了一個饅頭。

「你是孩子，我不對你動手，但是你記住他們的下場。等你長到我這麼大的時候，我會來找你算帳的，慢慢等著吧！」

男孩不受控地放聲大哭。

顧海再次趕到醫院的時候，天已經黑了，值班室的醫生告訴顧海，白洛因已經回家了。

「這麼快就回去了？」

醫生點點頭，「那個孩子不樂意在醫院待著，燒一退就回家了。」

顧海又去了白洛因的家。

一家人正在廂房吃飯，只有孟通天吃完了，拿著遙控器操縱著一架飛機。看到顧海的身影，孟通天心頭一喜，遙控器也顧不上按了，飛機筆直地墜落到地上。

「顧海哥哥，你來了！」

顧海摸了摸孟通天的頭，問：「白洛因呢？」

孟通天小手一指，「在屋裡躺著呢。」

「他沒吃飯麼？」

「吃了，都吐了。」

顧海臉色一變，轉身進了白洛因的屋。

白洛因眯著眼睛靠在床頭，相比中午那會兒，臉色稍微好點兒。

顧海摸了摸白洛因的額頭，溫度是降下來了，可手腳冰涼。

白洛因感覺到有人觸碰，瞬間把眼睛睜開了。

「你來幹什麼？」

顧海沒說話，把手伸到白洛因的被子裡，包起他的兩隻腳捂在手心。

白洛因把腳抽出來，說了一句足以傷透顧海的話。

「我不要你了。」

顧海又把白洛因的腳拽了回來，回了一句足以氣死白洛因的話。

「我也不要你了。」

白洛因淩厲的視線瞬間朝顧海飆了過去，被顧海握著的腳赫然抬起，猛地在顧海的胸口來了兩下，雖然體虛但是力道不輕。

「那你還在這待著幹什麼？滾你們家去！滾蛋，立馬滾！有多遠滾多遠！」

顧海非但沒滾，還爬到了床上，一把將白洛因箍在懷裡，兇悍的眸子與他對視。

「你就知道和我犯橫麼？你有本事和我犯橫，怎麼沒本事跟我訴訴委屈？你有本事和我犯橫，怎麼沒本事跟我撒個嬌？你有本事和我犯橫，怎麼沒本事跟我服個軟？……你瞅你這副傻德性！全天下找不到第二個比你傻的了！你以為我想要你麼？要是有第二個選擇，我早就不要你了！我一個大老爺們兒，待在你旁邊就是個擺設，一點兒用都沒有。除了撒撒氣，抽抽瘋，爽一爽，我他媽就是個廢物！」

白洛因連嘴都不想張開了，杵在那一動不動，這口氣得虧上來了，不然就活活氣死了。

顧海的拳頭砸得牆皮都掉了一大塊。

「你為什麼要去找他？你是我的寶貝疙瘩，憑什麼要讓他們那麼欺負？憑什麼？」

這一次，白洛因噤聲了。

屋子裡安靜了好一會兒。

白洛因往旁邊瞅了一眼，剛才的咆哮帝這會兒已經蔫[3]了，眼角泛著淚花。

白洛因不知道哪來的一股氣，猛地朝顧海的後腦勺給了一下，顧海一直隱忍著的那一滴眼淚就這麼甩了出來。

「你丫還有臉罵我呢？你瞧瞧你自個，娘們兒唧唧的，動不動就哭。你捫心自問，是我把你當成擺設了還是你把我當成擺設了？不是你沒用，是你把我想得太沒用了，你才覺得自個沒用！」說完這些話，白洛因出了一身的燥汗。

「你爺們兒！誰有你爺們兒啊！你爺們兒你怎麼發燒了？你爺們兒你怎麼在被窩裡躺著？我顧海就是脫光了在外面站一禮拜，我也不會感冒！」

「有本事你現在就脫，你要不脫你就不是個爺們兒！」

「白洛因，這可是你讓我脫的。」

「是我讓你脫的，怎麼著吧？」

顧海真脫了，剛脫兩件衣服，白漢旗就進來了。

「喲，大海今晚上是要住這了？」

顧海尷尬地笑了笑，扯過一個被角搭在身上，「是有這個打算。」

白洛因胃疼地看著白漢旗，無力地指著門口。

「爸，您把他轟出去。」

白漢旗為難了一下，「大海衣服都脫了，再轟走不合適吧？」
「爸～～～」白洛因苦苦哀求。
白漢旗嚥了口唾液，又掏了掏耳朵，自言自語地嘟囔著，「今天夜裡多少度來著？怎麼剛聽完天氣預報就忘了……」
掀開門簾走了出去。

3：委靡不振的樣子，音ㄋㄧㄢ。

6.

白漢旗走後，顧海鑽到了白洛因的被窩裡，繼續用手給他搗腳，白洛因起初還掙扎了一下，後來覺得腳心暖和起來，整個人都舒服了，也就沒再和顧海過不去。

「吃點兒東西吧，通天說你吃的東西都吐了。」顧海起身要往外走。

白洛因拽住了他，「甭去拿了，我不餓，我現在還有點兒噁心呢。」

「那就喝點兒粥。」

「不想喝。」

顧海無奈地看了白洛因一眼，還是走了出去。

孟通天就站在外面耍棍子，看到顧海出來，小臉樂成了一朵花，抱住顧海的大腿說：「顧海哥哥，你今晚上不走了？」

「不走了。」顧海也樂呵呵地瞧著他。

孟通天歪著小腦袋，眼睛閃著興奮的光芒，「你要睡在我的屋麼？」

顧海起初一愣，後來才想起來，白洛因的那間屋子已經歸孟通天了。

「是啊，就睡在那個屋。」

「那咱仨就可以睡在一起啦！」孟通天激動地在顧海周圍繞圈跑。

「呃……」顧海拽住了孟通天，好脾氣地對他說：「通天，今兒你和你媽睡在一起吧。那張床太窄了，我怕裝不下咱們仨人。」

「沒事，我只要這麼窄的一小塊地方就夠了。」孟通天還比畫了一下。

顧海輕咳了兩聲，一臉為難的表情看著孟通天，「你白哥哥生病了，需要好好休息，仨人睡在一起肯定休息不好。」

「誰說的？」孟通天目露精光，「白哥哥發燒了，我媽說了，發燒就得多出汗，只有擠在一起睡才能出汗。」

顧海扶額，又往裡屋瞅了瞅，拍著孟通天的小腦瓜說：「我先去廚房弄點兒東西吃，這事兒回頭再商量。」

孟通天美滋滋地點點頭，「好的好的。」然後就跑開了。

商量？顧海冷哼一聲，回屋我就把門鎖上！

熬了一碗粥端了過去，結果不掀門簾不要緊，一掀開差點兒把手裡的粥碗扔到地上，孟通天就躺在他之前待的那地兒，摟著白洛因的一條胳膊，呼呼睡得正香。顧海忍不住磨牙，你丫的動作倒是快！

顧海先把粥碗放下，二話不說抱起孟通天就往外走，期間孟通天還撒夜症[4]了，小腿蹬了一下，扁扁嘴一副不情願的模樣。正巧鄒嬸過來找孟通天，看見顧海抱著他，忍不住一樂，「這孩子就喜歡往你身邊湊，天天盼著你來。」

4：泛指晚上作夢、夢遊、說夢話。

顧海小心翼翼地把孟通天遞到了鄒嬸的手裡，心裡鬆了口氣，回屋一瞧，白洛因自己端起粥碗正要喝。

「我來吧。」顧海搶了過去。

白洛因也沒拒絕，就那麼順著他。

顧海舀起一勺粥，放到嘴邊吹了吹，又用舌尖試了一下，感覺溫度差不多了，才往白洛因嘴邊送。

白洛因乖乖地張嘴吃了。

想到白洛因整整餓了兩天，顧海這叫一個心疼啊，忍不住又開始念叨了，「你說你也挺精的一個人啊！當時怎麼就不會變通變通呢？你沒帶手機啊？他們不讓你出去，你就不能找個人在外面給你扔些麵包、熱狗的進去啊？」

「要那樣的話，估摸著你到現在還瞅不見我。」

顧海歎了口氣，現在說這些都晚了，餓都餓完了，說什麼都補不回來了。

「等一下。」白洛因突然用手攔住了顧海遞過來的勺子。

顧海面色一緊，忙問道：「怎麼了？」

白洛因用手摀著胃部，一副難受的表情，嘴唇一張一闔的，看樣子又想吐。他猶豫了一會兒，決定下床，要吐也得去外邊吐。

「別出去了，吐我手上吧。」顧海伸出手。

白洛因瞅了他一眼，「你噁不噁心啊？」

「我不嫌你髒。」顧海很認真地看著白洛因。

白洛因瞅著顧海那個寬大光滑的手掌心，和上面清晰的掌紋，哪捨得真往上面吐啊！於是身體後仰，脖子上揚，痛苦地忍受著，心裡祈禱著那些粥能老老實實在胃裡待著，別再往上湧了。

正暗自運著氣，突然感覺胃上有一股力道正在緩慢地向下按摩推送著，白洛因低垂著目光，再一次看到了顧海的手。

「舒服點兒了麼？」顧海問。

白洛因誠實地點點頭。

看到白洛因的目光跟著自己手的動作一上一下的，睫毛簌簌地煽動著，雖然不長但是很密很黑，耳朵邊上還有一縷被壓彎了的頭髮，靜靜地貼在那，就像它的主人此刻這樣乖順，讓顧海越看越愛。

「再喝幾口？」顧海問。

「成。」這次白洛因應得很痛快。

顧海一邊餵一邊樂。

白洛因納悶了，「我吃粥你樂什麼啊？」

「看你吃粥好玩。」

白洛因一臉黑線，吃個粥有什麼好玩的？這人腦子進屁了？

大概吃得有點兒猛，白洛因又覺得胃口有些難受，顧海的手很快又伸過來救援。就這麼吃一會兒，順一會兒，這一碗粥總算成功進了肚子。

「還難受麼？」顧海問。

「有一點兒。」

顧海很有耐心地揉著，從胸口一直到小腹，輕柔緩慢地下移，有時候用指腹，有時候用手心，胃口周圍暖和許多，白洛因舒服得瞇起眼睛，昏昏欲睡之際，突然感覺一陣酥癢，瞬間睜開了眼睛。

結果發現顧海的手已經揉偏了，從胸口正中央挪到左邊某個小小的凸起處了。

「你丫摸哪呢？」白洛因惱了。

顧海笑著捏了白洛因的臉頰一下，「我就碰一下而已，至於這麼敏感麼？」

你哪是碰一下啊？你他媽這揉多長時間了？白洛因沒好意思罵出口。

結果，顧海反而腆著臉問：「你想了？」

白洛因一巴掌抽在顧海的腦門上，「我想你大爺！」

「你哪能想我大爺啊？你是我一個人的，只能給我操。」說罷，腦袋下移，嘴巴含住白洛因胸口左邊的小小凸起，右手捏住另一邊，這邊吸一口，那邊捏一下，兩頭夾擊，吃得有滋有味的。白洛因哪受得了這種撩撥啊，當即翹起一條腿，膝蓋頂在了顧海的胯下。

顧海在白洛因的胸口磨蹭了一陣之後卻沒有下移，直接把白洛因的被子掖好，緊緊摟著他。

「好了，你大病初癒，身體太虛，我就不折騰你了。」

白洛因幽深的眸子裡帶著魅惑的惱恨，「你這會兒再說這話還有勁麼？」

顧海厚著臉皮給自個解釋，「我家老二不是太想你了麼？」說罷，自個把手伸到身下，肆無忌憚地討好著小海子，白洛因完全被晒在一旁，聽著顧海粗重的喘息聲，看著他煽情而享受的表情，一個人在旁邊心癢癢。

顧海每一聲喘息似乎都在說，「你求我啊，和我撒嬌啊，我立馬伺候你。」

白洛因轉過身，心裡冷哼一聲，我自個沒長手啊？我不會弄啊？

顧海聽著旁邊的動靜，嘴邊溢出一抹壞笑，下巴擱在白洛因的腰上，眼睛直勾勾地盯著白洛因下邊看。「擼得挺帶勁兒啊？要不我幫幫你？」

白洛因臊得耳朵發紅，僵著脖子說：「用不著。」

顧海的舌頭在白洛因的腿根處舔了舔，一路舔到底部，再繞過去，換到另一條腿。

白洛因不自覺地挺了挺腰。

顧海戲謔道：「不用還往我嘴邊送？」

到了這份上，白洛因也沒什麼好羞赧的了，直接按住顧海的頭往下送，很快就被一股強大的電流擊迷糊了。

礙於在白洛因家裡，又沒有潤滑油，顧海也只能點到為止，完事後兩個人抱在一起吻了很久，誰都不願意先離開對方的唇。

「因子，你給我查找出來的那些東西我都仔仔細細看了，也想通了。從今以後，我不會在我媽的事上糾結了，你對我的好我都記在心裡，我罵你是因為我心疼你，你別生我氣好麼？」

「我要是真生你氣了，你還能躺在這麼？」白洛因懶懶地擺弄著顧海額前的幾縷碎髮，「其實當時也沒生氣，就是挺失望的，以為你怎麼著也得表揚我一下。」

「你的出發點和辦事能力都挺值得表揚的，但是方式不可取，在這裡提出批評。以後不許再用這種方式解決問題了，不論是為誰，都不能以傷害自己為代價。再發現一次，絕不輕饒，聽見沒有？」

白洛因不吭聲。

顧海揪起白洛因的一隻耳朵，再一次質問：「聽見沒？」

白洛因睜開眼睛，懶懶地回了句，「聽見了。」

顧海滿意地朝白洛因的嘴上親了一口，柔聲說道：「睡吧。」

7.

轉眼間到了五月份，天已經開始熱了，前兩天白洛因和顧海難得勤快一次，把厚衣服和厚被子都收了起來，結果第二天就大風降溫了。

將近三個月的時間，日子過得溫馨平淡。

白洛因回家住的次數越來越少，週末只是回去吃個飯，陪家人待一會兒，帶著阿郎遛一會兒……然後就厚著臉皮把能帶走的好吃的全都洗劫一空，塞到他們自己的冰箱裡。

白洛因的開車技術越來越高，顧海偶爾也會偷偷懶，讓白洛因開車去買早餐。顧海的廚藝水準也越來越高，煮出來的麵條不再是一個個麵疙瘩了，大部分都能連成一條線，雖然長短不一、參差不齊，但是吃著很勁道。

兩個人的小日子過得有滋有味的。

某一天中午，兩人因為誰多吃了一個鵪鶉蛋而吵起來了，兩個一米八五的大老爺們兒，弱智一樣地用筷子互敲腦袋。而且敲著敲著還急了，飯吃到一半就開始滿屋亂跑瞎折騰，白洛因總是能偷襲到顧海，顧海吃癟，兇著臉朝白洛因追過去。

白洛因躲到最後無處可躲了，猛地竄到了門外，死死攥著門把手不讓顧海出來。

顧海和白洛因僵持了一陣，把門從裡面鎖上了。

你不是能耐麼？有本事你直接用手指頭把門撬開。

顧海透過貓眼朝外瞄了一眼，瞧見白洛因那副氣急敗壞的表情，自個在屋偷著樂。樂夠了之後大搖大擺地走回餐廳，淡然自若地吃著飯，心裡冷哼一聲，小樣兒的，不按門鈴，不親我一口，絕對不給你丫的開門！

白洛因還在外面琢磨怎麼進去，電梯門就在他面前打開了，一個熟悉的身影映入視線。

「顧首……叔。」

白洛因笑得有些不自然。

顧威霆威武的身軀佇立在白洛因的面前，柔和的視線中帶著一股肅殺之氣。

「怎麼不進去？」

白洛因的目光閃躲了一下，「剛要進去，還沒來得及按門鈴。」

顧威霆直接伸手幫白洛因執行了這項任務。

顧海的耳朵正豎著呢，聽到門鈴響，嘴角勾起一個得意的弧度。

撐不住了吧？

一副得瑟[5]的神態走了出去。

慢悠悠地擰動門鎖，慢悠悠地開門，然後快速將門外的人拽進來，猛地在他的嘴唇上偷襲了一口。

這一口逮的，真是又狠又準。

5：得意忘形。

就連一貫面癱的顧威霆此時此刻都露出了一副吃驚的表情。
十七年了，整整十七年了，除了顧海出生的時候往他的脖子上撒了一泡尿，父子倆就沒啥額外的身體接觸了。
白洛因的表情自然不用說，手擋著半邊臉，樂得下巴都快脫臼了。
顧海傻眼了，這老東西啥時候冒出來的？
我剛才親的不會是——草！我說怎麼跟吻了塊鋼板一樣！
仨人站在門口，誰也沒開口說話，氣氛徹底僵死了。
顧海自暴自棄了，反正也親了，這會兒再說親錯了，豈不是不打自招了麼？既然已成定局，就這麼著吧，今兒我豁出去了。
「爸，您來了。」顧海朝顧威霆露出一個燦爛的笑容。
顧威霆笑得有些僵硬，可他的確是笑了，比以往的笑容更有內涵。
白洛因輕咳了兩聲，跟著顧威霆的身後走了進去，到了顧海身邊，噘著嘴回了他一個吻。顧海給氣得啊，琺瑯質都磨掉了一層。
「吃飯呢？」顧威霆聞到了飯香味兒。
顧海繼續偽裝熱情，「是啊，要不您也坐下來一塊吃？」
顧海之所以敢這麼說，就是篤定顧威霆不會和他們湊份子，哪想到今兒顧威霆收到兒子的一個吻之後，心情大好，當即爽快地答應了。
兩個兒子坐在對面，看著顧威霆不避嫌地用筷子夾了個肉丸子放進碗裡。
最後兩個肉丸子了。顧威霆夾走了一個，就意味著剩下的一個得靠搶了。

說時遲那時快！兩個人的筷子同時抵達那個盤子的邊緣，微微頓了一下，調整到最佳姿勢，還未展開廝殺，就看到那個丸子騰空而起，以一個優美的弧度落到了顧威霆的碗裡。

「味道不錯。」顧威霆一口一個。

顧海和白洛因相視一眼，互相埋下頭，鴕鳥一般地扒拉著碗裡的飯。

顧威霆看著白洛因問：「這是你做的？」

「不是。」白洛因指指顧海，「他做的。」

顧威霆朝著顧海那雙糙皮老手看了兩眼，實在無法想像這雙手是怎麼搓丸子的。

不愧是父子連心，顧海一下就看出了顧威霆心裡所想。

「丸子是現成的，汁兒是我調的。」

顧威霆點點頭，淡淡地誇獎了一句，「不錯。」

顧海心裡叫屈：我小時候在部隊表現那麼出色，也沒見你誇我一句，現在我弄了一碗丸子湯，你瞧你這捧場勁兒的，敢情在你眼裡，你兒子就是做飯的料兒啊?!

吃完飯，顧威霆在屋子裡晃了晃，到處走走看看。看到沙發巾歪了，就幫忙扶正，看到襪子亂丟，來扔到浴室去……白洛因挺不好意思的，你說人家一個首長，在部隊裡位高權重的，回來還得給兒子收拾屋子。

「這是什麼？」顧威霆拿起一個半透明的藥管。

顧海臉色一變，猛地往前跨了一大步，硬是把潤滑油搶了過來。

白洛因在旁邊表情大窘，太驚險了，幸好是英文牌子，幸好顧海及時搶過來了。昨天某人抽瘋，非要在沙發上玩玩，白洛因抵擋不住他的惡趣味，還是奉陪了，結果玩得挺ＨＩＧＨ的，以致於「罪證」都忘了收進櫃子裡。

顧威霆質疑的目光掃著顧海手裡的東西。

「什麼東西看都不讓看？」

顧海笑得尷尬，「痔瘡膏。」

顧威霆微斂雙目，定定地看著顧海的臉。

「您不信啊？」顧海當即擰開瓶蓋，往嘴裡上抹了一點兒，「您看，是不是痔瘡膏？」

顧威霆：「……」

最近，學校裡有一條流言傳得沸沸揚揚的。

流言的主角是一直處於人氣榜首位的尤其同志，據說他新交了一個女朋友，而且這個女生是北影的在校大學生，還演過××電視劇，家裡如何如何富有，作風如何如何不正……關於尤其如何追求她的版本，就流傳了二十幾種。

楊猛偶爾也關注一下下，還有一些無聊的女生會來他這打聽，他就成了謠言的散布者之一，沒事就喜歡醜化尤其的形象，把他說成賤男、渣子一枚，說到最後連他自個都不知道哪句是真的，哪句是假的了……

某一天，尤其把楊猛攔在了校門口。

楊猛挽起袖子，一副要和尤其拚了的架勢，等尤其把手伸出來的時候，他卻又想從人家的胳膊底下鑽過去。結果被尤其識破，胳膊肘猛地扼住他的脖子，楊猛認栽了。

「幫我一個忙。」尤其說。

楊猛愣住，「你不是來找我算帳的？」

尤其也愣住，「我找你算什麼帳？」

「沒啥沒啥……」楊猛嘿嘿笑，不知道正好。心態擺正了，楊猛那副吊兒郎當的模樣又露出來了，拍著尤其的肩膀調侃道：「哥們兒，聽說你最近新交了一個女朋友？」

「新交？」尤其故意把新字咬得很重，「我以前什麼時候交過？」

「就上個月，你跟那誰……就咱們學校有名的杜小騷，具體叫什麼來著？……甭管她叫啥了，你敢說你沒和她在一起？」

尤其滿不在乎地笑笑，「緋聞而已。」

楊猛重重地切了一聲，「你丫還真把自個當明星了，還緋聞，得瑟吧你就。」

「別鬧了，說正經事。」

尤其把楊猛拽到旗杆底下，鄭重其事地對他說：「我需要你幫我一個忙。」

「啥忙？」楊猛問。

尤其作賊心虛地四處瞄了兩眼，確定沒人後，才放開膽子說：「有個比我大五歲的女生追我，我不喜歡她，她非要死纏爛打。」

「你不會說的是北影那位美女吧？」

尤其窘著臉，「都傳到你那了？」

廢話，就是從我這傳出去的……

楊猛收了收心虛的表情，用鄙視的目光掃著尤其的臉。

「還尼瑪跟我這得瑟是不？故意在我這光棍面前哭訴自個被女人纏，有本事你甩了她去！」

尤其氣結，「我倒真想甩了她呢。」

楊猛偷偷摸摸地觀察了尤其一會兒，發現他不像是說瞎話，倒真像是挺發愁的。緣分這東西確實挺怪，有時候一個大美女擺在你面前，你就是不來電，非得等自己空虛的時候，再對著一個歪瓜裂棗發春。

「那你來找我幹什麼？」楊猛又問了，「我能幫你什麼忙啊？」

「能幫大忙了。」一說起這事，尤其的精神頭兒又來了。

楊猛隱隱間有種不祥的預感，「你不會是想讓我代替你去說狠話，傷害人家美女吧？我告訴你，這事兒我可幹不出來。我楊家列祖列宗都是女權主義的堅決擁護者，唯女人不可傷也！」

「不是，你想得太損了。」尤其陰惻惻地笑。

楊猛一聽這話鬆了口氣，不是就好，他最不樂意幹這種傷人的事了。

「過兩天那女的要請我吃飯，我想讓你扮成我的女朋友，跟我一起去，讓她徹底死心。」

楊猛鬆了的那口氣差點兒嗞回去。

俊秀的一張臉瞬間漲得紅紫，像一個嬌豔欲滴的豬腰子，牙齒在嘴裡叮噹亂響，鼻子裡出的氣都帶著一股血腥味兒。

「尤其，你丫……！」

尤其拍著楊猛的肩膀，「我相信你！」

楊猛嘶吼，「你為啥不直接找個女的？幹嘛要讓我扮成女的？」

尤其一邊誇著一邊罵著。

「因為我覺得咱們學校沒有一個女的比你好看。」

楊猛點點頭，「你夠狠。」轉身要走。

尤其一把拽住了他，「別生氣，我沒有貶低侮辱你的意思。我是覺得，人家本身就是學表演的，我要真找個不喜歡的女生陪我演戲，人家肯定一眼就能瞅出來！我和你就不一樣了，你是男的，我可以很自然地和你親熱。」

「你覺得她更容易瞅出來你倆在演戲，還是更容易瞅出來我是男的？」楊猛磨牙。

尤其拽了拽楊猛的領子，耐心地告訴他，「如果你把喉結擋上，我保證她看不出你是男的。」

楊猛欲哭無淚，爸，我又給你丟人了。

8.

尤其軟硬兼施，終於把楊猛說服了。

週六下午，尤其帶著楊猛進了一家化妝造型店。

剛一進店門，一個雌雄莫辯的造型師就朝兩人走來，聲線有些粗，但是語氣很溫柔，「請問，二位是想美容還是想做造型？」

尤其看了楊猛一眼，那貨的腦袋都快垂到褲襠下面了。

「給他做個造型。」

造型師看了楊猛一眼，又看了尤其一眼，最後把目光定在尤其的臉上，眼神曖昧不明。

「其實我更想給你做，你的提升空間更大一些，稍微動幾個小小的地方，就可以讓你的形象氣質達到一個前所未有的狀態，要不要考慮一下？」

尤其挺著急的，「改天吧，今天就給他做。」

造型師微微聳肩，「那好吧，你們隨我來。」

尤其和楊猛被造型師帶到一個單獨的化妝間，楊猛鬆了一口氣，幸好是封閉的，不用讓人看見他由男變女的這個過程。

「說說你的想法吧。」造型師雙臂環胸，瞇著眼睛打量著楊猛。

楊猛一直裝聾子，秀氣的小手玩弄著衣服的下襬。

尤其很直白地告訴造型師，「把他化成一個女人。」

楊猛的肩膀抖三抖，想像造型師那一臉猙獰的表情。

沒想到，人家造型師欣然接受，並饒有興致地問：「是要什麼風格的？可愛的鄰家妹妹？野性的跳舞女郎？幹練的職場達人？高貴多金的大小姐？……」

尤其沉思片刻，露出一個不懷好意的笑容。

「弄得騷一點兒就是了。」

楊猛的脖子嗖的轉向尤其，咆哮了一聲。

「你丫找抽吧？」

尤其難得放縱自己，臉上的笑容肆意盎然。

造型師把楊猛的頭轉了回來，對著鏡子打量了一下他的臉，又用手比畫了一下，像是在研究他的面部構造，尋找和女人的差異，考慮從哪兒開始下手。

楊猛看造型師一副專業的樣子，心裡忍不住打鼓，難道他不是第一個來這兒轉性的顧客？

造型師看出了楊猛心中所想，細長的手指在他的臉蛋上掐了一下，樂呵呵地說：「你沒必要這麼放不開，我很理解你的這種喜好，現在偽娘[6]到處都是，你應該學學人家，既然打算做這個，就要做出自己的風格和自信，幹嘛在意別人的眼光呢？」

6：ACG文化的用語，指外貌、打扮非常女性化的男性。

楊猛是個土老帽兒[7]，脖子歪了一下，看著尤其，「啥是偽娘？」

尤其用手機搜尋了一下，然後遞給楊猛看。

楊猛的眼珠子都綠了。

造型師開始給楊猛上妝，楊猛不忍去看，乾脆閉著眼睛，心裡默默地猜著，這個造型師到底是男的還是女的呢？看胸脯好像是平的，可現在平胸的女人也不少，聽聲音像是男的，一舉一動又像是女的。

楊猛心裡有個邪惡的念想，他想直接把手伸到人家的褲襠裡，摸摸有沒有那個玩意兒。

「像我們這種做女人的，就得學會保養，你看看你的皮膚，白倒是挺白，可毛孔太粗大了，我得給你上多少粉……」

草！妳是女人就得了，幹嘛還把我搭上？這不是明擺著侮辱麼？

楊猛羞憤地睜開一隻眼，結果眼睛正上方就是此「女」的脖子，那一動一動的喉結啊，晃瞎了楊猛的眼睛。

尤其坐在一旁百無聊賴地玩著手機，每隔一會兒就會瞅楊猛一眼，到後來就移不開目光了，直勾勾地盯著楊猛瞅，更確切的說法應該是盯著楊「萌」瞅。

簡直神了！

本來尤其就覺得楊猛長得很中性，戴個假髮，穿條裙子就ＯＫ了，不用費這麼大工夫。可對方不是一般的女人，為了保險，尤其還是帶楊猛來這了，結果真是不枉此行啊！人還是那個人，模樣沒有太大的變動，可就是不知道改了哪個地兒，讓他徹徹底底變成了一個女人，而且還是如此美豔的一個女人。

「你當男人真是糟踐了。」尤其實話實說。

楊猛看了看鏡子裡的自己，已經對這個世界絕望了。

造型師拉著楊猛進去換衣服，還別有新意地給他做了個假胸，楊猛死活不戴，造型師只好找尤其來勸服楊猛。

「你就豁出去一次吧，既然已經決定扮成女的了，乾脆就扮得徹底一點兒。你想想，扮得越徹底，別人就越認不出你來。」

楊猛沉思了片刻，的確是這個理兒，於是決定忍辱負重。

把楊猛整頓了一遍後，造型師又開始騷擾尤其，非要免費給他做個造型。尤其本來不想做，可站在鏡子前面一瞧，還真有點兒配不上旁邊這位「美女」了。

二十分鐘過後，尤其從化妝間走出來，楊猛當即瘋了。

憑啥？憑啥把他整得這麼帥？把我弄得這麼衰？

兩個人走在街上，回頭率百分之百。

楊猛當男人是個窮矮矬，當女人立刻變成高富美了。

胸前有兩個這玩意兒真彆扭，楊猛用手戳了戳，彈性還挺足，忍不住一樂，拉著尤其的手說：

「嘿，你瞧我這個，至少得有C罩杯吧？」

看著周圍投射過來的詫異目光，尤其輕咳了一聲。

7：指頭腦簡單的鄉下人。

「內個，你低調一點兒。」

楊猛立刻閉嘴。

尤其朝旁邊掃了一眼，心裡訝然，為毛以前楊猛男裝的時候，沒覺得他有多豪放，現在換成女裝了，反而越看越爺們兒了呢？

抵達酒店的時候，北影美女早就在那等候了，尤其被服務員領到包廂，一路上，楊猛的心臟開始狂跳，好幾次都想叛逃了，幸好被尤其發現，及時拽了回來。

打開包廂的門，一個美女站起身，剛要朝尤其走過來，結果看到了旁邊的楊猛，笑容瞬間在臉上凝滯。

楊猛看到美女受打擊的那張臉，心裡朝尤其的身上啐了好幾口唾沫，真是身在福中不知福，有這麼漂亮的妞兒追你，你他媽還想怎麼著啊？

美女畢竟大了他們五歲，又是見過世面的人，在這種情況下不僅沒有摔東西暴走，還刻意維護著自身的好形象，熱情地請他倆就座。

「想吃點兒什麼？隨便點吧。」美女將菜單遞到了尤其的手裡。

尤其直接把菜單放到楊猛面前，黏糊糊的口氣問：「萌萌，想吃點兒什麼？」

楊猛沒有一點兒反應。

尤其忍不住看了楊猛一眼，草，這個傢伙正盯著人家美女看得入神呢。

尤其踩了楊猛一腳。

楊猛差點兒就爆粗口了，後來意識到自己的身分，只能改成小聲咒怨。

點好了菜，尤其主動介紹。

「這是我女朋友，萌萌。」

楊猛朝美女露出一個不自然的笑容。

美女回了一個笑容，雖然她是學表演的，可楊猛還是能從她的眼中看出心碎和不甘。此時此刻，他多想把手伸過去，在那嬌人的臉蛋上輕撫一把，安慰她那顆受傷的心。可惜尤其之前叮囑了，他最好少開口說話，所以楊猛也只能在心裡默默憐惜了。

與其說美女是學表演的，倒不如說尤其是。為了讓美女徹底死心，他可是使出了渾身解數，吃飯期間小動作不斷，一會兒給楊猛夾菜，一會兒詢問楊猛的意見，一會兒趁機吃個豆腐……表演起來收放自如，將戀人之間的親暱表演得爐火純青。

可惜，百密必有一疏。

尤其沒發現，楊猛卻發現了，他的「胸」歪了。

楊猛的屁股使勁地往下壓，可再怎麼使勁兒，他的胸一直在桌子上面，要是弓著背的話，未免顯得太難看了。

於是，楊猛拿起包，護住自己的胸口，尖著嗓子說：「我去趟洗手間，你們先聊。」

一路小跑來到洗手間，楊猛想都沒想就衝進了男廁所。

這一跑，兩邊的胸部上下差了五公分。

楊猛對著鏡子嘿嘿笑了半天，然後開始用手扶正。

正巧一個男人要上廁所，剛一進來，看到楊猛站在那，腳步立刻停住了。

五秒鐘後，男人臉一紅，當即道歉。

「對不起、對不起……」然後，羞愧著一張臉衝進了對面的洗手間。

9.

北影美女剛一走，萌萌那張妖豔欲滴的臉瞬間就猙獰起來。

「草，憋死我了，下次這種事別尼瑪找我了。」

尤其樂呵呵地搭上楊猛的肩膀，誇讚道：「說實話，你今兒表現不錯，我發現你特有當女人的潛質。要不你把那玩意兒割了吧，反正長在那兒也礙事。」

「草，你以為割掉雞巴，掏個洞就變成娘們兒了？」

尤其猛地將楊猛的嘴巴堵上，「我說，你矜持一點兒，妝還沒卸呢。」

「反正她也走了。」楊猛作勢要去摘頭頂上的假髮。

尤其攔住了楊猛，「著什麼急啊？你現在把假髮摘了，身上穿著這麼性感的衣服，化著這麼濃的妝，然後頂著一個板寸頭，好意思嚇唬人麼？」

楊猛一副滿不在乎的表情。

「反正沒人認識我，我樂意嚇唬誰就嚇唬誰，總比嚇唬自個強。」

「多漂亮啊！」尤其還在垂涎著楊猛此刻的妝容。

楊猛一拳揮過去，尤其利索[8]地躲開，結果楊猛人沒打著，還被自個的高跟鞋絆得一個趔趄[9]，幸好尤其反應及時，一把攬住了楊猛的腰，才避免租來的衣服和大地接吻。

「反正她也走了，你也趁早走人吧。」楊猛不出好氣。

尤其問：「我走哪去啊？」

「你說走哪去啊？回家啊！」

尤其拽了拽自個身上的衣服，「我這些也是租來的，和你身上的一樣，你去卸妝換衣服，我就不用去了？」

楊猛狠狠在心裡翻了個白眼。

算了，反正已經和他耗一天了，也不差這一時半會兒了。

化妝造型店的旁邊有個汽車保養廠，今天週六，白洛因和顧海像往常一樣，開著自己的愛車來這做保養。

在裡面坐著等了一會兒，白洛因不停地打哈欠。

「我出去抽根菸精神一下。」說罷走了出去。

白洛因站在門口，點了一根菸，愜意地抽著。

不遠處一對情侶走了過來。

本來白洛因沒有站在街上看人的癖好，可這對情侶真的太拉風了，俊男靚女，就像從電視劇裡走出來的。白洛因忍不住多看了兩眼，結果發現那個男的越看越眼熟，越看越眼熟，隨後他朝旁邊的造型店走了幾步。

8：指動作簡潔迅速。

9：站不穩的樣子，音ㄌㄧㄝˋ ㄐㄩ。

尤其已經走到白洛因眼前兒了，白洛因才敢確認。

「真是你啊！」

尤其驀地一愣，這才瞧見白洛因。

「你怎麼在這呢？」

白洛因指指旁邊的店，「和顧海一塊過來的，洗洗車。」

楊猛站在尤其旁邊，嚇得差點兒把腳底下的高跟鞋踢出去，我滴個天媽爺！白洛因怎麼在這呢？我草，這是把我逼上絕路麼？楊猛狠甩一把眼淚，轉過身，鑽人家車軲轆10底下的心都有了。

這可咋辦啊？天要亡我啊！

楊猛悲憤地捶了兩下胸口，心裡突然一動，絲絲光亮閃了出來。

我是女裝啊！對啊，我是女裝我怕啥？

反正他倆在這聊天呢，我只要趁機跑進造型店，他白洛因就是視力再好，也不可能憑這幾步認出我來吧？想著，楊猛轉過身。

白洛因已經盯著她的背影看了好久，終於等楊猛轉過身，忍不住在心底驚豔了一把，果然是個大美人啊！

「那誰啊？」白洛因故意朝尤其問。

尤其笑都不敢笑，「我以前的同學。」

「嘖嘖……」白洛因一副神探的表情，「不是吧？我瞧你倆剛才走過來的時候有說有笑的，關係挺親密的啊！」

尤其含糊其辭。

白洛因又拽了拽尤其的衣服，「穿這麼帥，是來約會的吧？」

「我哪天不是這麼帥啊？」

「你也不給哥們兒介紹介紹？」白洛因不依不饒的。

尤其忍得肚子都在抽搐，你倆穿一條內褲長大的，還用我給你們介紹？

楊猛的腳已經蹬上了一級臺階，聽到這話，猛地加快了腳步。結果，他忘記自個穿的是高跟鞋了，這麼一竄就把腳給崴11了，差點兒從臺階上滾下去。

白洛因見勢推了尤其一下，「你也不去扶一把？」

尤其憐憫地瞧了楊猛一眼，忍著笑走了過去。

白洛因也跟了過去。

楊猛疼得直咧嘴，就這樣還連滾帶爬地往店裡衝呢。

「嘿，萌萌，你沒事吧？」尤其扶住楊猛。

楊猛從牙縫裡擠出幾個字，「你丫要敢和他說我是楊猛，我弄不死你。」

尤其貼在楊猛耳邊說：「放心，白洛因看不出來。」

這會兒白洛因已經走到尤其和楊猛身邊了，楊猛故意垂著個頭，把兩側的長髮往中間攏了攏，擋

10：車輪。軲轆，音ㄍㄨ ˙ㄌㄨ。

11：扭傷。

住三分之二的臉。

「她就是傳說中北影的那位美女吧？」白洛因朝尤其問。

尤其表情凝滯了片刻，隨即點頭。

「學姐好。」

今天白洛因難得有雅興和陌生人搭訕。

楊猛心裡這個窘啊，他從小玩到大的好哥們兒，竟然管他叫學姐！這種打擊可不是一般人能扛得住的啊！

白洛因見楊猛低著頭不說話，心裡有點兒納悶，都說北影表演專業的女生很開放，這位又是拍過電視劇的，已經二十幾歲了，怎麼比十七、八歲的還怯場啊？這麼一想，白洛因又朝楊猛多看了幾眼，結果，越看越眼熟。

「尤其，我怎麼覺得她這麼像一個人啊？」

尤其一愣，「沒吧？可能現在的女明星都一個模樣。」

整過容？白洛因心裡想，照著楊猛的模樣整的？哪家醫院水準這麼高，整得像是從一個娘胎裡出來的？

「學姐，能不能問妳點兒事？」白洛因主動搭訕。

楊猛陡然一顫，壓低嗓門、拔高聲調問：「啥事？」

白洛因看了尤其一眼，「能不能暫時把女朋友借我用兩分鐘？就兩分鐘，用完了馬上還你。」

尤其輕咳了兩聲，「那我進去換個衣服，你倆聊。」說完，自個先顛兒12了。

楊猛傲人的雙峰隨著律動不規則地起伏著，出賣著他緊張的心情。

「學姐，我有個哥們兒叫楊猛，我覺得他和妳長得特像，妳認識他不？」

楊猛搖搖頭，「我不認識。」

白洛因突然伸出手，直奔楊猛的C罩杯，楊猛躲避不及，瞬間被襲胸。

「學姐別誤會，我是看妳的胸歪了，給妳整整。」白洛因的嘴角溢出一抹壞笑。

聽到這話，楊猛知道自個徹底敗露了。

腦袋也抬起來了，頭髮也撩開了，一副絕望的表情看著白洛因，你可別瞧不起我啊！你可別用異樣的眼神看著我啊！我這是無私奉獻，替人消災！

白洛因有點兒哭笑不得，「你打扮成這樣幹嘛啊？生活太空虛？」

楊猛歎了口氣，到了這份上，也不用藏著掖著了，就把事情的原委全都告訴了白洛因。

白洛因聽完之後就給了四個字的評價。

「你倆真行！」

楊猛大窘，「那個……我先進去換衣服了。」

白洛因拽住楊猛，「著什麼急啊？這麼好的藝術品哪能說毀就毀了啊？再讓我好好欣賞欣賞。還別說，這家造型店真不賴，一開始我都沒認出來是你。」

白洛因將楊猛擺弄來擺弄去，渾身上下都研究了一番，還不忘趁機調戲一把，平時上哪去找這種隨便摸不要錢、不犯法的大美人啊？

顧海在裡面等了一會兒，心裡納悶，這一根菸怎麼抽了這麼長時間？

他也待得有點兒悶了，想出去透透氣，結果剛走到門口就猛地剎住了腳。

他的好媳婦兒，正站在外面，公然調戲著美女，人家美女掙扎推讓著，一副無助的表情，白洛因卻不依不饒的。摟摟抱抱不說，還尼瑪偷襲人家的酥胸，甚至把手伸到女孩的裙子底下……

顧海以為自己看錯了。

結果揉揉眼，又擦擦玻璃，發現那確實是白洛因。

顧海心裡被一股狂怒的情緒霸占著，恨不得現在就衝出去把那個女的掐死，把白洛因扛回家裡施行家暴。可是以往的經驗告訴他不能衝動，必須要冷靜下來觀察一段時間，這不像是白洛因的所作所為，也許裡面藏著什麼貓膩[13]。

我要冷靜、我要冷靜，我現在不能出去……顧海自我暗示著。

等他再把眼睛掃向外面的時候，那位美女已經不見了，白洛因一副意猶未盡的表情。

草，忍不下去了，這會兒還能冷靜下來的就是傻B[14]！

顧海大步衝了出去。

白洛因正往裡走，眼睛還在瞟著旁邊那家店，根本沒注意前面有個人，結果就這麼和顧海撞到了一起。

「嘿，我剛要進去和你說個事，特逗[15]！」

顧海的臉陰沉得嚇人，盯著白洛因的目光像是喪心病狂的野獅子。

「你想和我說你在街上調戲美女麼？」

白洛因還沒樂夠呢，「你怎麼知道的？」

顧海一字一頓的，氣息嗆人辣人噎人嚇人。

「因——為——我——看——見——了。」

白洛因看到顧海的臉色，猜到他肯定誤會了，於是趕忙解釋，「那不是女的，那是楊猛扮的，嘿嘿……你也沒看出來吧？」

「我還真沒看出來。」顧海一副悲哀的眼神看著白洛因，「你能不能想個靠譜16點兒的藉口？」

「我沒騙你！」白洛因斬釘截鐵。

顧海黑著臉站在那不發一言，看得出來，他還在刻意壓著自己的火呢。不管白洛因怎麼解釋，反正他就是生氣了，無論你是調戲美女來著，還是調戲楊猛來著，為夫我心裡就是不痛快。今兒不給個正經八百的理由，這事甭想過去！

白洛因也沒耐心了，「愛信不信！」

13：不可告人之事。

14：粗話，傻子之意。

15：指滑稽有趣的人或事。

16：意為「可靠」。

轉身要進店，結果看到旁邊那家店走出來一個人。

「楊猛！」白洛因喊了一聲。

本來顧海在聽到楊猛這個名字的時候，還考慮一下白洛因所言的真實性，結果吧，這楊猛是換好了衣服走出來的，和顧海剛才看到的那個美女完全不像，這讓他怎麼信啊？

白洛因卻像是抓到了救星一般，直接把楊猛拽到了顧海面前。

「我沒騙你吧？」

顧海還是一副消極的面孔，「你別告訴我，他和剛才那個女的是同一人？」

楊猛驀地一驚，狠狠的拽了白洛因的袖口一下，草，你不是答應我絕對不說出去麼？

白洛因傻眼了，他貌似真的答應楊猛了。

這可咋整？

顧海給了白洛因十秒鐘的回答時間，結果在這個時間內，白洛因一句話沒說，反倒楊猛，一個勁地在那裝傻。

「什麼女的啊？因子，顧海說什麼呢？哪有女的啊？我怎麼聽不懂啊？」

「你夠了……」白洛因從牙縫裡擠出這三個字，我努力保全你，你就別再恩將仇報了！

IO.

「齊活兒17！顧海，過來取車。」

顧海直接開車走人了，等都沒等白洛因。

白洛因的車緊隨其後，等他調轉車頭開到馬路上的時候，顧海的車都沒影了。前邊堵了一排車，又趕上紅燈，幾乎是寸步難行。白洛因胳膊肘支著車窗邊，從最近的車一直往前數，數了半天都沒看到和自己一樣的車。

草，堵得這麼嚴重，他丫是怎麼開走的？

顧海已經在三公里外了，具體是怎麼闖紅燈、鑽空子、超車的，他自個都記不清了，只聽見車裡的警報器一直在響。眼睛掃一眼後視鏡，自己的臉跟黑鍋底兒似的，心裡比黑鍋底兒還黑，方向盤的皮套都讓他給壞了。

想不開啊，怎麼想都想不開，明知道白洛因不是那種人，可還是想不開。

白洛因在後面一直加速都加不起來，心裡也挺煩的，堵車煩，被誤會更煩。沒見過這麼小心眼兒

17：搞定了。

的人了，都和他解釋了，丫的還給我甩臉子[18]！也不用你那臭腳丫子想一想，我要真打算調戲一個妞兒，挑個什麼時候、什麼場合不好啊？非得在大街上，在你眼皮底下？

過了一會兒，堵車沒那麼嚴重了，心情順暢了一點兒，白洛因又開始換位思考。

其實這事也不能賴顧海，人家在裡面乖乖等你，你非得整這麼一齣兒，還做得那麼明顯，不是存心讓人誤會麼？你又不是不了解他這個人，沒醋可吃的時候還得整幾口酸梅湯呢，真要是讓他逮著醋，不把自個酸死都不解饞！

楊猛也是，沒事穿什麼女裝啊？穿就穿吧，還非得往我面前湊，湊就湊吧，還換回男裝了，換就換吧，還尼瑪不讓我說！還有尤其，你整什麼么蛾子[19]啊？不喜歡人家就直說唄，還非得找人演戲，演戲就演戲吧，還非得找個男的，找個男的就找個男的吧，還非得找楊猛，找楊猛就找楊猛吧，還非得讓我撞見……繞來繞去，白洛因成功地將自個和顧海擇出來了，把錯誤都歸結到了別人頭上。

這麼一想，心裡舒坦多了，也不著急追顧海的車了，瞧見路邊有個熟食店，進去買了四個豬蹄兒。前兩天顧海一直嘟囔著想吃豬蹄兒，結果每次放學回來都賣完了，今兒是週末，正好可以拿回去改善關係。

顧海的車開到半路，看到一家糖炒栗子店，心一狠踩油門開過去了。結果沒開幾米又來了個急刹車，車身一陣搖晃，顧海猶豫了一下，還是下了車。

這可是他家寶貝兒最好的一口。

氣可以生，人不能不寵！

「老闆，給我么[20]三斤。」

顧海等著的一會兒工夫，又瞧見旁邊有一家報刊亭，提著買好的栗子走過去，問老闆：「《Detal》

五月刊出了麼？」

老闆點頭，遞給顧海。

這也是白洛因喜歡的一本雜誌，顧海每個月都給他買，一刊都不落下。

「便宜你了！」顧海心裡冷哼一聲，提著東西上了車。

白洛因回到家直奔廚房，把買回來的豬蹄兒和一些別的熟食放進櫃櫥裡，又打開冰箱看了看，好像沒有大餅、饅頭一類的，看來今兒應該吃米飯了。他主動淘米煮飯，平時這些活兒都是顧海幹的，今兒都這個點了，那主兒還沒進廚房，可見準備撂挑子[21]不幹了。

脾氣還不小……白洛因心裡嘀咕了一句，你不煮我煮，煮熟了愛吃不吃！

白洛因剛把米淘好，正準備放水，顧海就進來了。

「不用你，拿來吧。」面無表情地朝白洛因伸過手。

白洛因沒遞給他，直說，「我來煮吧。」

18：擺臉色。

19：無中生有，無事生非。

20：秤。

21：指挑夫放下扁擔，藉此比喻不負責任、甩手不幹的情形。

「你煮的飯太軟了，根本沒法吃，和粥一樣。」顧海直接搶了過來。

白洛因冷哼一聲，「你煮的飯也不怎麼樣啊，每次都特硬，吃著硌牙，嚥下去硌胃，消化了硌肚子，拉出來硌腸子。」

這一大串話把顧海給激的，那張臉就像尿毒症晚期似的。

「不愛吃別吃！」顧海推了白洛因一把，「一邊待著去！」

廚房的門砰的一聲關上了。

呿……鬧著玩都聽不出來？沒勁！

白洛因走到客廳，剛一坐下，就看到茶几上擺了一盤子剝好的栗子仁，面色頓時一喜，趕緊拿起一顆放進嘴裡。又順手抄起沙發扶手上的一本雜誌，正好是自己想看的，於是一邊吃一邊看，小日子過得挺美。

顧海從廚房裡走出來，看到白洛因坐在沙發上那副享受的模樣，臉色更難看了。明明是他給剝的栗子仁，他給買的雜誌，他非要疼著慣著……結果看到這副場景，他心裡反倒不舒服了。

「我讓你吃了麼？讓你看了麼？」顧海冷著臉。

白洛因就回了他仨字，「我樂意。」

顧海心裡的火苗蹭蹭的往上冒，結果把自己燒得焦黑的，都沒捨得發作一下。顧海不覺得自個窩囊，在處理戀人感情問題上，他始終秉持著一個原則，能讓著就讓著，能忍著就忍著，勇於承受的才是真爺們兒。

於是，悲壯的身軀再一次閃進了廚房。

吃飯的時候，顧海一直沉著臉不說話，氣氛憋得白洛因有些難受，他好幾次想開口，結果都被顧海那緊緊擠在一起的兩道劍眉給噎回去了。

白洛因拿過一個豬蹄兒，把蹄尖兒掰下來放到顧海的碗裡，這個部位最好吃。

顧海心裡略有幾分小得意，果然以德治人是有效的，這不，他已經意識到了自己的錯誤，開始主動示好了。顧海繼續保持漠然的態度，沒說話也沒笑，好像理所應當的，吃完了連句感想都沒有。

吃完飯休息了一會兒，白洛因問顧海：「要不要去健身？」

顧海沒搭理他。

白洛因只好自己去了健身室，一邊跑步一邊等，等著顧海進來。結果一直到他大汗淋漓地從跑步機上下來，顧海也沒露個面。

白洛因擦了擦汗走出去，在每個房間裡轉了轉，最後發現顧海站在陽臺上。

白洛因徑直地走了過去，在顧海的背後站了一會兒，顧海感覺到了，卻沒回頭。白洛因的手臂很自然的搭到顧海的肩膀上，下巴擱在他的肩頭，渾身的重量都壓在他的身上。

「有點兒冷啊。」白洛因開口說。

明擺著大瞎話！臉上還冒著汗珠子呢，愣說自個冷！可這種謊言顧海愛聽啊，尤其當白洛因的手玩弄著他領口上的釦子，嘴裡的熱氣呼呼灌進他耳朵裡的時候，他的心裡就已經冒氣泡了。

顧海拽住白洛因的一條手臂，用菸頭去燙他的皮膚，當然不是真燙，白洛因下意識地躲了一下，胳膊上的兩根汗毛短了一小截，不疼倒是有點兒癢。

顧海終於轉過身，眼前是一張英俊的面孔，眼神中帶著幾分慵懶，汗浸的瀏海帶著魅惑的濕意，運動過後的皮膚泛著健康的光澤。

終究沒忍住，大手按住他的腦門，將他抵到了牆角。

「想女人了？」

白洛因知道這貨開口就不是好話，好在有了心理準備，不至於氣得跳樓。

「我都說了那是楊猛。」

「甭管他是誰，甭管他是男是女，你是不是調戲人家來著？」

「算是吧。」白洛因勉強承認。

顧海一把攥住小因子，冷魅的視線迫視著他，「我滿足不了你麼？」

這話從顧海的嘴裡問出來怎麼這麼欠揍呢？白洛因真想給他兩個大耳刮子，讓他適可而止，謙虛這兩個字真的不適合放在顧海的床第表現上，儘管白洛因不想承認。

還在想著，下面涼了，白洛因一低頭傻眼了。

「草，這是陽臺，露天的，你瘋了麼？」

顧海把白洛因翻過來抵在牆上，掏出自己的傢伙，陰惻惻地笑了兩聲。

「我就是要讓老天爺給我評評理，我怎麼就不行了？」

白洛因怒號，「顧海，你丫要敢來真的，我把你從十八樓踹下去信不信？……」

II.

「我信，但是我樂意為此付出生命的代價。」顧海將白洛因的兩條胳膊反折到後背。

白洛因很清楚地知道，很多時候，他不能把氣氛引到瀕臨爆發點的地步，因為一旦把話說橫了，最後肯定用暴力解決，一旦牽扯到武力，吃虧的肯定是他。從小到大，白洛因從未在一個同齡男人之前顯出如此大的弱勢。

但是讓他逆來順受，他又不是這個脾氣，於是每次都把話說得很痛快很漂亮，說完就後悔，後悔了也晚了。

「我覺得你會喜歡的。」

顧海自說自話，龍精虎猛的小傢伙一跳出來，立刻迸發出蓬勃的生命力。

雖然已是五月，夜風還是有些涼，尤其是吹在光裸的皮膚上，更是透著絲絲寒意。白洛因剛才運動時流下的那些汗，這會兒已經完全揮發了，整個身體都在冒涼氣。

終於，烙鐵一般灼熱的分身闖入體內，狹窄的甬道被狠狠撐開，有些脹痛難忍，卻也瞬間點燃了身體的溫度。白洛因的手指攥起又鬆開，呼吸一急一緩的，表露出此時此刻的所有感官情緒。

也許是第一次選擇在這樣暴露的場合，也許是第一次採用站姿，兩個人都顯得異常激動。顧海一條手臂圈住白洛因，讓他的後背貼著自己的胸口，感受粗暴的撞擊帶來的強大震動。

白洛因的眼前是一閃一閃的燈光，好像有無數雙眼睛在縱情觀賞。他羞憤難當卻又墮落地興奮著，憎惡身後的男人卻又無比享受他的凌辱和疼愛。也許被操得太爽了，白洛因第一次發出帶著哭腔的呻吟聲，瞬間將顧海的情緒點燃引爆。

顧海抬起白洛因的一條腿，手臂卡在腿彎處，將私處的景觀最大限度地暴露出來。白洛因的臉因難堪而脹出狂野的緋紅，五指狠狠摳著牆面，冷熱不均的呼吸中混合著隱晦的悸動，在突如其來的一個衝撞後，一切隱晦的情緒瞬間變得明朗而狂熱。

「啊……」

白洛因的脖頸猛地揚起，腰身不受控地抖動，筆直的長腿因震顫而彎曲，身後的手死死抵住顧海的小腹，明為擋，實則請。

這是一個致命的暗示，顧海像是點了撚兒的炸藥，經過一段時間的預熱後，爆發出驚駭強大的力量。他的手臂用力往上挑，將白洛因的兩條腿拉出一個極限的間距，毫無保留地開始衝撞，像是一挺機關槍，高密度地發射出威猛無窮的子彈。

白洛因被一撥撥的電流衝撞得近乎暈眩，小腹處驟然匯聚起一團火焰，越脹越滿，突然就到了一個臨界點，亟待爆炸，白洛因近乎崩潰地喊了一聲，支撐的那條腿驟然變僵，整個人都開始高強度地顫抖。

一股稀薄透明的液體噴射出來，打在了牆上，震傻了白洛因，卻給顧海一個極大的驚喜。這是白洛因第一次在沒有撫慰前面的情況下，同樣得到了性高潮的快感，滋味各有千秋，卻同樣妙不可言。

其後顧海像是上了癮一樣，將整個過程持續了一段羨煞眾男的時間，在這段時間內，白洛因體驗了在生死臨界點上的快感，每隔一段時間就會噴射一次，每次都是巨大的體能消耗，到最後腿都打晃了，精神也處於極度迷亂的狀態。

「嗯……受不了了……」又一次噴射過後，白洛因開始強烈地抗拒，聲音近乎哀求，「……

啊……別再弄了。」

「這樣就不行了？」顧海掐著白洛因的臉頰，「還早著呢，我這還沒射呢，著什麼急？」

白洛因出了一身虛汗，忍不住抱怨：「你丫那玩意兒是鐵做的啊？」

「本來它是肉做的，結果你非要去調戲別人，它一生氣就變成鐵了。」

話音剛落，鐵棒又開始肆意鼓搗起來，白洛因已經到了身體承受能力的極限了，顧海卻還在精神頭上，他把手伸到白洛因前面，因為屢次噴射而變得異常敏感的地方被顧海一捏攥，即刻讓白洛因發出崩潰的求饒聲。

「我真的受不了……你別再弄了……顧海……顧海……啊啊啊……」

「長記性沒？下次還隨便調戲別人不？」顧海一邊問一邊做著最後時刻的醞釀。

白洛因此時神智全無，顧海問什麼他都點頭，為了獎勵白洛因的乖順，顧海再一次提高頻率和力度。白洛因已然繃不住自己的喉嚨，哭腔夾帶著悶吼衝破一絲夜風的冰冷，癲狂的快感如同一團火瞬間將兩個人點燃。

最後一次，白洛因的白濁順著顧海的指縫流出，身體也隨之癱軟下來，有些令人後怕的快感待在體內不肯走，白洛因抬手的一瞬間，胳膊還在不自覺的抖動。

第一次，愛過之後完全脫力……

距離睡覺還有一段時間，兩個人洗過澡，一起靠在床頭看電影，白洛因定定地盯著電腦螢幕，上面的影像很快就模糊了。一片黑暗過後，腦袋猛地一垂，又赫然抬起，電腦螢幕又清晰了。

顧海恢復了貼心好男人的模樣，看著白洛因在一旁磕頭，柔聲問道：「睏了吧？」

白洛因點點頭。

「來，躺我肚子上。」顧海拍拍自己的小腹。

白洛因也不客氣，直接把腦袋砸了上去，沉重的眼皮耷拉著，很快耳旁的聲音就模糊了。

電影進入尾聲，女主角突然問了男主角一個問題，「你到底喜歡我什麼？」

男主角還沒回答，顧海就把視線轉到了白洛因的臉上。

「因子……因子……」

感覺到有人在拍自己的臉，白洛因睜開眼，表情有些不耐煩。

「幹嘛？」

「你喜歡我哪啊？」

白洛因正睏得不行，結果被顧海叫醒了問這種弱智問題，他能有耐心思考麼？於是直接回了一句，「我什麼時候說過我喜歡你啊？」

得！這句話一出，顧大少立刻不淡定了，那專門為媳婦兒御用的肚子這會兒也吝嗇了，說什麼都不給白洛因躺了，硬是把他的腦袋拔了起來。

這麼一折騰，白洛因又清醒了，電影也結束了，正播放著片尾曲。

「你讓我想想。」

白洛因開始正視這個問題，結果正視和沒正視一樣，他絞盡腦汁地想了半天，也沒想出一個確切的答案來，他又盯著顧海從頭到尾地看，看到最後都看樂了，也沒覺得他哪個地方吸引自己。

「想出來沒啊？」顧海對這個問題很重視。

白洛因實話實說，「我也沒覺得你哪好啊。」

顧海兇惡的獠牙又伸出來了，「一條都想不出來麼？」

白洛因尷尬地笑了笑。

平時白洛因一笑，顧海立刻心花怒放，這會兒白洛因一笑，顧海一肚子的氣。

撅了撅自家老二，「這你都不喜歡？」

白洛因立刻躺倒裝死。

顧海又把白洛因拽了起來，非要問出個所以然來，白洛因煩了，對著顧海的胸口捶了兩拳，「要不你先說！」

顧海想了想，說道：「你特傻，而且像個小孩兒一樣。」

白洛因呆滯了片刻，一副強烈鄙視的表情，「你還有臉說我傻？說我像小孩兒？」

「本來就是，你睡覺的時候特像小孩兒，往我懷裡一鑽……」顧海每每回味，都是一副陶醉的表情。

白洛因卻是一陣惡寒。

顧海還來勁了，一把將白洛因圈到懷裡，將他的腦袋按在自個的胸口，戲謔地說：「寶貝兒，來，吃奶。」

白洛因猛地朝顧海的肚子上給了幾拳，怒道：「你丫真該把那些首飾賣了。」

「為啥？」

「花錢請個好點兒的精神科大夫給你看看病，這才是正事。」

顧海啞然失笑，靜靜地瞅了白洛因半晌，問：「想出來沒？」

白洛因又一次沉默了。

顧海厚著臉皮提醒，「別說喜歡我睿智、成熟一類的，我都聽膩了。」

白洛因手裡要是有把錘子，早把顧海這張嘴鑿成番茄醬了。

「怎麼又不說話了？」顧海捅了白洛因一下。

白洛因斜了顧海一眼，眼神陰森得像是小鬼一樣，其實他是心虛，因為他到現在還沒想出一個像樣的答案。

顧海突然笑了，把白洛因拉到枕側，給他蓋上被子，寵暱地看著他，「想不出來就別想了，睡吧。」

其實他心裡也沒個確切的答案，剛才那兩條就是隨口說出來的，若是讓他繼續說，他還能找出一大堆的理由來。在他眼裡，白洛因到處都是優點，連缺點都是優點。

就像在白洛因的眼裡，顧海也同樣完美，完美得不知道怎樣去概括和評價。

一年一度的校園運動會又要開始了，每個班都在緊張地籌備著這件事，施展個人魅力的時刻到了，很多男生都爭搶著報名，女生略顯拘謹，但也不乏躍躍欲試者。

學校裡掀起一股積極運動的浪潮，每到下課或者是放學時間，都會有很多學生到跑道上緊張地進行賽前練習。校園戀人們也都轉移陣地了，原來都喜歡在草叢裡說悄悄話，現在不敢說了，生怕上一秒剛說完，下一秒就被標槍扎死了。

放學，還有男生陸陸續續來顧海這報名。

白洛因回頭看了一眼，問：「人數齊了麼？」

顧海搖頭，「沒有，差好多呢。」

「我看報名的人不少啊！」

「都是瞎湊數的，讓我給轟走了。」

「哪個班不得有幾個湊數的啊？」白洛因把報名表拿了過來，仔細看了看，男子長跑五千米和一千五百米那兩欄全都空著。

「你把這兩項給我填上。」白洛因給顧海指了指。

顧海當即反對，「不行，這兩項在一天比，一個是上午，一個是下午，你肯定吃不消。」

「我沒問題，你給我填上就成了。」白洛因很堅持。

顧海倒不是不相信白洛因的實力，只不過不想讓他受那份累，比賽時候的跑和鍛煉時候的跑完全是兩個不同的概念，他不想看到白洛因為了爭名次而累死累活的模樣。

「換一個吧，我覺得你跑四百米也可以。」顧海建議。

白洛因惱了，「你明明知道我爆發力不夠。」

顧海長出一口氣，一副苦惱的表情。

白洛因直接把報名表搶了過來，給自己填上了一千五和五千兩個項目，看到四百米接力那裡還缺了一個人，也把自己填上了。

到了報名的最後一天，有兩個項目還在空缺著，可惜每個人報名的項目有限，如果可以重複報的話，顧海一個人就可以代表整個班出戰了。

「標槍和四百米欄還沒人報。」顧海嘟囔了一句。

白洛因幫忙物色人選，選來選去，都覺得這活兒適合個高的人。班裡個高的男生差不多都報名了，只剩下尤其一個了，本想徵求一下他的意見，結果這貨不知道跑到哪去了，心一橫，直接讓顧海填上了。

12.

「哈哈哈哈……」

陰森的檔案室門口響起一陣厲鬼般的驚天長笑，笑者眼神惡毒，表情猙獰，被笑者一臉愁容，表情惶恐不安。

「你們班體委沒經你允許，就給你報了五千米和四百米欄？」又是一陣上氣不接下氣的笑聲，「他怎麼想的啊？就算是奔著墊底兒去的，也得找個厚實點兒的人啊！」

楊猛惱恨地看著尤其，「你丫笑夠了沒有？」

尤其剛把臉上的笑容收住，結果看到楊猛那弱不禁風的小窄肩，巴掌大的小瘦臉，和一副窩窩囊囊的慫樣，噗哧一聲又樂了。

楊猛扭頭要走。

尤其一把將他拽住，「別生氣啊，我這不是安慰你呢麼！」

「有你丫這樣安慰人的麼？你這不明擺著幸災樂禍麼？」

「絕對沒有，絕對沒有。」尤其用手胡嚕22了一下臉，讓自己保持鎮定，「我這是變相安慰，你想想啊，我要是和你一起愁眉苦臉，唉聲歎氣的，不是更給你添堵麼？你就得把這當個笑話看，一笑而過。反正也是炮灰，你就隨便跑跑，爭取預賽就被淘汰。」

「不用爭取，肯定被淘汰。」楊猛一臉悲涼。

尤其輕咳一聲，「也是啊，就算全力以赴也擠不進決賽。」

「什麼啊！」楊猛又是一聲咆哮，「尼瑪五千米根本沒有預賽，直接就是決賽，只要你上了賽場，就得跑下來啊！五千米啊！我滴個天啊！我走下來都夠嗆，別說跑了。」

「你有點兒出息行不行啊？」尤其拍了楊猛的腦袋一下，「不就五千米麼？撒泡尿的工夫就跑完了。」

「草，你丫前列腺增生吧？撒泡尿要用那麼長時間！」

尤其又沒節操地嘿嘿笑了好長時間。

楊猛一副嫌惡的表情看著尤其，「我真應該把你這副模樣拍下來曝光到校園網上，讓他們瞅瞅你這副浪德性！」

尤其伸著脖子朝外瞅了兩眼，「好像快打鈴了。」

「那你回去吧。」

楊猛一邊往回走一邊暗暗咒罵自個，你說你找誰訴苦不好？非得找他？他就等著瞧你笑話呢，你丫還往糞坑裡跳！你不是傻帽兒誰是傻帽兒？這回更難受了吧？更憋屈了吧？更尼瑪想不開了吧？該！

走到樓梯口，尤其還樂吟吟地朝楊猛說了句，「祝你好運啊！」

楊猛朝尤其離開的方向狠狠地啐了一口唾沫，草，別尼瑪再讓我瞅見你！

尤其樂悠悠地打開後門，樂悠悠地進了教室，樂悠悠地坐到自個位置上，感覺到身後有人拍他，樂悠悠地轉過頭。

「因子，啥事？」

白洛因把複製的那份報名表遞給尤其，「咱們班有兩個項目空缺著，我給你填報上了。」

尤其的臉上隱隱透著幾分不安，「什麼項目？」

「運動會項目啊！」

尤其先是一愣，而後猛地將那張紙抽過來，看了幾秒鐘，臉上立刻塗了一層醬油。

「這……還能改麼？」

白洛因很肯定地告訴尤其，「改不了了，已經交到主任室了，馬上就要錄入了。」

尤其身形一凜，體育可是他最大的弱項啊！再看一眼自個的項目，更是晴天霹靂，標槍？他碰都沒碰過！四百米欄？等等……怎麼越看越眼熟？草！楊猛也有這個項目，我滴個天啊！這是報應麼？

趁著臨上課前的一分鐘，尤其決定和顧海商量商量。

「要不找個人替我吧？咱們運動會是積分制的，最後班裡的總積分還要排名呢，別讓我給班上拖後腿了。」

尤其找顧海商量，就等於拔劍自刎。

顧海無情的目光掃視著尤其那張絕頂英俊的臉頰，聲音不重但很有力度。

「找人替你？你打聽打聽去，咱們學校有幾個人不認識你？比賽第一才加八分而已，比賽作弊要扣掉二十分，你自個算算值不值。」

尤其沉默了十秒鐘，剛要開口，上課鈴響了。

放學，尤其找白洛因求助。

「你和顧海商量商量，咱們班不是有替補的麼？就讓那個替補上算了。」

白洛因拍了拍尤其的肩膀，「我看好你。」

尤其怔住了。

「我覺得你的身體素質不錯，挺有潛力的，就是缺乏鍛煉。而且你這程子[23]胖了，我覺得你正好可以趁這個機會多運動運動，就當是減肥了。」

白洛因掐人的命脈總是那麼準，尤其最愛的就是他那副皮囊，最介意的就是別人對他這副皮囊的看法。於是乎白洛因專從這裡下手，而他的評價在尤其心中又有很大的分量，他要是說尤其胖了，電子秤顯示瘦了，尤其也覺得自個胖了。

放學，楊猛拖著沉重的步伐上了跑道。

五千米，五千米，楊猛想起這個數字就肝顫[24]。

茫茫跑道，哪兒是我的歇腳之地啊？一圈又一圈，什麼時候是盡頭啊？

23：這陣子。
24：驚恐、顫抖。

「東西給我拿著吧。」

聽到一個熟悉的聲音，楊猛轉過身，看到兩道熟悉的身影。

白洛因把身上那些礙事的東西交給顧海，打算在這個跑道上試一試，找找感覺。

「你也報名了？」

聽到楊猛的聲音，白洛因才在人潮中發現這個不起眼的存在。

「是啊，五千米。」白洛因一派輕鬆的表情。

楊猛差點兒順風跌倒，白洛因什麼水準他再清楚不過了，保守估計比賽的那一天，白洛因至少得超他五六圈。想到那時所有選手都跑完，他獨自一人在跑道上數圈的淒慘場景，楊猛就想捶地痛哭。

「你在這幹什麼呢？等你同學？」

白洛因隨便打聽了一句，因為他壓根沒把楊猛和比賽聯繫到一起。

楊猛木訥地搖搖頭，又點點頭，又搖搖頭……

顧海本來就看楊猛不順眼，這會兒瞧他這一副呆痴的表情，心裡更不痛快了，直接在旁邊催促了白洛因一句，「你趕緊跑吧。」

白洛因點點頭，上了跑道，顧海又跟了上去。

「要不我和你一起跑幾圈吧？反正我在這待著也無聊。」

兩人剛要走，楊猛又追了過去。

「要不我也跟你們一起跑吧，我在這待著也無聊。」

白洛因肯定沒意見，顧海也不好有意見，於是三個人一起跑起來了。

盯住他，盯住他，絕對不能被甩開，你只要盯住他十圈，你就勝利了！

楊猛對自己勝利的標準就是別丟人現眼就成了。

白洛因和顧海跑起來很輕鬆，前幾圈就是預熱，速度不快，一邊跑一邊閒聊天，說說班裡的事，嘮嘮家常。楊猛偶爾還能插兩句嘴，每次開口都有巨大的成就感。看看！我和曾經的長跑冠軍和少將兒子一起跑步，不僅能跟上，我還能開口聊天呢！

跑到第四圈的時候，楊猛說話就有些費勁了，每次開口都是氣喘吁吁的，說完更是呼哧亂喘，要拚命地倒氣換氣才能保證呼吸的順暢。到了第五圈，楊猛基本說不了話了，只能聽白洛因和顧海在前面說，默默地跟在後面。

到了第六圈，顧海拍了白洛因的肩膀一下，「咱們正式開始吧。」

楊猛：「……」

多麼殘忍的一句話，此時此刻，楊猛已經累得一塌糊塗了，而前面的四條腿剛開始精神起來。楊猛眼睜睜地看著那四條健壯的長腿如同奔騰的野馬，風行電掣般的脫離自個的視線，連個招呼都不打。

楊猛的速度卻越來越慢，像是老黃牛一樣辛勤地耕耘著。

「調整呼吸，你現在的呼吸節奏有點兒快，三步一吸、三步一呼……」

聽到熟悉的聲音，楊猛陡然一驚，尼瑪這麼快就超我一圈了？

敬畏的眼神看著兩個高大的身影從自己身邊閃過，白洛因扭頭朝他一樂，草，你還有力氣樂呢？你跑那麼快你還能樂？旁邊那位更生猛，背了兩個書包，還在那滔滔不絕地說著，你們都是人麼？

沒一會兒，顧海和白洛因又超過去了，沒一會兒，顧海和白洛因又超過去了……

不要和他們比，做好你自己就成了，記住你的對手只有你自己，今兒你能跑下來你就勝利了……

楊猛暗暗對自個說。

還有四圈，還有最後四圈，楊猛攥了下拳頭。

後面又響起了熟悉的聲音，「還有一圈了，衝刺！」

楊猛差點兒被這句話刺激得一個趔趄，還有一圈？他們都要跑完了麼？怎麼可能！我是從開始跑就計算的，他們是跑了六圈才開始計算的，怎麼可能比我先跑完？再說了，顧海不是說只陪著白洛因跑幾圈麼？怎麼可能一直跑到現在？況且他還背了那麼多東西……

他們一定是偷懶了，肯定的，沒錯！

兩個人驟然提速，顧海也不知是有意的還是無意的，從楊猛身邊過的時候，後背上的書包突然就撞了楊猛一下。楊猛兩條腿正發軟呢，被顧海這麼一撞，整個人朝旁邊歪去，不停地用腳找平衡，還是沒找到，最後頹然倒地。

白洛因連頭都沒回，因為楊猛倒在地上的時候，白洛因已經衝刺到終點了。

「感覺怎麼樣？」顧海問。

白洛因緩了幾口氣，「還好。」

顧海伸手去給白洛因擦汗，白洛因躲過去了。

「不用擦了，回家洗澡吧。」

兩個人肩並肩走出了校門。

等尤其走到操場上的時候，天已經黑了，跑道上一個人都沒有了。跑校生已經走光了，住校生都去上晚自習了，這會兒鍛煉最合適了。

尤其伸伸胳膊踢踢腿，舒展舒展筋骨，放鬆放鬆肌肉。

就在他準備跑的時候，突然聽到某處傳來一陣哭聲，隱隱約約的，還帶著含糊不清的咒罵，他順著聲音尋覓過去，哭聲越來越大，而且越聽越熟悉。

「嗚嗚……尼瑪的……我腳崴了，腿抽筋，胳膊也抽筋，全身上下都抽筋……我還差兩圈呢，我得跑完了才能回家啊……嗚嗚……人家跑三圈我才跑一圈啊，人家撞我一下我就栽跟頭啊……」

尤其輕咳兩聲，旁邊的哭聲戛然而止。

13.

「你可真是你大舅的親外甥。」

尤其蹲下身看著楊猛。

楊猛狠狠地抹一把眼淚，屁股在地上轉了一個圈，背朝著尤其說：「告訴你，今兒我心裡特不痛快，你最好別惹我。」

尤其用膝蓋拱了楊猛的後背一下，帶著幾分挑釁的口氣逗他，「我惹你又怎麼樣？」

楊猛像是被踩到尾巴的小老虎，嗖的一下轉過身，抱住尤其的一條腿開始大聲嚷嚷。

「瞧一瞧，看一看了啊！尤其在草叢裡打手槍啊……」

楊猛力氣小，嗓門卻不小，可能遺傳了他老娘的優良傳統。他這麼一喊，整個操場上迴蕩的都是這個聲音，教學樓就在三十米開外的地方，凡是長個耳朵的學生都能聽見。

尤其一驚，趕緊蹲下身捂住楊猛的嘴，狠狠朝他後腦勺抽了一下。

「你丫的給我閉嘴！」

楊猛不吭聲了，過了一分鐘左右，尤其突然感覺自己的手背濕了。他把手放下來，楊猛又開始哭了，一邊哭一邊用手捶地，看樣子很痛苦。

「不是……你哭什麼？」尤其有些著急了，「我剛才也沒使勁啊！」

「和你沒關係。」楊猛抽泣了兩下，眼睛對著天空，一副悲慟的表情，「你無法理解我心裡的苦，你走吧，讓我一個人安靜地哭一會兒，哭完了我還是一條好漢。」

「我有什麼不能理解的？」尤其盤腿坐到地上，一副滿不在乎的表情，「不就是運動會要跑個五千米麼？」

「你怎麼知道的？」楊猛蔫不唧唧[25]地揪著地上的草。

尤其無奈地瞟了楊猛一眼，「不是你和我說的麼？」

「哦，對，我告訴你了。」

楊猛又嗚嗚地哭了起來，聽著像是唱歌似的，不愧是哭喪大隊隊長的外甥。

尤其看到楊猛肩膀一抽一抽的，語氣難得溫柔了一些。

「有什麼好哭的？怕丟人就棄權唄。」

楊猛捶胸頓足，「我想棄權就棄權麼？你也不問問我爸答應麼？我們楊家列祖列宗答應麼？」

尤其：「……」

楊猛又哭了，「哎呦喂，這可咋辦啊？……」

尤其看出來了，這貨就是沒病找病，閒的！

「行了，你自個在這哭吧，我去跑步了。」

楊猛的哭聲戛然而止，沒事人一樣地朝尤其盤問：「你這會兒跑步幹什麼？」

尤其內心猶豫了一下，出於對面子的考慮，還是沒把實情告訴楊猛。

25：精神委靡不振的樣子。蔫，音ㄋㄧㄢ。

「就是鍛煉身體。」

等尤其跑完五圈，站在跑道上朝草坪中央看過去的時候，發現那兒還有個小點點。他一步一步朝裡面走，結果發現楊猛果然還在。

「你怎麼還不回家？天都黑了。」

楊猛唉聲歎氣的，「我還有兩圈沒跑完呢。」

「那就趕緊跑啊！」

楊猛吶吶的，「不想跑。」

尤其坐下來看著楊猛，楊猛不哭了，但也沒啥表情了，呆頭呆腦地瞧著不遠處的跑道，後腦勺的頭髮上還插著幾根草屑，一副受了欺負的倒楣樣兒。

尤其噗哧一聲樂了，但不是嘲笑，是一種無奈。

「你至於麼？」

楊猛有氣無力地說：「今兒我和白洛因一起跑的，他也報了五千米，結果我讓他超了好多圈。哎，人比人氣死人啊……」

「你還和他一塊跑？」尤其不知道說啥好了，「你咋沒和顧海一塊試試呢？」

「顧海也在呢，他還背了一大堆東西，都比我跑得快。」越說越委屈，楊猛的嘴角又咧開了。

「得得得，您別嚎了，要我說你都沒有哭的必要，要真是一個水準的，輸給人家哭幾聲也值了。你這差了十萬八千里，哭著都沒勁！」

楊猛咧開的嘴角又緊緊抿上了，一副慘遭凌辱的悲憤相兒。

「行了，趕緊回家吧。」尤其推了楊猛一把，「晚上降溫了，你穿這麼點兒肯定得感冒。」說罷自個拿出紙巾擤鼻涕。

楊猛一動不動的。

尤其坐不住了，直接站起來朝楊猛說：「你不走我可走了。」

楊猛還是沒反應。

尤其真走了，走了十多米又折返了，一副惱恨的表情看著楊猛。

「你有什麼可難受的？你們班體委給你報了項目，證明他看得起你！我不是和你一樣麼？我都沒碰過標槍，顧海還給我報了這麼一項！我比你還怕丟人呢，不也沒事人一樣地來這鍛煉麼？」

一聽這話，楊猛陰鬱的眼神一下放光了。

「真的？你也報了項目？都有啥？」

尤其沒好氣地說：「標槍、四百米欄。」

「你也有四百米欄？哈哈哈……」楊猛瞬間興奮了，迅速從草地上坐起來，拍拍尤其的肩膀，一臉痛快地說：「那個，我回家了！」

草，剛才安慰了你半天都沒管事，就尼瑪說點兒我的倒楣事兒，瞧把你治癒的！

楊猛哼著小調跑跑顛顛地走了。

尤其看著楊猛的背影暗暗咬牙，就當可憐你了。

幾天之後，尤其才知道他的憐憫之心施捨得有多不值，他和楊猛說完的第二天，楊猛就把他參賽的消息大面積地散布到學校裡。不出三天，全校的師生都知道尤其參賽了，也知道尤其比的是什麼項目，甚至連分在哪組，什麼時間開始都了解得一清二楚。

尤其又被推到了風口浪尖的位置。這會兒再棄權，等於臨陣脫逃，多丟人啊！不棄權，以他這個水準，到時候肯定更丟人。

已經沒有退路了，尤其只能拚命地鍛煉鍛煉再鍛煉。

「尤大明星，在這練標槍呢？」楊猛哼哼唧唧地從遠處走過來。

尤其拿標槍的尖兒指著楊猛，「你ㄚ別過來啊，過來扎死你！」

楊猛已經基本摸清了尤其鍛煉的時間，所以一有空就會過來參觀一下，看看他的進步狀況，給自個的懶惰找個藉口。偶爾看到尤其進步了，就會如臨大敵般地緊張起來，趕緊加緊鍛煉，生怕丟人現眼找不到伴兒。

兩人總是一起鍛煉，一來二去，尤其也就不在乎楊猛幹的那點兒缺德事了。偶爾還會監督監督他，刺激刺激他，楊猛雖然先天不足，可後天多敦促敦促，還是有點兒成效的。

楊猛在距離尤其稍遠一點兒的地方觀看，尤其開始助跑，然後胳膊發力，猛地一擲，標槍瞬間飛了出去。整套動作一氣呵成，姿勢也很標準，頗具觀賞性，而且看投擲的距離，貌似也挺遠的。

「好！」楊猛大喝一聲，激動地鼓掌。

「好什麼好啊？」尤其沉著臉去撿槍，「槍尾先著地的，扔得再遠也沒成績。」

「呃……」

尤其有點兒發愁，姿勢明明對了，怎麼總是扎不到地上呢？

楊猛給尤其出主意，「你把標槍反著拿，不就槍頭先著地了麼？」

尤其：「……」

兩個人一起練跨欄，因為沒有欄，又不想去體育館借，只好一個人充當欄，一個人去跨。因為楊猛個頭小，尤其腿長，所以每次尤其跨的時候總是很輕鬆，可到了楊猛跨就不是那麼回事了，十有八九都會撲在尤其身上。

又輪到楊猛了。

「準備好了沒？」楊猛大聲喊。

尤其回頭，給了楊猛一個ＯＫ的手勢，然後轉過頭，刻意把頭壓得很低，好讓後背的高度降到最低，避免再一次被楊猛撲倒的下場。

楊猛開始助跑，跑到尤其身邊，猛地抬起一條腿，緊跟著另一條腿，然後穩穩落地。

這是楊猛第一次在跳起來之後腳丫子先著地。

有點兒不敢相信這是真的，激動地拍了拍尤其的後背，「哎，我是不是跨過去了？」

尤其沒說話。

「你怎麼還不起來？」楊猛納悶。

尤其費力地張開嘴，「你丫先把腳丫子挪開，踩著我頭髮了。」

夜晚、浴室、浴缸，兩個泡澡的男人。

白洛因的頭靠在浴缸的邊緣長舒了一口氣，運動過後泡個熱水澡的感覺真舒服，身上每一塊緊繃的肌肉都鬆弛下來了。他抬起一條腿，沒有太大的感覺，又抬起另一條腿，好像有點酸脹，不過還好。

顧海坐在他的對面，白洛因一抬腿，他就往人家腿間瞟，白洛因再一抬腿，他還往那個地方看，像個職業流氓。

「今兒跑了那麼長時間，腳底板酸不酸？」顧海柔聲問。

白洛因活動了一下腳趾，「有點兒疼，還好。」

「我幫你按摩按摩。」顧海說著，開始用手指肚兒在白洛因的腳心上一下一下按摩著，白洛因感覺挺舒服，就閉上眼睛由著顧海弄。開始還像那麼回事似的，後來越來越不對勁，白洛因一睜眼，發現自己的腳趾頭跑到顧海嘴裡了。

另一隻腳揚起一片水花，打在顧海的色臉上。

顧海把身體順到和白洛因一個方向，浴缸不夠大，兩個人只能側躺著，顧海的一條手臂圈過白洛因，手在他的臉上寵暱地撫摸著。

「明天就要比賽了哈。」

顧海也不知道是說給白洛因聽呢，還是說給自個聽呢。

白洛因嗯了一聲。

顧海又開口，「今兒得好好休息哈。」

白洛因聽出了顧海口氣中的哀怨，於是這次更重地嗯了一聲。

顧海悶悶地沉默了半晌，突然眼睛一亮。

「對了，你的項目都在後天對吧？」說著，手就朝白洛因的腿間伸去，那種迫不及待就像小孩要吃奶一樣。

結果，被白洛因一把攥住。

「你的項目在明天。」

顧海想說我沒問題，結果看到白洛因的眼神，打退堂鼓了。

睡覺前，白洛因用腳踢踹了顧海一下。

「明兒加油啊。」

顧海揚唇一笑，「一句加油就得了，怎麼也得表示表示吧？」

白洛因斜了顧海一眼，顧海指了指自己的左臉頰。

白洛因猶豫了一下，還是湊過去親了一口。

「這邊。」顧海又指了指自己的右臉頰。

剛想罵一句，你丫有完沒完了？結果看到顧海那一副眼巴巴等著的表情，心裡不落忍26，只好湊過去又親了一口。

顧海也在白洛因的嘴唇上烙下一吻，這才心滿意足地睡覺。

26：心裡過意不去。

14.

運動會開幕式過後，宣布比賽的槍聲在跑道上響起。

第一項就是一百米預賽，顧海填報了這個項目，而且被分在第三組。所以開幕式過後，顧海直接去檢錄了，白洛因和其他同學一起坐在看臺上觀看。白洛因手裡拿著一臺照相機，打算一會兒給顧海拍照，結果一扭頭，看到尤其穿著一身運動裝，英氣逼人、魅力四射的，趕緊咯嚓了一張。

尤其聽到動靜，和旁邊的同學挪換了一下位置，坐到白洛因身邊。

「你的比賽項目是哪天？」

「明天和後天。」尤其淡淡回道。

白洛因一邊看著照片，一邊隨口問：「準備得怎麼樣了？」

尤其實話實說，「和沒準備一樣。」

白洛因剛要開口，一百米預賽的前五組選手已經陸續入場了，想說什麼突然就忘記了。目光在隊伍裡搜尋了好久，終於看到那個熟悉的身影，鬆了口氣的感覺。然後拿起照相機，鏡頭追隨著顧海，就在顧海揚起頭朝他笑的那一瞬間，迅速按下快門。一個陽光的小夥子在操場上定格了。

白洛因放下相機，往回查看了一下，忍不住笑道：「真傻。」

尤其發現，白洛因在說傻這個字的時候，一種說不清道不明的情愫從他的唇齒間溢出。從顧海出現，到白洛因拿起相機拍照，再到相片定型，一個看似平凡的過程，因為白洛因的一個笑容變得如此不平凡。

羅曉瑜不知道什麼時候出現的，就坐在白洛因和尤其的下面。

「老師。」白洛因喚了一聲。

羅曉瑜回眸一笑，白洛因用相機捕捉到了這個驚豔的瞬間。

比賽開始了，第一組選手已經準備就緒，發令槍一響，一排人像是離弦的箭一樣竄了出去，個個爆發力驚人。看臺上響起一陣陣的加油喝采聲，白洛因的目光很專注，甚至帶著排查和審度，他不僅僅是看熱鬧的，還要暗暗記下那些可能對顧海拿冠軍造成威脅的人。

第一組很快跑完了，第二組在做著準備，剛才安靜片刻的觀眾群這會兒又熱鬧起來。不知道是誰開了個玩笑，班上立刻響起一陣起鬨和口哨聲。

白洛因沒聽清，只聽到「巧克力」三個字。

尤其朝身後的一個男生打聽了一句，「他們笑什麼呢？」

那個男生樂呵呵地說：「咱們班主任太偏心了，那麼多人參賽，她就送了顧海一塊巧克力。」

白洛因舉起相機的手突然在那一刻放下了。

「老師，您偏心眼，您憑什麼只給顧海一個人？」一個膽大的男生站起來叫囂。

相比以往的暴脾氣，今天的羅曉瑜顯得異常的溫柔，不僅沒用那雙桃花眼瞪人，甚至連一句反駁都沒有。就那麼輕鬆自在地笑著，笑容裡透著幾分羞赧，如花的臉蛋兒像個十七、八歲的少女。

難得看到羅曉瑜這麼平易近人，很多同學爭著要和她合影，班裡一片歡樂的氣氛。

白洛因停頓了幾秒鐘，手裡的相機又舉了起來。

第三組選手出場了。

羅曉瑜開始整頓紀律，「都別鬧了，安靜下來，顧海要開始跑了。」

口令聲一響，所有比賽選手都蹲了下來，顧海是最後一個，蹲下之後還朝白洛因露齒一笑。白洛因真想罵他一句，儘管這個笑容很大程度地安撫了白洛因的情緒。白洛因不知道自己為什麼這麼緊張，他自己比賽的時候都沒這種感覺，明明在賽前給他測算了速度，根本不是那些同學可以匹敵的，可還是控制不住地心跳加速。

果然，顧海起跑比別人慢了半拍。

白洛因心裡一緊，十米過後才慢慢放鬆下來，班裡的同學開始加油吶喊，羅曉瑜也是異常激動，扯著喉嚨給顧海加油。五十米過後，優勢太明顯了，吶喊直接變成歡呼了。

撞線過後，白洛因看了一下手裡的馬表，不知不覺竟然讓他給攥模糊了。

速度比平時慢了將近半秒，可能是起跑慢了，也可能是中途減速了。不過這個速度還是列在了小組第一，輕鬆打破了校園最好紀錄，直接給二十七班先加了二十分。

顧海回到班級隊伍裡，又是一陣叫好聲，儘管很想黏糊到白洛因身邊，可是出於禮貌還是先和羅曉瑜打了聲招呼。

羅曉瑜拉著顧海的手，一個勁地誇讚，「表現真不錯。」

周遭男生一臉豔羨的目光。

「合影！合影！……」

不知是誰起了個頭，班裡又開始起鬨，紛紛要求羅曉瑜和顧海來張合影。

這個任務由誰來執行？那還用說麼？身後就坐著一個拿相機的。

「給我拍帥點兒啊！」顧海朝白洛因說。

白洛因暗中咬牙，給你丫拍就不錯了，還尼瑪這麼多事！

顧海把手搭在羅曉瑜的肩膀上，臉上帶著陽光明朗的笑容，配上旁邊那張絕美的臉蛋，真看不出是師生配，倒像是一對情侶。

白洛因剛把相機放下，羅曉瑜示意白洛因再來一張，這次她把手揪在顧海的耳朵上，臉上露出恩師訓誡學生的調皮表情，顧海也很配合地來了個言聽計從的乖順模樣。

在別人眼裡真登對啊，在白洛因眼裡真欠抽啊！

整整一個上午，接二連三地比了很多項目，班裡的同學也參加了不少，除了顧海之外也有排在小組第一的，可白洛因再也沒見過羅曉瑜像剛才那樣激動地大喊大叫，也沒見她再主動要求與誰合影。

下午比賽項目一結束，學校就宣布提前放學了。

回家的路上正好經過一個商場，顧海停住了腳步，朝白洛因說：「要不咱們進去看看鞋，明天你不是要比賽了麼？買雙好點兒的跑鞋吧。」

白洛因氣結，「不是前天買的麼？」

「買了麼？」顧海一副驚訝的表情，「我怎麼沒看見你穿啊！」

「不是你說讓我留到比賽那天再穿麼？」說著，拽了顧海一把，示意他趕緊走。

顧海就屬於那種路過商場，不買點兒東西心裡不舒坦的主兒，白洛因拽了半天都沒拽動，顧海還是堅持再買一雙。

「欸，你覺得第二個櫥窗擺著的那雙黃色的怎麼樣？我覺得特適合你穿。」

白洛因回頭看了一眼，又是新款上市，又是一個超限量系列的，又尼瑪標價三千多！

「適合不適合也跟你沒關係，你給我走！」白洛因又開始拖拽顧海。

顧海像是一匹倔驢子，怎麼拖都拖不走，最後還是衝進去買了一雙。提著出來的時候滿面紅光、喜氣洋洋的，壓根不像是剛掏過錢的，倒像是剛中彩卷的。

白洛因有點兒發愁，怎麼治治他這個瞎花錢的毛病呢？

「用不用再買身運動服？……」

「你——夠——了！」白洛因頓時火大，「有你這麼糟踐錢的麼？」

「怎麼能叫糟踐呢？咱買的也是貨真價實的東西啊，我把錢花在衣食住行的方面有錯麼？錢堆在手裡不花留著幹嘛？你沒聽說過一句話麼？不會花錢的人就不會賺錢，只有消費才能促進生產，有壓力才有動力啊！」

「我只看見你消費了，也沒看見你生產啊？」

「我怎麼沒生產？」顧海湊到白洛因耳邊，玩味地說：「我不是每天都源源不斷地生產出『牛奶』來餵養你麼？」

白洛因狠狠的給了顧海一腳。

等顧海重新走回白洛因身邊的時候，白洛因忍不住打聽了一句，「你爸現在是不是每個月都給你零花錢？」

顧海點點頭，「是啊，不然我敢這麼花麼？」

「那好，以後你把錢交給我，我來替你保管。」

「成，從下個月開始。」

白洛因微斂雙目，「為什麼要從下個月開始？這個月還沒給你麼？」

「給了。」顧海略顯得沒有底氣。

白洛因心裡隱隱有些不安，「錢呢？」

「……花沒了。」

「今兒剛幾號啊，你就給花沒了？」白洛因暴怒，「你都幹什麼了？花了那麼多錢！」

「昨晚上買東西用的。」

白洛因死皺著眉毛，「你昨天什麼時候買過東西？我一直在你身邊，我怎麼不知道？」

顧海的嘴角扯動兩下，聲音平靜。

「昨晚上你睡著的時候，我把你購物車裡的東西都給結算了。」

白洛因的腦袋轟的一下炸了，他有多久沒有登入那個帳號他都記不得了。從他了解網上購物開始，就習慣性地把喜歡的東西存到購物車裡，想著等哪天有了網銀就一樣一樣地買下來。這一存就存了幾年，很多東西已經從喜歡變成不喜歡了，但是他也懶得去刪，想著哪天就一次性清空了，結果……

白洛因揪扯著顧海的脖領子，神情悲慟，「你可真是我的活祖宗！」

「頭一次幹這麼浪漫的事。」說完，顧海還用手把臉捂住了，一副欠抽的羞澀做作樣兒。

白洛因瞟了顧海一眼，都尼瑪想哭了。

晚上洗完澡，兩個人照例早早地躺到床上休息，白洛因看雜誌，顧海玩手機。白洛因翻了一頁，順帶著瞥了顧海一眼，顧海正在用拇指飛快地敲擊著手機鍵盤。

「你在幹嘛？」白洛因湊了過去。

顧海給白洛因看了一眼，「聊天呢。」

白洛因記得顧海很少和別人聊天，登入聊天工具也只是查看一下留言，今兒怎麼這麼好興致？

「和誰聊呢？」白洛因隨口問了句。

顧海的拇指停頓片刻，「班主任，羅曉瑜。」

白洛因直接把顧海的手機搶了過來，看了一眼羅曉瑜的聊天帳號，然後丟給顧海。

顧海樂呵呵的，「她主動加的我，正和我聊你呢，說你是她帶過的學生裡面最聰明的一個。」

白洛因壓根沒聽顧海在說什麼，直接拿起自己的手機，登入聊天工具，向羅曉瑜發出好友請求，驗證資訊就是自個的名字，過了很久都沒得到回覆。那邊的聊天還在繼續，可見羅曉瑜就在線呢，白洛因不信這個邪，又發了一次，這次直接遭到了拒絕。

他早就聽說過，羅曉瑜從不公布自己的聊天帳號，也從不加任何一個學生。

白洛因又把顧海的手機拿了過來，打開通訊錄，查看羅曉瑜的電話號碼，再對照一下自個紀錄的，果然是兩個不同的號碼。

怪不得每次他請假都打不通，顧海一請假就能打通！

白洛因的眼前突然就浮現了上午拍的那兩張照片，一張勾肩搭背的，一張揪耳朵的。

「怎麼了？」顧海問。

白洛因突然側過頭，定定地看了顧海幾秒鐘，然後把手伸了過去。

「嗷——」

顧海的那隻耳朵，被白洛因從床頭揪到床尾，從床上揪到床下，顧海嚎叫、躲避、掙扎均無果。白洛因拎著顧海的那隻耳朵，拖著他在屋子裡整整轉了一圈，後又將他搭在別人肩膀上的胳膊掄起來一頓拳頭大餐，直到顧海那條胳膊全麻了，臉皺成一朵野菊花，白洛因才收手。

15.

在白洛因的嚴厲管教下，顧海主動將羅曉瑜的帳號拉入黑名單，又刪了她的手機號碼，還保證不私自進出她的辦公室，以及在課餘時間和她有任何往來……

第二天上午，白洛因的五千米要開始角逐了。從白洛因開始檢錄一直到入場，顧海的一顆心都懸著，他站在看臺的最高處，以便白洛因能一眼看到自己，又不至於太近而給他造成心理壓力。

尤其也站在標槍比賽場地準備預賽，原本關注度不高的賽事，因為尤其的參與而顯出極高的人氣。尤其往那一站，幾百臺照相機和攝影機的鏡頭就對準了他，好在尤其排在五十幾號，此時此刻毫無壓力，還可以趁機看看五千米的角逐。

楊猛站在五千米的角逐場地，一副蓄勢待發的表情，看得尤其直想樂。心裡默默地祝福他能跑完全程，關注的目光自然而然轉向了白洛因。

槍聲一響，一群人就浩浩蕩蕩地出發了，白洛因不快也不慢，處在中間靠前的位置，跑得很輕鬆。楊猛就在離他不遠的位置跟著，雖然跑得有些吃力，但也不至於落到最後一個。

很快，第一陣營的人向標槍比賽場地靠近，尤其趁機喊了聲，「因子加油！」

白洛因朝尤其露齒一笑。

楊猛很快也跑過來了。

尤其又喊了一聲，「嘿！楊猛，實在不行就下來吧！」

楊猛狠狠瞪了尤其一眼，小身板在龐大的隊伍中堅強不屈地掙扎奮鬥著。別人在跑過班級隊伍的時候，都會聽到一陣歡呼吶喊聲，唯獨楊猛跑過去，整個班集體噤聲，讓這個瘦小的身影又多了幾分悲涼。

其實，楊猛完全沒必要這麼苦逼，都是他自找的，比賽之前和全班同學打了招呼：我比賽的時候，你們絕對不能給我加油，更不要喊我的名字，就讓我沒沒無聞地丟人吧……

回頭瞅了一眼，身後還有十幾個人，還好還好，離倒數第一還有一段距離。

跑到第五圈的時候，差距就顯現出來了，除去領跑的，前面只剩下四個人。白洛因算是其中一個，剩下的三個人是一個班的，可謂團體作戰。

起初他們還能和白洛因和諧共處，慢慢的，白洛因發現他的前進遇到了一些阻力。這三個人一直在想方設法包抄圍困他，不停地變換速度影響他跑步的節奏，而且總會打一些擦邊球，試圖絆倒或者拖垮白洛因。

很多人都看出這種局勢了，班裡同學紛紛怒罵，顧海擰眉注視了片刻，每當那三個人有什麼小動作，白洛因的腳步出現不規律調整的時候，顧海的臉色都要難看幾分。

羅曉瑜不知道什麼時候站在顧海身邊了，很認真地朝他提醒了一句，「你別下去惹事，比賽的時候出現這種情況是很正常的，只能怪咱們準備不夠充分。」

顧海恍若未聞，一步一個臺階地往下走。

羅曉瑜用手拽住了顧海的胳膊，「咱們班現在是第一，你這麼一鬧就前功盡棄了。我相信白洛因的實力，耐心和我們一起觀戰吧，只要給他加油就好了。」說罷，羅曉瑜帶頭喊了一句：「白洛因加油！」

班裡的同學很快跟著一起喊。

「白洛因加油、白洛因加油……」

白洛因聽到聲音抬起頭，目光朝看臺上掃過去，本想給同班同學一個笑臉，結果突然就瞄見羅曉瑜拽著顧海的胳膊，剎那間一個恍惚，險些被旁邊的人撞得一個趔趄。

這一次顧海說什麼都站不住了，強行甩開羅曉瑜的拉扯，並保證絕不給班級抹黑，就朝比賽場地走去。

楊猛還在後面慢悠悠地跟著，和第一方陣的距離越來越大了，但是相比那天和白洛因、顧海一起練習，進步已經相當明顯了。楊猛也納悶，按照白洛因的速度，早該超自個一圈了，怎麼到現在還沒影呢？

楊猛回頭看了一眼，白洛因就在離他不遠的地方，正在被兩個人夾擊。跑在最前面的那個估計是這兩人的同夥，他們的目的肯定是保這個人第一。

草！楊猛惱了，欺負我們人少麼？因子，你別著急，我來了！

白洛因看到楊猛回頭朝自己笑，突然就來了一股勁，逮到一個夾縫鑽了過去，緊跑兩步暫時甩掉身後的兩個人。

那兩個人一看白洛因跑了，趕緊加速往前追，卻沒料到前面突然多了一個礙事的。楊猛像是喝醉了一樣，腳步七扭八歪，渾身爛顫。那兩個人向左，他就向左，那兩個人向右，他就向右

楊猛本來就累得夠嗆了，這麼折騰能好受麼？那兩人跑得再慢也比他強多了，他要想攔住兩個人，就得使出四倍的勁頭來，努力跑在人家前面。他已經不去考慮後面十圈怎麼辦了，他的目的就是盡可能拖住這兩個傢伙，為白洛因爭取更多的時間，讓他確立不可撼動的優勢地位。

尤其站在標槍比賽場地，靜靜地注視著不遠處那個被人推搡[27]怒罵的弱小身影，心裡突然被震撼了，一種無法言喻的感動充溢著整顆心。

也許是看多了楊猛在跑道上叫苦連天，這會兒對他的堅持和頑強有著如此深的感觸。

沒人知道楊猛多怕丟人現眼，多怕倒數第一，多怕跑道上只剩下他一個人……只有尤其知道，他還總是笑話楊猛的這種想法，可當他看到楊猛為了朋友毅然決然拋棄這些雜念的時候，突然覺得一點兒都不可笑了。

楊猛的肺都要爆炸了，兩條腿開始打晃，這次是真的打晃，不是故意裝出來的。白洛因已經超過他半圈了，這會兒完全可以收手了，可一想到白洛因再超過來，這兩個傢伙可能會再次圍堵，楊猛咬了咬牙，乾脆把他們拖垮了吧……

也許實力本來就有限，也許楊猛的小身板真的爆發出了超能量，這兩個人的腳步和呼吸都開始凌亂了，連罵人都顯得氣息不暢了。

楊猛瞥了他們一眼，心裡暗諷：原來你們就這點兒本事啊？

正想著，兩個人突然一起追了上來，左右兩邊推擠著楊猛，楊猛本來就矮小，再加上巨大的體力消耗，就要在僵持中陣亡了。

「尤其、尤其？……」

小喇叭開始喊尤其的名字。尤其剛回過神來，看臺上響起山崩地裂的呼喊聲。

「輪到你了，只有一次機會！」

尤其接過標槍，站到助跑的起點，就在他舉起標槍的一瞬間，突然看到楊猛踉蹌著朝草坪上摔去。

「你大爺的！！」

尤其突然狂吼一聲，手裡的標槍猛地朝跑道上擲去，在空中畫出一道凌厲的拋物線，直奔那兩個作惡的傢伙。

「啊啊啊……咋回事？」其中一個驚叫，上氣不接下氣地說：「標槍怎麼扔這來了？」

另一個叫都叫不出來了，抱著腳在地上打滾，鞋子前端一個大窟窿，往外翻著毛，那是標槍扎的，其中一個腳趾頭也被扎傷了。

尤其暗喜……草，竟然是槍頭先著地的，第一次成功啊！

標槍場地和看臺觀眾席上響起驚呼聲和鬨笑聲，尤其不甚在意，直接走到跑道上和裁判解釋了一句，「對不起，失誤、失誤了。」

「下次注意點兒，有你這麼扔標槍的麼？都照你這樣，想往哪扔就往哪仍，以後誰還敢參加這個項目啊？」

「是是是……」

尤其恭順地承認錯誤之後，朝楊猛跑過去，楊猛已經站起來了，不過身後早沒人了。

「走，我跟你一起跑。」尤其說。

楊猛已經累到脫力了，說話也是上氣不接下氣的，「你……幹嘛……和我一起……跑……你不

27：用力推。搡：音ㄙㄤˇ。

比……比賽了？……」

「我被淘汰了。」尤其一臉輕鬆。

楊猛釋然地笑笑，身上又來了一股勁兒，果然尤其的厄運和失敗總能給他帶來力量和鼓舞。

跑了幾步，楊猛又問：「我是不是倒數第一？」

尤其難得說了句動聽的話，「不是，剛才那兩個人已經被你甩在後面了。」

「那就好。」楊猛擦擦汗，繼續拖著沉重的步子前行。

16.

甩掉了後面兩個人，白洛因很快和前面一位展開了廝殺。

本來水準是高出對手一截的，可惜剛才被圍困消耗了太多的體力，白洛因追起來有些費勁。加上前面這位也不是善茬[28]，白洛因每次一接近，他就有意無意地遮擋和阻攔，甚至頻繁地變換節奏，完全是自殺式的戰術，根本不顧及自己的體力。

顧海此時此刻已經抵達跑道最外圈，沒有如羅曉瑜所想的那樣，直接劈頭蓋臉地將第一名揍一頓，而是很冷靜地告訴白洛因：「和他保持三米的距離。」

聽到顧海的聲音，白洛因焦躁的情緒突然就緩和了下來。

顧海在部隊待了那麼久，接觸了那麼多訓練，長跑是其中最基本的一項。他從第一名的呼吸頻率、跑步姿勢、腿型……等等各個方面來推測，白洛因只要以自己的速度和節奏堅持三圈，這個人就耗不住了。

果然，跑到兩圈半的時候，此人就如洩了氣的皮球一樣沒勁了。

白洛因很快超過他，占據第一的位置，看臺上掌聲雷動。

28：指「好對付、好應付」的人。

顧海此時此刻才跟上來，跑在白洛因的旁邊。

白洛因有些累，但是可以承受，扭頭看了顧海一眼，還為剛才羅曉瑜拽他那下吃醋呢，當即怒斥一句：「你跟來幹嘛？」

顧海樂呵呵的，「我想你了。」

誰也無法想像，在這種勵志、鼓舞人心、激情迸發的賽場上，兩個並肩作戰的小夥子竟然說著如此肉麻的情話；更沒人能夠想像，在這種挑戰意志力的長途奮戰中，某人還能騰出一絲氣力用來打情罵俏。

還有最後五圈，白洛因看了下時間，第一是肯定沒問題了，要想破紀錄，恐怕得拚一下。

顧海看到白洛因的前襟全都被汗水濕透了，呼吸也不像最初訓練的時候那般均勻了，可能是前面消耗了大量的體力，這會兒有點兒吃不消。

眼瞅著還有四圈，他媳婦兒還得熬四圈，顧海先挺不住了。

「要不咱別跑了？」

白洛因俊臉一沉，扭頭怒道：「有你丫這樣給人加油的麼？」

顧海皺著臉，「我這不是心疼你麼？」

白洛因沒搭理他，按照自己的計畫，開始在倒數第三圈加快速度。

顧海心裡一緊，忙問：「幹嘛提速？」

「破紀錄。」

「破紀錄？」顧海好像受了多大的打擊一般，立馬黑臉了，「你丫給我悠著來啊，別犯二[29]，拿個第一就成了，非得破那個紀錄幹嘛？就算有額外加分，也是加給咱們班，對你有啥好處啊？」

白洛因艱難地開口，「你能不能別磨嘰[30]了？」

本來我就夠累了，你還在這挫我的鬥志，真不知道你來這幹嘛了！

倒數第二圈，白洛因的呼吸節奏徹底亂了，完全無章法可循了，顧海跑在他的旁邊，能感覺氧氣匱乏給白洛因帶來的煎熬。心裡真是揪心的疼啊，恨不得一棍子將白洛因打悶，直接扛到終點。

白洛因正在和自己的意志力進行激烈的搏鬥，顧海又開口了，「降速吧，第一穩拿了，跑完得了。」

白洛因完全視他為空氣。

顧海真是看不下去了，竟然用力拽了白洛因一下，強迫他降低速度。

白洛因撐著最後一分氣力朝顧海咆哮了一句，「你給我滾！」

最後一圈的槍聲打響了。

白洛因已經全然顧不得身體的承受能力了，衝刺就意味著呼吸停歇、意識喪失、身體麻木……

此時此刻，顧海也不再說喪氣話了，讓白洛因盡快衝到終點、脫離苦海才是最重要的。

「加油，加油，寶貝兒，憋一口氣，就快了……」

草……聽到顧海這一番加油，白洛因突然覺得自個不是在跑步，倒像是生孩子！

29：愚笨之意。

30：此處指囉唆。

終於，胸口頂到了那根紅線。一陣歡呼聲從遠處傳來，震散了頭頂上的一團雲朵。

白洛因大口大口地呑嚥著空氣，癱軟的腿緩緩地在跑道上行走著。

「破紀錄了。」記錄員朝白洛因舉了舉手裡的計時器。

白洛因停頓了幾秒鐘，扭頭看一眼顧海，顧海正在朝他笑。他像是才反應過來一樣，猛地竄上顧海的後背，狠狠在他的脖頸上咬了一口，然後捶著他的肩膀肆無忌憚地大笑，笑聲沿著塑膠跑道一路奔走，甩下了長長的一段快樂。

真正的勵志哥還在跑道上頑抗著。

「還有幾圈？」楊猛朝尤其問。

從尤其跟著楊猛一起跑到現在，這句話不知道聽了多少次。

「還有兩圈，最後的兩圈。」

楊猛蒼白的臉上浮現幾絲苦楚，「還有兩圈呢？我跑不動了。」

尤其狠狠在楊猛的屁股上給了一下，疼得楊猛直咧咧。

「趕緊跑，就差兩圈了還叫喚什麼？」

楊猛瞅見別人一個個全在終點那停住了，只有他還在跑，又問：「我是不是倒數第一？」

「你管自個第幾呢，反正你差了兩圈，這兩圈你必須跑完了。」

「不跑了！」楊猛再次洩氣。

尤其又朝他的後背給了兩拳，在整個跑步過程中，楊猛不知道挨了尤其多少打。楊猛就像一頭小驢，尤其就是那趕驢的農夫，拿著小鞭，一個勁地抽打著。

「楊猛，加油，楊猛，加油……」

還剩最後一圈的時候，看臺上突然爆發出一陣陣的加油吶喊聲，要不是呼吸困難，楊猛說什麼也得哭一陣再走。

最後的半圈，楊猛已經是垂死掙扎了，不知道自個是怎麼跑下來的，也不知道挨了尤其的多少下鞭打，總之他跑下來了，一步沒停，就那樣勇敢地給五千米畫了個圓滿的句號。

停下來之後，楊猛完全脫力了，尤其一激動，竟然把他給抱起來了。

楊猛感動得痛哭流涕的，一個勁地揪扯著尤其的頭髮表達自個的感激之情。

五分鐘過後，楊猛歇過來了，尤其也清醒過來了。

兩個人互視一眼，一個突然往外推，一個趕緊往下竄，然後齊愣愣地看著對方。

「你抱我幹嘛？」尤其惡人先告狀。

楊猛炸毛了，「誰抱你了？明明是你主動抱我的！」

「我抱你？」尤其一臉嫌棄的表情，「你丫跑倒數第一，我站在你旁邊都覺得丟人，我還抱你？」

「我跑倒數第一怎麼了？我跑倒數第一怎麼？」楊猛叫囂，「你丫的沒兩分鐘就給淘汰了，還尼瑪有臉損我呢！」

「我被淘汰是因為誰啊？」

「甭找客觀理由，你本來就是那個水準。」

尤其磨牙，「小子，活得不耐煩了吧？」

「你還敢跟我犯橫！告訴你，剛才你打了我多少下，我心裡頭數著呢！有本事你站這別動，讓我打回來。」

「你以為我傻啊？」尤其說完就走了。

楊猛在後邊一瘸一拐地追，「你給我回來，咱倆沒完！」

三天的運動會結束了，二十七班大獲全勝，總共得了八個第一，其中四個是白洛因和顧海獲得的，有兩個接力項目是兩人參與獲得的，三個破紀錄的成績讓二十七班的總積分一直遙遙領先，當之無愧的冠軍班級。

而尤其和楊猛最後參與的四百米欄，也在兩個人的頑強拚搏下全都倒了，一個沒剩。不過這次運動會也給他們帶來了一個意外「收穫」，也不知道是哪個閒得沒事幹的，把楊猛比賽過程中的截圖給發到了網上，尤其打楊猛的畫面，截圖下來就變成了摸。還有最後那個激動的擁抱，楊猛撕扯尤其的頭髮，尤其一臉陶醉的表情……

總之，明明清白的兩個人，被這麼一鬧成了好基友。

日子不徐不緩地前行著，羅曉瑜依舊會有意無意地對顧海額外照顧，但是顧海總是不領情。甚至有很多次，羅曉瑜以正當理由叫顧海去她的辦公室，都遭到了顧海的拒絕。

羅曉瑜挺苦惱的，最後無奈找到了白洛因。

「你天天和顧海在一起，老師想問問你，他是不是對我有什麼意見？」

白洛因很直白地告訴羅曉瑜，「他對您沒意見。」

「那他為什麼……」

「他對您也沒那個意思。」白洛因緊跟著補了一句。

這句話說得羅曉瑜一陣心悸，白洛因沒有指明，這裡面可以有千萬種含義，算不上冒犯和汙蔑。羅曉瑜如果誤解了，這事就算過去了；如果她真的理解了這層含義，但凡有一點兒自知之明，都明白身為一個教師應該怎麼做。

期末考結束了，暑假過完了，高三就這麼不聲不響地到來了。

因為高二就分了文理班，所以高三就沒再重新分班，還是那群學生，還是那些老師，只是羅曉瑜不在了。

白洛因說：「羅曉瑜懷孕了，提前休產假了。」

顧海倒是沒什麼意外的表情，「她老公的第一個孩子，他公公婆婆的第一個孫子，要是真有個閃失誰賠得起？校領導也明白這個理兒，所以懷孕第一個月就給休產假了。」

「你怎麼知道她懷孕第一個月？」白洛因臉一繃。

顧海大剌剌地說：「現在不是懷孕三天就能查出來麼？」

白洛因，「……你別告訴我，她檢查的時候是你陪著的？」

顧海這會兒才聽出白洛因話裡的意思，眉毛一擰狠狠將白洛因箍在懷裡，大手攥著他堅毅的下巴，怒道：「你丫竟然連這都懷疑我？」

白洛因笑，「我這不是替咱爸高興麼？這麼早就抱上孫子了。」

顧海兇煞著一張臉，狠狠在白洛因的薄唇上咬了一口。

17.

高三上學期過半，班裡就少了七、八個學生，有的因為戶口問題要去外省參加高考，有的轉到了更好的學校，有的提前出國了……關於未來的討論和道路的選擇開始擺上了議題，隨之而來的就是高考前繁重的課程負擔，以及大大小小的競賽考試。

白洛因前幾天參加了全國高中生物理競賽，明天又要去參加生物競賽。這些競賽都是加分的途徑之一，如果科科拿到不錯的名次，高考就有極大的優勢。關於保送這個話題最近甚囂塵上，白洛因自然是熱門人選之一。

入冬，天又漸冷。

顧大少僅穿著一條內褲在屋子裡走來走去，白洛因坐在床上看書，每次抬起頭，都能看到顧海那亮閃閃的八塊腹肌傲然地貼在小腹上。做為老夫老妻，白洛因已經習慣了顧海的暴露，今兒還算表現不錯呢，趕上心情好的那一天，內褲都省了。

「東西都收拾好了，你再檢查一遍，還有沒帶的麼？」顧海把書包遞給白洛因。

白洛因隨便翻了兩下，一副應付差事的表情。

「都帶了。」

顧海把白洛因手裡的書抽出來，把書包重新放在他的眼前，表情嚴肅。

「再檢查一遍。」

「有什麼可查的啊？」白洛因不耐煩了，「不就去參加一個競賽麼？帶張准考證，帶根筆不就完了麼？有什麼可準備的啊？」

顧海脫鞋上床，盤腿坐在白洛因面前，內褲裡包裹的小海子雄壯威猛地對著白洛因，臉上擺出一副責問的表情。

「我整天這麼伺候你，你還嫌我煩了是不是？我非得整天給你兩巴掌，你才好受是吧？」

白洛因濃眉擰起，薄唇緊抿，那表情看在顧海的眼裡，分明就是身在福中不知福。

「多大點兒事啊？你從回家到現在一直跟那磨嘰。」

顧海腿上的肌肉明顯繃了起來，雄獅要發飆了。

為了盡快結束這毫無意義的爭論，白洛因無奈地拿起旁邊的書包，把裡面的東西一個個地掏出來擺在床上，然後帶死不拉活31地念出這些東西的名字，和通知單上進行對照，最後再把呆滯木訥的目光投向顧海。

「行了吧？」

顧海定定地看了白洛因一會兒，點點頭，「行了，今兒早點睡，明個我送你過去。」

白洛因剛想說不用了，顧海的手機就響了。

「喂？」

顧海沉默了半晌，看了看白洛因，推門走了出去。

31：沒有精神、消沉的樣子。

白洛因放下手裡的書，朝外看了兩眼，暗暗猜測是誰來的電話。顧海接電話一般都不會背著白洛因，除非白洛因正在睡覺或者出了什麼意外情況。

過了五分鐘，顧海走進臥室，表情有些凝重。

白洛因把床上的東西收拾了一下，放到一旁的寫字桌上，隨口問了句：「誰來的電話？」

顧海把手機扔到床上，有些沉悶地說：「我哥。」

白洛因也坐回床上，看著顧海問：「出什麼事了麼？」

「他那邊出了點兒狀況，我可能得過去一趟。」

白洛因看著顧海的臉色，知道這個狀況肯定不輕。

「既然他給你打電話，就證明他需要你，那你就趁早過去吧。」

顧海沉默著沒說話。

白洛因又問：「機票訂了麼？」

「有人給我訂了，明兒早上的。」

白洛因的嘴角動了動，好半天才開口，「這麼快。」

「我想改簽，改成後天上午的，明天我還得陪你去考試呢。」

白洛因推了顧海一把，「你別瞎折騰了，改簽多麻煩啊！你哥那麼著急，你好意思往後拖麼？我又不是智障，考個試還用人陪著！就明兒早上走，甭換了，趕緊收拾東西吧。」

顧海瞧見白洛因特積極地給自己收拾東西，心裡不出好氣。

「你丫巴不得我走吧？」

白洛因彎著腰開箱子，聽到這話回頭瞅了顧海一眼。

「是。」

顧海聽到這話，走過去一把攥住白洛因的腰，用身下的小海子朝某人的屁股中央狠狠撞了一下，某人險些朝前撲倒。

「你有勁沒勁啊？」白洛因憤然起身，「我就是不想讓你走，你不也得走麼？」

聽到這話，顧海頓時老實了。

關燈睡覺前，顧海抱住白洛因，貼在他的耳邊柔聲軟語道：「你就不能讓我多陪你一天麼？」

白洛因看了顧海一眼，「少陪一天你會死麼？你就是明天和我在一起，後天不是也要走麼？你這麼大個人了，還分不出來孰輕孰重麼？」

「誰也沒你重。」顧海實話實說。

白洛因用手臂圈住顧海，英俊的側臉被夜光勾勒出一絲清冷的輪廓。

「睡覺吧，明兒還要早起呢。」

其實，顧海特想在今晚和白洛因好好溫存一下，但是他怕自己會控制不住，會無節制地索取，從而耽誤了白洛因的正事，所以只好作罷。其實這樣好好睡一覺也不錯，現在就是把自己餵飽了，未來的幾天還是會餓，倒不如就這麼靜靜地抱著他，好好享受臨行前最後一晚的安謐和溫馨。

兩個人同時失眠了，但都掩飾得很好，都以為對方睡著了。

凌晨兩點多，白洛因去了浴室。

回來的時候，顧海依舊側躺著，臉朝向他這一邊。

白洛因靜靜地看著他，聽著鐘表的滴答聲，胸口突然一陣憋悶。熟睡中的顧海褪去了幾分冷傲和銳氣，更像個未經世事的孩子，白洛因不知道他心裡藏了什麼事，他很想挖出來，但又怕看到了徒增煩惱，畢竟以他現在的身分和能力，他還無力去分擔什麼。

只能默默地期望顧海能早點兒把事解決，早點兒回來。

顧海正在心頭默默地數著時間，突然感覺頸間一陣溫熱，某個人的臉貼了上來。本來已經平靜如水的心驟然掀起一層巨浪，顧海裝不下去了，幾乎就在白洛因身體壓上來的一瞬間，伸出兩條手臂將白洛因擁入懷中。

「你要去多久？」

憋了許久的問題，終於在這一刻擠出喉嚨。

「最少也要兩個星期。」

說出這句話的時候，顧海心裡一抽一抽的，和白洛因在一起快一年了，只有春節那段時間因為鬧彆扭而分開過一段日子，其餘時間幾乎是形影不離。對於別人而言，兩個星期算不了什麼，可對於熱戀中的顧海而言，兩個星期等於要了他的命。

「這幾天你暫時回家住，別一個人待在這，我不放心。」

白洛因沒再說什麼，就那麼趴在顧海的身上睡著了。

第二天一早，顧海先出發的，他的航班在早上六點，白洛因的考試在九點，他沒忍心叫醒白洛因，只是給他留了張字條，告訴他早飯買回來了，放在微波爐裡熱一熱再吃。

等白洛因起床的時候，顧海已經在幾百公里以外了。

從考場上出來，白洛因沒有聽顧海的話直接回家，而是獨自一人回了他們的小窩。

冰箱裡還有顧海昨天熬的骨湯，他的廚藝早已今非昔比，除了會炒一些基本的小菜，偶爾也會嘗試做一些複雜的葷菜，滿足白洛因越來越刁鑽的胃。白洛因把骨湯端出來，上面一層已經凝結了，用勺子小心翼翼地舀出來，放到鍋裡煮麵用。

麵的味道還不錯，只不過煮太久了，吃的時候麵條有點兒糟。

一個人吃飯果然沒什麼胃口，白洛因只吃了兩碗就飽了。

時間還早，白洛因睡了個午覺，醒來之後一個人去打球、跑步，回來一個人洗澡、看雜誌、聽音樂……耳朵裡少了一陣聒噪的聲音，眼睛裡少了一個頻繁進出的身影，心也跟著空了。白洛因一個人關燈睡覺，閉上眼睛的那一刻，他突然間能夠體會顧海想多陪他一天的心情了。

從顧海出發一直到第二天，白洛因只收到他一條簡訊，就是告訴白洛因他到了，然後就再也沒了消息。白洛因猜測，顧海應該下了飛機就急急忙忙趕去處理問題了。

晚上放學，白洛因打算回家，出校門正巧碰見尤其和楊猛。

「你怎麼出來了？」白洛因朝尤其問。

尤其一邊走一邊說：「住在宿舍幹什麼都不方便，我打算搬出來住了。」

白洛因瞧見旁邊走著的兩個人，一高一矮，一個冷酷一個俊美的，站在一起倒是挺般配。當然前提是他也聽了那些緋聞，看了那些截圖，才會往那方面去想。雖然知道不是真的，可瞧見兩人走在一塊，還是忍不住想調侃一句。

「你不會是搬到他們家了吧？」白洛因指了指楊猛。

尤其一愣，樂呵呵地回了句，「是，我倆正式同居了。」

白洛因別有深意地朝尤其笑了笑。

楊猛看到白洛因的笑容，心裡挺納悶的。

「因子，我說你怎麼對這事一點兒都不過敏啊？」

「過敏？」白洛因一臉茫然。

「自從這些事傳出來，我不知道遭了多少男生白眼，碰他們一下他們都罵我變態。你看你不僅不排斥，還把這事拿出來開玩笑，你內心夠強大的啊！」

白洛因輕咳了兩聲，一臉正色地說：「可能我這個人思想比較開放。」

尤其扯了扯嘴角，問：「顧海呢？」

「他出國了。」

「他也出國了？」楊猛驚訝了一下，「我們班好幾個出國的，最近怎麼都急著往國外跑？」

白洛因淡淡開口，「他還會回來的。」

18.

在飛機上煎熬了十二個小時，顧海才抵達舊金山。

接機的人是顧洋的司機，很恭敬地從顧海手中拿過行李，說了兩句客氣話，就將他接上了車。車子行駛在路上，顧海迫不及待地朝司機問：「我哥呢？」

「他需要處理的事兒太多，來不了。」

「這邊情況怎麼樣了？」

司機一臉憂慮之色，「不好說。」

顧海沒再繼續問，汽車一直開到顧洋的住所，來開門的是位年輕的保母，她領著白洛因去了顧洋的工作室。

顧海推門進去，顧洋閉著眼睛靠在沙發上，臉上顯露出一抹憔悴之色。看到顧海進來，顧洋把眼睛微微張開一條小縫，擺擺手示意顧海在自己身邊坐下。

顧海坐下之後，聽到顧洋說的第一句話就是：「事情處理得差不多了。」

顧海劈頭蓋臉一頓吼，「那你還讓我來？」

顧洋把眼睛完全睜開，定定地看著顧海，一年沒見了，這小子貌似又長高了，臉上的稜角越發分明，眼神越發犀利，有點兒成熟男人的味道了。

「我這雜事太多，需要一個人幫我打理。」

「你不是有助手麼？我對你的事一無所知，我能幫你幹什麼？你這不是浪費我的時間麼？早知道我就不來了！」

顧洋的手按在顧海的脖頸上，幽冷的目光掃視著他的臉。

「你能有什麼事？上課？寫作業？我這可是人命關天的大事，稍有不慎，你就看不見我了。我手下的人雖多，可真到了這種緊要關頭，我是一個也不敢用。我寧願差遣家人，就算把事情弄糟了，也比被人出賣要強。」

顧海稍稍斂住自個的脾氣，一臉正色地朝顧洋問：「這事我二伯知道麼？」

「沒敢讓他知道，老頭子脾氣太烈，我要是自己能壓下來，盡量先不驚動他。」

「下一步你打算怎麼辦？」

「這事說大不大，說小也不小。」

顧海面色一緊，「貪汙還不算大事？你以為這是在中國啊！」

顧洋按住顧海的胳膊，示意他說話注意分寸，這裡暗藏著監視器也不一定。

「其實也不算真正意義的貪，說白了就是有人要整我，我就是沒拿一分錢，他們照樣能找到十足的證據整垮我。我打算先回國一陣子，避避風頭，這邊暫時找人應付著，實在不行我再想方法。」

「你要回國？多長時間？」顧海問。

顧洋沉默了半晌，淡淡應道：「不清楚，反正時間短不了。」

「你要是待個一年半載的，我二伯能不知道麼？」

「沒事，如果能盡快解決我就當休假了，如果需要一段時間，我就騙他們說公司分會接手了一個專案，需要在國內完成。」

「你別忘了，你還在讀書呢，你是個在職學生。」

顧洋歎了口氣，「學校這邊倒是好說，關鍵是分會那邊，真讓人頭疼。」

顧海擺弄著手機，問：「那你讓我過來是幫你幹什麼？」

顧洋指了指辦公桌上散落的檔案，意思再清楚不過了。

「我得把一切手續都辦妥才能安穩回國，分會那邊還積壓了一些事情，我得如期完成，合約已經簽了，違約金足夠養你一輩子的。現在雜七雜八的東西壓了一大堆，又是這種敏感時期，我不敢輕易找人過來幫忙。」

顧海點點頭，當前他最關心的問題還是需要多長時間。

「當然是越快越好。」顧洋無奈地撇撇嘴，「你著急，我比你更著急，多待一刻鐘就多一分危險。但是事情必須得處理乾淨了，稍有遺漏，可能麻煩更大，所以我們得快中求穩。」

「行了，甭貧了，直接告訴我具體要幹什麼。」顧海比顧洋還著急。

顧洋把顧海的手機拿了過來，拔出裡面的卡，當著顧海的面掰折了。顧海哪想到顧洋會來這一套，一點兒防備都沒有，等他反應過來的時候手機卡已經銷毀了。

「草，你要幹什麼?!」顧海瞬間暴怒。

顧洋態度冷硬地告訴顧海，「我要盡可能地禁止一切通訊設備，你的手機防竊聽系統太弱了，我們現在只有一支專用手機，除了必要的通話，任何時候就別碰那個手機。為了你哥的絕對安全，你就暫時犧牲一下吧。」

顧海惱恨地拽著顧洋的領子，咬牙切齒地看著他。

「我犧牲不了！」

「沒誰離開手機不能活的。」顧洋漠然地掃視著顧海的臉，「現在拿著手機對你對我都沒有任何好處，有手機會大大降低你的工作效率，拖延我們完成任務的時間。你想不想早點兒離開這？想的話就隔絕與外界的一切聯繫，踏踏實實給我做事！」

顧海赤紅的雙目像是兩顆冷硬的釘子，一寸寸地扎進顧洋的心窩。

「當然，你可以現在就回去，我絕不攔你。」

顧海拿起文件的那一刻，感覺思念就這麼猝不及防地在心底肆虐了。

我可愛、可憐、可人疼的媳婦兒啊，為夫我暫時回不去了，乖乖在家等我，千萬別讓人拐跑了！

白洛因在小窩待了兩天，一直在等顧海的電話，因為知道時差將近五個小時，怕顧海深夜突然來電話會吵了家人的休息，所以白洛因一直沒回家。這兩天夜裡睡得很不踏實，翻來覆去的，每天早上起來第一件事就是看手機，可還是沒有任何回音。

顧海的電話早就打不通了，白洛因翻了翻，竟然看到了顧洋的號碼。

我什麼時候存了他的號碼？

白洛因挺納悶的，試著撥了一下，竟然真的打通了。

本來白洛因想立即掛斷的，因為這會兒舊金山已經是深夜了，怕打擾到人家休息。結果顧洋很快就接了，聲音聽起來還挺精神的。

白洛因還沒說話，顧洋先開口了。

「顧海就在我這，一切都好，不用惦記他。」

白洛因沉默了半晌，還是開口問道：「他的手機怎麼打不通了？」

「手機被我停了，這裡出了點兒事，不方便與外界通話。」

白洛因聽懂了顧洋話裡的意思。

「我不會再主動打電話了，有什麼情況告訴我一聲，我也好有個心理準備。」

「能有什麼情況？」顧洋的口氣突然柔和了一些，「用不用我叫他起來接個電話？他剛睡下沒一會兒。」

白洛因扯了扯嘴角，「你都這麼說了，我還能說『用』麼？」說完，利索地掛斷手機，草草地收拾了幾樣東西。

回家！

一刻也待不下去了！

這是白洛因這一年來最自由的一段日子，早自習又開始遲到，上課又開始睡覺，後桌沒人了，一舉一動、一言一行都不用刻意約束著自個了……最大的方便之處就是可以隨便同人搭訕、與人聊天，再也不用看某個人的臉色了。

雖然這種日子是空虛和乏味的，但是白洛因會用一些亂七八糟的事情填充自己，時間也能湊合挨過去。

放學，白洛因拍拍尤其的肩膀。

「一塊走吧。」

尤其詫異了一下，隨即應道：「成。」

兩人一起走到校門口，白洛因的腳步停了下來，尤其的腳步卻仍舊在繼續。

「你不等楊猛麼？」白洛因問。

尤其無奈地勾勾嘴角，「你還嫌我倆的『人氣』不夠旺呢？」

「上次在校門口撞見，你和楊猛不是一起的麼？」

「那是偶然間碰到的。」

尤其剛說完，楊猛就喊了一聲。

「因子！」

白洛因看了看尤其，意味不明地笑了笑，「真夠偶然的。」

尤其也無語了，總共就巧遇兩次，還都讓白洛因給撞見了。

楊猛，你可真會挑時候！

三人一起走在回家的路上，話題很多，天南海北地聊。白洛因本來不怎麼愛說話，但是最近空虛大發了，逮個空就插幾句，結果越聊越投機。經過一條小吃街，白洛因主動開口，「今兒咱們不回家吃了，找個地兒搓一頓32，我請客。」

楊猛和尤其相視一笑，白撿的便宜幹嘛不占？

三人進了家飯館，點了很多菜，也開了很多瓶酒，就這麼一邊吃一邊喝，轉眼就九點多了。

尤其看了看點兒，該撤了。

白洛因對著一個空酒瓶發呆，不知道想什麼呢，楊猛已經趴在桌子上睡著了。

尤其拍了楊猛兩下，楊猛沒反應。

白洛因說：「要不打輛車把他送回家吧。」

「他爸看見他這樣不得揍他啊？」尤其一臉擔憂。

白洛因很肯定地告訴尤其，「放心，他爸真要看到他這樣，得自豪著呢，儘管往家送吧。」

尤其聽了白洛因的建議，出去攔了一輛車，把楊猛塞了進去，自己也坐了上去，招呼著白洛因：

「上來吧。」

白洛因搖搖頭，「我走回去。」

「有車不坐幹嘛走著？」尤其納悶，「你家和楊猛家不就隔了一條胡同麼？」

白洛因沒理會尤其，顧自朝東邊走。

尤其在車上猶豫了一下，掏出零錢塞給司機，又說了具體的地址，囑咐司機一定要把楊猛送到家。然後就下了車，朝白洛因追過去。

白洛因的腳步有些搖晃，他是三人裡面喝得最多的。

尤其走到他身邊，白洛因直接伸出胳膊搭在尤其的肩膀上，幾乎把半個身體的重量都壓在他的身上，好讓自己走得輕省一點兒。

尤其挺大方，就這麼架著白洛因往前走。

白洛因開口問：「你租的地兒離這遠麼？」

「不遠，離你家特近，咱倆正好可以一起走回去。」

白洛因打了個酒嗝，搖搖頭，樂呵呵地說：「走，去你那看看。」

「你不回家啊？都九點多了。」

白洛因表情呆滯了片刻，木然地搖了搖頭。

「先不回呢，鬧心！」

19.

「因子？因子？……」

尤其拍了白洛因好幾下，白洛因均無反應。尤其去洗手間之前，白洛因還說要和他好好聊一聊，結果撒泡尿的工夫，這位爺就睡著了。

要不要把他送回家呢？還是直接給他爸打個電話，讓他爸過來接？

尤其看了下時間，已經十點多了，怎麼著都挺麻煩的，乾脆就讓他在這睡吧。這麼一想，尤其就給白漢旗打了個電話，告訴他白洛因在這睡了。

被子只有一床，看來只能擠在一個被窩了。

尤其也喝得暈乎乎的，脫了鞋正要上床，白洛因翻了一個身，用手把T恤和褲子都脫了，只剩下一條內褲。也不知是有意的還是無意的，白洛因又把內褲褪到了膝蓋彎兒處，然後兩條腿蹬了幾下，內褲就這麼散落在腳底了。

這會兒尤其還沒把被子給白洛因蓋上，白洛因就這麼光溜溜、大剌剌地橫在床上。

尤其猛地驚醒了，站在床邊一動不動，一副驚嚇過度的表情。

我滴個天！這是咋回事？

第一次來我這住，不至於行這麼大禮吧？

尤其揉了揉發暈的腦門，捶了捶發慌的胸口，趕緊把燈關上，鑽到了被窩裡。起初一直是睜著眼的，偷偷摸摸地看著一旁的白洛因，英挺的眉毛微微皺著，唇線繃得很直，很純正的男人味兒，又夾帶著幾分魅惑。

尤其的手順著白洛因下巴的輪廓摸了上去，短小細密的鬍碴弄得手心很癢。

白洛因嗯了一聲，尤其趕忙將手縮了回來。

白洛因翻了一個身，背對著尤其。

尤其的目光始終不敢往下瞟。

過了一會兒，白洛因的呼吸變得均勻平緩，可能是酒精的濃度才開始慢慢發揮作用，尤其的意識漸漸模糊，很快就睡著了。

半夜，尤其又被旁邊的動靜折騰醒了。

因為這程子一直是一個人睡，睡前又喝了些酒，尤其剛驚醒的時候差點兒被嚇死，怎麼突然冒出來一個人？後來漸漸找回了意識，對了，白洛因昨晚沒走。

尤其還在想著，白洛因的一條腿突然插到了他的腿縫裡，兩條溫熱的腿貼在一起，尤其的呼吸瞬間就不穩了。偏偏這個時候，白洛因還在晃動著自己的腿，可能是想找一個舒服的姿勢，卻一直都沒有找到。

此時此刻，尤其的內心強烈地掙扎著，我要不要把他推開呢？

還是就讓他這麼亂磨亂蹭，直到他滿意為止？

還在胡思亂想著，白洛因突然把手伸到了他的腋下。

尤其猛地一驚，不是太敏感，而是這傢伙的手太涼了，冰得尤其一身雞皮疙瘩。尤其趕緊起身瞅瞅，白洛因的被子蓋得挺嚴實，反倒是自己這邊，一大片的後背都露著。照理說也沒凍著他啊，他的手怎麼這麼涼呢？

尤其剛一躺好，白洛因又把手伸到了他的腋下，完全是無意識的動作。

你倒是暖和了，我這最怕癢了！

尤其不得已把白洛因的手抽出來，用手握住，白洛因的手比他的還大一些，骨節更分明，攥在手裡很硬實的感覺。

手一暖，腳也閒不住了，白洛因的腳趾頭開始順著被窩爬行，尋找最溫暖的領地，很自然地移居到了尤其的腿縫中央。

這都是啥時候養出來的臭毛病啊？

尤其一邊罵著一邊厚著臉皮忍著，當白洛因的腳趾摳著他腿上的肌肉時，他有種想噴鼻血的感覺，白洛因平時看著挺正經的，怎麼一到床上變得這麼騷？

尤其小心翼翼地喘氣，生怕動靜大了，旁邊這位爺再整出什麼么蛾子！

白洛因的手腳一暖，很快就老實了，呼呼睡得很香。尤其側過頭，鼻息間皆是白洛因口中的酒氣，淡淡芳香惹人迷醉。白洛因睡覺的樣子尤其見得多了，平日一回頭，這位爺十有八九都趴著，但是像這樣熟睡的樣子還是頭一次見。和淺睡眠完全不同，眉頭是舒展開的，嘴角是微微上揚的，偶爾哼唧兩聲，像個沒長大的小孩兒。

尤其呆呆地看了好幾分鐘，直到白洛因把眼睛睜開一條小縫，他才猛地緩過神來。

「顧海……」白洛因含糊不清地叫著。

尤其一驚，他是醒著呢還是說夢話呢？

白洛因的手猛地砸在尤其的鼻樑上，酸得尤其差點兒掉眼淚。

「給我倒點兒水喝。」白洛因喃喃地說。

尤其悲催地用手揉了揉鼻子，你倒水就直說吧，怎麼還打人呢？想著就去摸床頭的燈，摸半天都沒摸到，然後放棄，直接去摸床頭櫃上的水杯。

白洛因大概是渴極了，聽到水杯響，直接竄了過去，沒等尤其把杯子拿起來，他就自個端起水杯咕咚咕咚喝了幾大口。

喝完之後，把杯子一放，直接壓在尤其身上不動彈了。

大概自始至終他都沒有醒，完全是憑本能在做這件事。

尤其卻苦了，白洛因壓在他身上，很重不說，還尼瑪一件衣服都沒穿！腦袋歪在他的肩膀旁邊，上半身貼著他，最要命的是兩腿中間那軟乎乎的小東西，就這麼擱在尤其的小腹上，一層布料的隔閡都沒有。

這叫什麼事啊？

尤其努力克制自己腦中邪惡的念頭，一寸一寸地將白洛因從自己的身上剝離，只要思想一跑偏，立刻告誡自個：他黏糊著你完全是條件反射，或者他把你當成顧海了，你最好別做傻事，不然有你好受的！

苦戰大半宿，直到天快亮，尤其才沉沉地睡了過去。

早上鬧鐘響了好久，白洛因才醒。

尤其昨晚上累得夠嗆，這會兒啥也聽不見了。

白洛因拿過鬧鐘，看著眼生，再瞟一眼旁邊的人，我×哪個大明星跑我床上來了？這張無敵小俊臉，真是一大早的空氣清新劑。

先不管他是誰了，把鬧鐘關上才是最重要的，因為白洛因還想再睡一會兒。

結果，按了半天沒反應，白洛因揉了揉眼睛，看到鬧鐘介面上出現一道數學題。難不成得把題做出來它才會停止叫喚？白洛因試了試，輸入正確答案，鬧鐘停頓了一秒鐘，又叫喚起來，介面上跳出一個謎語，等白洛因猜出來了，介面上又跳出一個迷宮，好不容易才繞出來，又出現一道腦筋急轉彎……

等白洛因把所有的題目都解開，他也不睏了。

真尼瑪是個好東西！白洛因暗暗決定他也要買一個回去。

解決完手裡的鬧鐘，白洛因環視四周，又扭頭瞅了尤其一眼。雖然昨晚上喝得有點兒多，但是意識一直是清醒的，基本上發生什麼事都記得，只是睡著之後的事沒印象了。尤其租的這個房子還不錯，雖然沒有他們的小窩好，但是比顧海之前租的那個強多了。

白洛因準備穿衣服下床，結果一掀被子，愣住了。

草，我的小內褲哪去了？

回頭瞅一眼尤其，立刻打消了心裡的念頭，人家沒事脫你的小內褲幹什麼？八成是你在家裸睡習慣了，睡著睡著就給脫了。

幸好尤其是個男的，不然這誤會就大了。

白洛因迅速穿衣下床，跑到浴室草草地洗漱了一番，回屋叫尤其起床。

尤其睜著惺忪的睡眼看著白洛因，問：「幾點了？」

白洛因正在繫鞋帶，頭也不抬地說：「快遲到了。」

尤其又把腦袋砸回了枕頭上，反正也遲到了，再多睡一會兒。

白洛因一看尤其又躺回去了，上前扼住他的脖子就給薅[33]起來了，冷冷地呵斥道：「我都起了你還磨磨蹭蹭的？趕緊穿衣服，麻利兒的！」

尤其軟綿綿的上半身支在床上，昨晚被白洛因壓了半宿，這會兒肋骨還疼。渾渾噩噩的眼神瞟了白洛因一眼，這廝生龍活虎的，走路的時候兩腿帶風，站著不動的時候像是一杆槍，要多爺們兒有多爺們兒。

真尼瑪難以想像昨晚上在我身上膩歪的傢伙和這貨會是同一個人！

顧海照了照鏡子，最少瘦了五斤。

眼眶烏黑，嘴唇發紫，臉頰凹陷，鬍子拉碴……相思病的典型表現。

白洛因不在身邊，顧海連洗臉的動力都沒有了，衣服從早到晚都是那一身，看得顧洋都視覺疲勞了。

「我說，咱就算忙，也得過日子吧？」顧洋把一杯咖啡端到顧海面前，打量著他那張帶死不拉活的臉，「我沒虐待你吧？一日三餐按時提供，每天八個小時睡眠時間，我自個都達不到這麼好的生活

33：音ㄏㄠ，有拔起、揪出之意。

水準。」

顧海瞥了顧洋一眼，嗓子都熬得沙啞了。

「你可以一頓飯不管我，讓我通宵熬夜幫你做事我都沒意見，只要你讓我打個電話。」

顧洋幽幽一笑。「打給誰？」

顧海沉默著沒說話。

顧洋又問：「給你小哥哥？」

「甭管我打給誰，你就說成不成吧？」

「不成。」

顧海扭頭便走。

「外面不遠處就有個電話亭，你出去打我沒意見。」

20.

又在外面奔波了一天，顧洋拖著疲倦的身體回到家，將厚重的衣服掛在衣架上，扯下領帶，打算先去洗個熱水澡。

從工作室經過，朝裡面瞄了兩眼，顧海不在，走進去一看，早上出門前交待給他的任務基本都已經完成了，這會兒估計回臥室休息了。

顧洋進了浴室。

顧海從廚房探頭往外瞧了一眼，浴室傳來陣陣水聲，看來法西斯正在洗澡。為了慰勞慰勞這個整日在外奔波，不辭勞苦的孤獨男人，顧海決定今兒親自下廚給他做點兒好吃的，也讓他體會體會家的溫暖。

顧洋洗澡的時候就聞到了飯香味兒，這是一種久違了的母親的味道。出國這麼多年，能吃到正宗中國菜的機會少之又少，即便有原材料可以自己做，也做不出那份醇厚的味道。

「今兒是怎麼了？」顧洋裹著一件寬大的浴袍，倚在廚房門口打量著顧海，「西餐有那麼難吃麼？逼得你這種人都自己下廚了。」

顧海有條不紊地繼續著手裡的動作，很平靜地陳述一個事實，「我在家裡一直都是自個做飯吃。」

關於這件事，顧洋有所耳聞，但是一直持懷疑態度。今兒站這一瞧，某人那雙明顯不適合做飯的大手，玩起菜刀來竟然如此遊刃有餘，許久不用的菜板上響起叮叮噹噹的響聲，沒一會兒，均勻細長的黃瓜絲兒被放到了旁邊備好的盤子裡。

顧洋面露驚訝之色，一年前他回去的時候，顧海還是笨手笨腳的，是誰有這麼大本事，一年之內可以把他這個威猛剽悍的純爺們兒調教成如此忠厚勤勞的家庭主夫？

「你先出去吧，省得被油煙子熏到。」顧海好心提醒了一句。

顧洋不動聲色地離開了廚房。

過了二十分鐘，幾碟小菜端上了餐桌，還有一鍋煲了兩個小時的雞湯，幾個烙得焦黃的小肉餅，一邊一個碗一雙筷子，擺得整整齊齊。

「吃吧。」顧海招呼著。

顧洋略顯生澀地拿起筷子，夾過一片里脊肉嘗了嘗，濃郁的醬香味兒入口，不膩但是很解饞，如果不用橄欖油而用普通的豬油來烹製的話，可能味道會更純正一些。

「還不錯。」顧洋輕描淡寫地誇了一句。

顧海吃東西很豪放，典型的北方爺們兒，每一口都是實實在在的。反觀顧洋，吃東西慢條斯理的，好像總是一副沒食欲的樣子，可能是常年吃西餐養成的習慣。

顧海在一旁看著費勁，他這都快吃完了，那邊還沒動幾筷子呢，於是直接把顧洋的碗抽了過來，給他夾了很多菜，又把碗推了回去，示意顧洋都吃了。

顧洋淡淡地瞥了顧海一眼，開始對他的居心表示懷疑，「今兒怎麼有心情下廚了？」

「不是你說的麼？日子總要過的，我不能一天到晚吃那些又甜又膩的東西吧。」顧海終於露出這幾天來的第一個笑容，「再說了，你不是還沒嘗過我的手藝麼？這頓飯是專門給你做的，我看你這程子也夠累的，特意慰勞慰勞你。」

顧洋審視的目光在顧海的臉上游移了一陣，幽幽一笑，「賄賂我也沒用，手機是不會借給你用的。」

顧海先是一愣，而後滿不在乎地笑笑，「你把你弟想成什麼人了？你整天都不在家，我要真想打電話，什麼時候溜出去不能打啊？還用得著騙你的手機用麼？」

顧洋口氣裡透著濃重的強調之意，「最好如此。」

吃完飯，兩個人照例走進工作室，悶頭做著自個的事情。顧海每隔一段時間都要觀察顧洋一下，期間顧洋不停地揉太陽穴，打哈欠，倦怠不已。

「你要是累就先去睡吧。」顧海敲了敲顧洋那邊的桌面。

顧洋強撐著睜開眼，端起旁邊的咖啡杯喝了一口，懶懶應道：「沒事。」

半個小時之後，顧洋徹底不省人事了。

顧海奸計得逞，手拍了拍顧洋的臉頰，見他沒反應，樂呵呵地說：「借不借，不是你說了算的。哼著小調，潛入顧洋的臥室，很快翻出了他所謂的專用手機。查看了一下他這幾天的通話紀錄，竟然發現了白洛因的號碼。

因子來過電話？

草！這個混蛋，竟然都沒告訴我！

顧海氣得眼冒火星，恨不得趁著顧洋昏睡的期間狂揍他一頓。心裡這個翻騰啊，因子他肯定擔心我，他肯定想我了，他肯定沒我不行……

顧海臆測了種種可能，心中頓時百感交集，拿著手機的手都在不由自主地顫動，他馬上就要和他朝思暮想的媳婦兒進行一週以來的第一次通話了……

此時此刻，北京正值上午九點鐘，太陽高高掛起，又是個陽光明媚的大晴天。

白洛因依舊伏趴在課桌上，無神的目光盯著桌角上一根冒出來的釘子。

手機在書包裡震動著。

白洛因悄無聲息地摸出來，看了看號碼，發現是顧洋，心裡一緊，趕忙接了電話。

「喂？」白洛因盡量壓低聲音。

聽到白洛因的聲音，顧海心裡泛起一陣陣酸意，不容易啊！一個禮拜了，總算是讓我逮一口你的呼吸了。

一直沒聽到回應，白洛因突然間意識到了什麼，聲音有些不穩地問：「是……顧海麼？」

顧海眼淚差點兒沒飆出來。

這會兒正趕課堂討論時間，老師出去了，班裡很亂，正好給白洛因接電話創造了契機。

「你在那邊還好吧？」

顧海語氣漸漸恢復了正常，「還成，就是有點兒累。」

一聽顧海說累，白洛因心裡一陣抽痛，就他那副鋼筋鐵骨，怎麼折騰都生龍活虎的，要是能讓他喊累，就指不定累成什麼德性了！

「他是你哥，你幫他理所應當的，累點兒也忍忍吧，挺過這段日子就好了。」

「你都不心疼我？」顧大少那邊委屈了。

白洛因難得鬆了鬆口，「我心疼你也沒轍啊，我也沒法過去幫你。」

「累點兒倒是能忍，就是想你忍不了。」

白洛因深有同感，就是沒顧大少這副表達能力。

「你什麼時候回來？」

顧海那邊沉默了半晌，淡淡說道：「快了，手裡的東西快整理完了，過兩天再見一個人，就能回家抱著你睡覺了。」

白洛因抬起眼皮朝門口瞟了一眼，老師還沒進來。

「你怎麼樣？」顧海又問。

「我挺好的。」白洛因說。

「別這麼敷衍我，具體說說，這幾天都在哪吃的？都吃什麼了？在哪睡的，和誰一起睡的？每天睡幾個小時，睡得好不好？有沒有踹被子？有沒有感冒著涼一類的……」

白洛因頓時軟倒在課桌上，「你一下問我那麼多，讓我怎麼回答啊？」

顧海此時此刻躺在床上，開著空調，蓋著被子，打著電話，目露愜意之色。孤寂了這麼多日子，難免有點兒心癢難耐，這會兒又躺在被窩裡，不偷偷摸摸做點兒壞事都對不起自個！

「你就說這幾天搞事兒沒？搞了幾次？每次都在什麼時候？都是怎麼弄的？」顧海開始營造邪惡的氣氛。

白洛因驀地一僵，目光環視四周，同學們都在熱烈討論著題目，這會兒聊這個也不是時候啊！

「怎麼不說了？」顧海非要問，「玩了不少次吧？」

「一次都沒有。」白洛因小聲回應。

顧海哼笑一聲，「少來，一次都沒有？我才不信呢。你要真一次都沒有，幹嘛不大點兒聲說？幹嘛那麼沒底氣？」

白洛因真想大吼一通，尼瑪我這上課呢！難不成我要站到講臺上，對著全班同學大聲宣誓：我白洛因這一個禮拜絕對沒有打手槍麼？

顧海不管那個，還在那邊自顧自地發情，「寶貝兒，我好想你啊，小海子也好想你啊，咱倆電話做愛吧。」

白洛因從牙縫裡擠出幾個字，「親，我這上課呢。」

顧海解褲子的手頓了頓，恍然大悟般的說：「我把時差給忘了，你那邊不會是白天吧？」

「不然呢？」白洛因耐心告之，「現在是上午第二節課。」

顧海不說話了，沉默了好一會兒，又開口，「我不管，我好不容易把手機騙過來了，下次再通話還不知道是啥時候呢。」

「你怎麼騙過來的？」白洛因挺好奇。

說起這事，顧海一臉得意，「我今兒給他做了一頓飯，飯裡下了藥，他這會兒睡得香著呢。」

「你……」

白洛因無語了，攤上這麼個弟弟可真倒楣。

「因子，我家小海子已經站起來了，你能想像到它現在是什麼模樣吧？對，你肯定能想像得到，它每次都把你弄得那麼爽，你怎麼能忘了它什麼樣呢……」

白洛因險些崩潰了，掛電話不捨得，要是任他這麼胡說，那還了得，現在可是上課呢啊！

「顧海，你聽我說……」

「你說吧，說你的後面是怎麼想我的……」顧海刻意發出煽情的悶哼聲，「來，讓我舔舔小因子，想我了吧？嗯？」

白洛因：「……」

「我從下面開始舔，一直舔到龜頭，你可真騷，這麼快就濕了……我再整個含住，吞下去，慢慢地吐出來，再吞下去……爽不爽？寶貝兒，你告訴我，爽不爽？」

白洛因閉著眼睛硬生生地忍著，你愛說什麼說什麼，我就當沒聽見。

「稍等片刻……」顧海突然打住。

白洛因暫時鬆了一口氣。

過一會兒，這廝把視訊打開了，給他的某個位置來了個大特寫，「寶貝兒，你快看，它都脹得快攥不住了，你就讓我插進去吧……」

白洛因目露驚色，正巧這會兒尤其轉過頭來，「因子，把這道題給我看看。」

白洛因手一抖，手機差點兒掉到課桌上。

「怎麼了？」尤其問，「你臉色有點兒不對勁。」

白洛因趕緊把手機藏到衣兜裡，把小因子藏在校服褂子底下，頂著一張無敵大窘臉走了出去。

21.

顧海第一次下藥，難免會沒經驗，由於藥量過大，顧洋這一覺一直睡到上午十點。顧海一直聊到天亮，顧洋剛充的幾千塊話費就這麼見了底。

這一宿算是聊夠了本，顧海掛了電話，毫無睡意，去浴室沖了個澡，隨後更精神了。新衣服也換上了，鬍子也刮了，和前幾天相比簡直像是換了個人。

顧洋感覺自己作了個冗長的夢，夢裡一直在和顧海吃飯，沒完沒了地吃，醒來之後胃裡還脹脹的，腦袋昏昏沉沉。

睜開眼，顧海就坐在自己床上，英武帥氣的臉迎著朝陽，在他的眼前綻放一個燦爛的笑臉。

「哥，睡得夠香的！」

顧洋揉了揉眉心，懶懶地問：「幾點了？」

「十點多了。」

顧洋先是佯裝鎮定地點點頭，然後緩緩直起身，把手放在顧海的後背上。輕輕地撫了一陣了之後，猛地刺向顧海的脖頸，幸好顧海反應迅速，把脖子上的肌肉繃了起來，不然這一下就暈了。

「為什麼不叫我？」聲音冷厲。

顧海一副輕描淡寫的表情，「我看你睡得香，就沒捨得叫你。」

顧洋如一陣颶風，瞬間閃出顧海的視線，浴室裡叮噹亂響一陣，隨後一個人衝出來，迅速到門口換鞋，穿好之後提著包就走了，連聲招呼都沒打。

顧海從沒見他哥這麼風風火火地做過一件事，可見其焦急程度，但顧沒有耽誤事。

顧洋走得太急，沒有給顧海布置任務，他的東西未經允許又不能亂動。顧海無事可做，睡覺又睡不著，於是打算出去走走，順帶著把顧洋的手機費充上。

等顧海回來的時候，顧洋已經在他之前到了家，顧海推開門，看到顧洋坐在客廳中間的沙發上，臉色複雜。

「這麼快就回來了？」顧海問。

顧洋點點頭，忽然露出一絲莫名其妙的冷笑。

「人沒見到，當然回來得快。」

「沒見到？」顧海心一緊，「你去見誰了？」

「傑遜先生。」

顧洋之前和顧海提過這個人，顧海隱約記得，這個人貌似對顧洋這件事的影響挺大的。顧海面色一緊，湊到顧洋面前，問：「為什麼沒見到？」

「你說為什麼？」顧洋眼中盡顯無奈，「我和他約好了早上九點鐘見，結果無故遲到一個多鐘頭。你也知道，美國人的時間觀念是很強的，延誤他們一個多小時的時間，對他們而言是極其不尊重的一種行為。」

「道歉不管用麼？」顧海問。

顧洋聳聳肩，「管用，但是需要時間，你知道我為了見他這一面等了多少天麼？我可以毫不負責地告訴你，我們拖延的一切時間全是因為他，如果他點頭了，我們馬上可以走。如果他不點頭，我們就是整理了再多的資料也是沒用的。」

顧海毫不顧忌顧洋的心情，劈頭蓋臉就是一句。

「那你還讓我整理？」

顧洋簡直要被顧海氣死了，他這都要急得跳腳了，顧海還顧左右而言他。他想要的是一個可以幫他排憂解難、懂他心的得力助手，結果卻請來一個淨會添麻煩的二糊蛋！

「你什麼時候能開竅啊？」顧洋難得露出一副堪憂的表情。

顧海很明確地告訴顧洋，「我如果真的開竅了，現在立馬走人，決不跟你這耗著了。」說完，回了自個的臥室，睏意席捲上來，顧海睡了一個大覺。

醒來的時候，枕頭旁邊多了一個人，顧洋不知道什麼時候躺上來的，手支著下巴，一個勁地盯著顧海看，看得顧海心裡直發毛。

「你怎麼跑我床上來了？」

「睡夠了？」顧洋問。

顧海揉了揉眼睛，打了哈欠，懶洋洋地說：「你要是不打擾我，我還能再睡會兒。」

「存夠了精神，晚上繼續爽是吧？」

顧海隱隱約約嗅到一股特殊的氣氛，他把目光放到顧洋的臉上，看著他似笑非笑的嘴角，意味不明的目光，心中寒意頓生。

「你……」

顧洋拿起手機，在顧海的眼前晃了晃。

「別以為你刪除了所有通訊記錄，我就不知道你打了電話。」

顧海又把頭轉了回來，固執的目光直逼著天花板，語氣還是最初那般生硬。

「反正我沒給誰透露你的消息，我不過是給我想的人打了個電話，問問他的情況而已。是你太不近人情了，我現在也算背井離鄉了，思念親人是在所難免的，犯人還能定期和家人聯絡一次呢，我連犯人都不如。」

「思念親人？」顧洋冷笑一聲，「我倒想聽聽，您是思念哪位親人啊？」

顧海愛答不理的，「知道還問。」

顧洋饒有興致地看著顧海，幽幽地說：「我今天心情本來挺低落的，結果聽了幾聲他的呻吟，一下把我給治癒了。」

聽到這話，顧海的眼睛裡立刻充血。

「你故意給我們通話錄音？」

顧洋攤開手，「我不是故意錄音的，是手機自帶錄音功能，我不小心聽到了而已。沒想到啊，顧海，您還好這一口呢？」

顧海不說話，目光凌厲地掃射著顧洋的臉。

「你說，如果我把這段錄音給我叔聽聽，他會有什麼反應？」

顧海一把扼住顧洋的脖頸，眼睛裡透著一股子狠勁兒。

「你敢！」

顧洋攥住顧海的手腕，眼神開始從玩味變得冷銳。

「想要保全自個，以後就收斂一點兒，玩玩可以，切莫認真。」

「我的事不用你管！你先把自個的爛攤子收拾了吧！」

顧洋拍拍顧海的肩膀，「我們哥倆兒互勉。」

那通電話打完之後，白洛因又是三天沒收到顧海的任何消息。

轉眼又到了週五，作業堆成山，白洛因第一次因為作業多而感到欣慰，因為這預告著其後的兩天週末，他可以有點兒事做了。

正收拾著書包，尤其轉過頭來。

「想好週末去幹什麼了麼？」

白洛因歎了口氣，「寫作業唄，還能幹什麼？」

「去我們家吧。」尤其又一次主動邀約。

白洛因想了想，這個建議不錯，他還沒去過天津呢，可以趁這個機會過去看看。況且他之前拒絕過尤其很多次了，這一次實在不好意思拒絕，恰巧顧海不在，能把這個人情還了，於是當即點頭。

不知道為什麼，白洛因點頭的那一刻，尤其反倒沒有那麼興奮了。也許是瞧見了顧海不在，同時又得到了白洛因的默許，自然而然會把之前遭到拒絕的原因歸結到顧海身上。

動車[34]上，白洛因看著窗外飛速後退的景致，疲倦的目光中透出幾分神采。

「這還是我第一次出遠門呢。」

尤其噗哧一聲樂了，「這還遠啊？」

「這是我去過的最遠的地兒了，不騙你，我從小到大都沒出過北京。」

白洛因抽出一根菸，剛點上，一位列車服務員就走過來了。

「先生，這裡不允許吸菸。」

白洛因抱歉地笑笑，掐滅了菸頭。

尤其看著白洛因問：「你有想去的地兒麼？」

「多了。」白洛因把頭靠在座椅上，懶懶地說：「我喜歡有海的地兒。」

「呵呵……你不是走到哪兒都有海麼？」

白洛因神色一滯，過了一會兒才明白尤其的意思。

兩個人同時沉默了一陣，尤其突然很想問一個問題，他扭頭看了看白洛因，做了一會兒思想鬥爭，終於問了出來。「白洛因，你對顧海到底是什麼感情？」

白洛因沒回答。

「那顧海對你呢？」尤其已經問得相當直白了。

過了幾秒鐘，一個腦袋朝尤其這邊歪過來，尤其的肩膀一沉，心中黯然，好吧，又睡著了，這廝的覺可真多！

尤其的家在市區裡，下了火車打個車很快就到了。

「媽，這就是我經常和您提的白洛因。」

尤媽媽很熱情地招呼，「快進來。」

初次見到尤其的媽媽，白洛因心裡一驚，瞬間明白尤其的好基因是拜誰所賜了。這也太漂亮了吧?!白洛因忍不住看了好幾眼，他以為姜圓的那張臉就夠不符合她的年齡了，結果看了尤其他老娘，才明白什麼叫真正的千年老妖。

34：指自帶動力的軌道列車，類似臺灣的高鐵。

22.

「尤其，叫你同學一起出來吃飯。」

趁著洗手的空兒，白洛因朝尤其打聽了一句，「你爸呢？」

「哦，他出差了。」

白洛因擦擦手，和尤其一起走了出去。

尤媽媽做了一大桌的菜，一點兒都不像給三個人吃的，而且每樣菜分量都很足，讓人看了胃口大開。尤媽媽笑著招呼白洛因坐下，柔聲說道：「到這就別客氣了，想吃什麼自己夾，阿姨不知道你喜歡吃什麼，就隨便做了一點兒。」

白洛因笑笑，「我不挑食，什麼都喜歡吃。」

「我聽其其說了，他說你特別能吃，一個人的飯量頂我們全家的。」

白洛因斜了尤其一眼，你就不能誇我點兒好的？

尤其樂呵呵地給白洛因夾菜，白洛因不善於和家長聊天，所以尤媽媽說什麼他就聽什麼，問什麼他就答什麼，基本不會主動開口搭話。但是他心裡特喜歡尤媽媽，喜歡她這種女人，外表漂亮，又賢慧能幹，而且那麼溫柔，每次一開口都能讓他的心溫暖一片。

白洛因打心眼裡羨慕尤其。

「來，阿姨給你盛飯。」尤媽媽站起身。

白洛因護住自個的碗，不好意思地笑笑，「夠了，我吃飽了。」

「吃飽了？」尤媽媽美目一瞪，「怎麼可能？我們其其說了，你最少能吃五碗飯，這才三碗啊！早著呢！」說罷，不由分說地將白洛因的碗拿了過來，又盛了滿滿的一碗。

白洛因確實有點兒飽了，前幾天沒正經吃飯，胃口縮了一些，飯量也跟著小了。不過再吃一碗也沒問題，尤媽媽的手藝真是不錯啊，很多菜白洛因都沒吃過，每樣都嘗幾口，這碗米飯也就下去了。

「來，阿姨再給你盛。」尤媽媽又站起來了。

白洛因這次是真的飽了，拒絕起來更有底氣。

「阿姨，我是真的吃不下了。」

尤媽媽姣好的臉蛋上浮現幾絲失落，「是不是不合你胃口啊？」

「沒有。」白洛因當即否定，「真的特別好吃。」

「那你怎麼才吃了這麼一點兒？」

白洛因叫苦，「我吃得不少了。」

尤媽媽歎了口氣，沒精打采地坐下了，手揚起筷子，在空中晃了晃，又頹然地放下了，「你這一不吃，我都沒胃口了。」

白洛因運了口氣，「阿姨，要不我再來一碗吧。」

尤媽媽的眼睛頓時一亮，喜滋滋地接過白洛因的碗。

這一碗飯，白洛因真的是硬塞下去的，幸好東西好吃，不然太痛苦了。他故意吃得很慢，一直磨到那兩個人全都停筷，才把最後一口飯塞到嘴裡。

「吃飽了麼？」尤媽媽問。

白洛因趕緊點頭，「飽了飽了。」

費力地站起身，心裡鬆了口氣，總算挺過來了。

「那咱們就開個西瓜吧。」尤媽媽笑吟吟的。

白洛因：「……」

晚上，尤媽媽睡得很早，白洛因待在尤其的房間裡，不停地來回走動著以幫助消化。

「要不要喝點兒熱水？」尤其問。

白洛因搖搖頭，「我肚子裡一點兒縫都沒有了。」

「有那麼誇張麼？」尤其笑，「我記得你以前挺能吃的。」

「這程子吃得有點兒少。」白洛因揉了揉胃口。

「想顧海想的吧？」尤其的語氣裡透著一股酸意。

白洛因的手停頓了一下，淡淡回了句，「我想他幹什麼？」

雖然知道白洛因這句話沒有幾分可信度，可聽到答案的那一刻尤其還是有一點兒暗爽。

「過來，我幫你順順。」尤其招呼著白洛因。

白洛因坐到尤其身邊。

尤其把手伸到白洛因的胸口上，從上往下慢慢地揉撫，白洛因的肌肉很有彈性，即便吃了這麼多，小腹也是緊繃繃的，沒有一絲贅肉。

白洛因閉著眼深吸了一口氣，突然間想起了顧海，平時他吃多了或者胃不舒服的時候，都是顧海給他順，力道很大卻很均衡，沒一會兒胃就會好受很多……

尤其正揉得起勁，白洛因突然攥住了他的手腕。

「我自個來吧，顧海。」

尤其表情一僵，好一會兒才開口問：「你管我叫什麼？」

白洛因萬分尷尬，「口誤、口誤……」

「還說沒想他？」尤其臉都憋綠了。

白洛因的胃突然就好了，伸出胳膊一把勾住尤其的脖子，一副嘻嘻哈哈的表情，指著牆角的那個吉他問：「那個是你的麼？」

尤其暗暗磨牙，你就算要轉移我的注意力，也沒必要做得這麼明顯吧？……真不愧天天在一個被窩睡覺，連脾氣、性格都開始隨了！

「給我彈一段吧。」白洛因繼續厚著臉皮要求。

尤其頂著一張黑刷刷的臉把吉他拿了過來。

半夜，尤其一直醒著，白洛因也剛睡著沒一會兒。尤其就那麼等著等著，終於，白洛因像隻無尾熊一樣的攀到他這顆大樹上。尤其自嘲地笑笑，挺好，別人辛辛苦苦培養出來的好習慣，卻讓我成了受益者。

顧海，你乾脆別回來了！

一個禮拜過後，顧海終於得到了特赦令。

顧洋的事情基本處理完了，相關的資料已經整理完備，全部交給了助理。該見的人也見了，該完成的任務基本完成，剩下的只能聽天由命了。

安全度過今天，顧海就算刑滿釋放了。

「我能出去走走麼？自從到你這，我都沒有上過一次街。」顧海說。

顧洋的心情難得放晴，看到顧海一副可憐巴巴的表情，當即鬆口，「別走太遠，言行舉止要低調，如果感覺有人跟蹤你，趕緊給我打電話。」

「你也太謹慎了吧？」顧海目露不屑。

顧洋扔給顧海一張卡，「如果買東西，就刷這個卡。」

顧海勾起一個嘴角，「你真了解我。」

顧洋揚揚下巴，「早去早回。」

結果，顧海這一去就沒影了，一直到晚上九點都沒回來。顧洋有點兒坐不住了，反覆地看表，顧海已經出去十個小時了，照理說早該回來了，不會是……

想到某種可能性，顧洋猛地從沙發上竄起，迅速到門口換鞋。

結果，鞋還沒穿好，門就開了。

顧洋的動作瞬間停滯。

某個人推著兩輛購物車走了進來，車上大大小小的箱子、盒子，堆得一人多高。

「你別告訴我，你出去這麼久，就是去買這些東西？」

顧海一邊將東西取出來一邊回道：「是啊，累死我了。」

「不是讓你早點兒回來麼？」顧洋陰著臉怒斥一聲。

顧海一副我很有理的表情，「早回來我買不完啊！」

「你買那麼多東西幹什麼？我不是告訴你了要低調麼？你要真拿這麼多東西走，整個機場的人都得看咱倆！」

「我不管，這些東西都是禮物，我全得帶回去！」

「不能帶。」顧洋目光冷冽，「我們躲躲藏藏半個月，為的是什麼？為的不就是明天的順利出發麼！你帶了這麼多礙手礙腳的東西，我們又得托運，又得辦手續，你還嫌咱倆不夠亂麼？非要在機場被攔住你才甘心麼？」

顧海暫時停下手裡的動作，一副無奈的表情看著顧洋，「我說你是不是最近太不順，被擠兌出神經病了？我想給我家因子帶點兒好東西回去都不成麼？我帶的都是合法的東西，他們憑什麼攔我？」

顧洋看出來了，顧海這廝是徹底走火入魔了。

「行了，我也不和你廢話了，明確告訴你，東西不能帶，全都留這！」

顧海還是那副口氣，「我一定要帶。」

爭執了將近半個小時，顧洋終於退了一步。

「想帶可以，選一、兩個小的，這麼多都帶走，不現實。」

顧海犟得像頭牛，「我既然買了，就得都帶著，落下一個都不成！」

空氣中傳來拳頭咔咔作響的聲音，顧洋雙目腥紅，牙關咬得死死的，往前跨了一大步，作勢要去搶顧海的那些東西。

「你敢碰一下試試！」顧海如同一隻野獅子狂吼出聲，「你要敢拿走一樣，我立馬給警察局打電話，讓他們過來逮你！」

顧洋：「……」

23.

課間操過後，白洛因和尤其勾肩搭背地往回走。

顧海出國以後，白洛因和尤其的親密度直線飆升，連校園八卦論壇都開始討論尤其拋棄楊猛，移情別戀的事情。其中一篇帖子十分有代表性，標題叫作〈我最信任的哥們兒，竟然搶走了我的男朋友〉。

今天，尤其難得問了一句：「顧海什麼時候回來？」

白洛因故意裝孫子，「你不說，我都快忘了有這個人了。」

話剛說完，顧海電話打過來了。

「因子，我回來了，就在機場等托運物品呢……」

白洛因臉上的表情瞬間失控，其實他很想掩飾一下，可惜腦子裡除了興奮別無其他了。放下手機，給了尤其一個會意的眼神，二話不說轉身就跑，不到十秒鐘就衝出了校園，衝上了馬路……

尤其呆愣愣地看著白洛因的背影，心像是掉進了冰窟窿。

偏偏這個時候楊猛正好從他身邊經過，最近流言正盛，楊猛基本上看到尤其就繞道走。今兒瞧見尤其這麼一副失魂落魄的模樣，實在按捺不住自個的好奇心，頂著巨大的輿論壓力走上前去。

「嘿，帥哥，在這幹嘛呢？」

尤其心裡憋了一團火，正無處發洩呢，旁邊突然冒出來一個細皮嫩肉的小傢伙，太適合蹂躪了。於是薅起楊猛的脖領子，毫無緣由地將他掄了三圈，待到楊猛站穩之後，又箍住他的肩膀子，瘋狂地搖晃了十幾下。

可憐的楊猛，腦袋都快被搖晃下來了，還不知道自個這幹嘛呢。

「你丫剛才還說都快忘了有這個人了，結果他一通電話你就沒影了。你說我為什麼要聽到他的聲音？為什麼要聽見電話內容?!」

楊猛眨巴眨巴眼，「因為你耳朵好使。」

尤其：「……」

白洛因一路心臟都在狂跳，就在昨天晚上，他還覺得見面是一件遙遙無期的事情，沒想到今天幸福就要降臨了。他花了半個小時在車上安定自個的心情，結果離目的地越近，心裡的激動就越加難以控制。

計程車在機場停下，白洛因趁著司機找錢的空檔，平復了一下自個的情緒。

顧海就站在行李托運的大廳，等著他的禮物被傳送帶一件一件地轉出來，顧洋站在他的身邊，帶著黑色的墨鏡，一臉的漠然。

「齊了麼？」顧洋開口問。

顧海心裡記得一清二楚，數都不用數，「還差兩件。」

他比顧洋還著急呢，恨不得鑽進機器裡面把自個的東西先扒出來。

白洛因在機場大廳轉了幾圈，終於找到了認領行李的地兒，大老遠就看到了顧海彎腰拿東西，本想衝過去給個熊抱，結果看到了顧海身邊站著的那個熟悉的身影，急躁的腳步漸漸穩了下來，不動聲色地朝他們靠近。

終於齊了，顧海長舒一口氣。

「你還真知道回來了？」白洛因淡淡開口。

顧海的身體猛地一僵，轉過身的一剎那，心臟差點兒從嗓子眼飆出來。

白洛因站在他的身後，穿著那身熟悉的校服，帶著熟悉而親切的笑容，就那麼定定地瞧著他。顧海無法形容他此時此刻的心情，二十幾天來，這張臉無時無刻不出現在他的夢裡，今兒終於瞅見活人了！

顧海兩大步跨到白洛因身邊，猛地將白洛因拽進懷裡，死死摟住就不撒手了。

「都快想死你了。」顧海一邊說著，一邊用手按住白洛因的後腦勺，讓他溫熱的臉頰貼在自個的脖頸上，充分感受這久違的親近。

兩個人忘情地抱了一分多鐘，顧洋在旁邊輕咳一聲，提醒他們盡快結束。

「滾一邊咳嗽去！」顧海朝顧洋甩了一句。然後，繼續旁若無人地在白洛因的耳旁膩歪。

顧洋手裡要是有一把槍，早就把這個沒出息的東西崩死了！

白洛因先把顧海推開的，眼神投到顧洋的臉上，顧洋帶著墨鏡，白洛因看不清他的表情，但是能感受到墨鏡後面的眼神是如何的冷峻凌厲。白洛因示意性地笑笑，出乎他所料的，這一次顧洋沒有漠視他，而是簡單地勾了勾嘴角。

三個人走到機場外面，顧海對顧洋下了驅逐令。

「我得和因子回家了。」

顧洋沒說行也沒說不行，始終是一號表情，看不出他的情緒。

白洛因尚且保存幾分理智，「你還是先和你哥回家一趟吧，你哥這麼長時間沒回來了，你起碼要幫他安頓安頓吧。」

「他用不著我安頓。」顧海爽快地朝顧洋吹了聲口哨，「對吧，哥？」

顧洋挑了挑眉，「正好有朋友要見。」說罷，瀟灑地轉身離開。

白洛因盯著他的背影看了好一會兒。

顧海吃味了，用膝蓋拱了白洛因的腿一下，「看什麼呢？」

白洛因把目光移回來，隨口問道：「你那帥哥哥怎麼和你一塊回來了？」

顧海陰著目光，「你把哥哥前面那個字去了。」

白洛因但笑不語。

一看到白洛因笑，顧海的眼神又像是502[35]一樣，黏在白洛因的臉上下不來了。不知道要說多少遍想壞我了，才能表達他前些日子的各種辛酸苦辣。這一次遠行，讓顧海長了一個教訓，以後無論去哪，無論去幹什麼，務必要把媳婦兒帶在身邊，不然這日子真沒法過。

「走吧，回家。」顧海的手自然而然地搭上白洛因的肩膀。

白洛因甚是無奈地瞧了他一眼，「東西不拿了？」

顧海回頭一看，身後還有兩輛購物車呢。

「怎麼帶了這麼多東西回來？」

35：指502膠水，中國膠水品牌。

「都是送你的禮物。」

白洛因心裡一震，「都是給我的？」

「當然都是給你的。」顧海朝白洛因寵暱地笑笑，「我臨走前一天去商場逛了逛，瞧見一樣東西，覺得你會喜歡，就買下來了。」

白洛因嘟囔了一句，「不知道的還以為你出去旅遊度假了呢……」

「哪啊？我再怎麼受苦受難，也不能忘了讓你開心啊！」顧海把自個說得特偉大。

白洛因看到滿滿的一車禮物，心裡抽了抽，其實你平安地回來比什麼都強。

計程車上，顧海挨著白洛因坐在後面，心裡就開始蠢蠢欲動了，假裝把胳膊搭在白洛因的肩膀上，其實手已經順著敞開的衣領摸到裡面了。白洛因制止他的動作之後，他又把頭靠在白洛因的肩膀上，臉朝裡，看著白洛因一動一動的喉結，稍不留神就上去逮一口。

白洛因頻頻給予警告都沒用，最後強行攥住顧海的那隻手，就這麼十指相扣一直到家門口。

電梯徐徐上升，在這個封閉的空間內，白洛因聽到了煽情的喘息聲，隨著數字的攀升越發密集和頻繁。

門在耳旁哐噹一聲關上，兩個人瞬間被彼此的氣息席捲。

顧海將白洛因的頭扣在門板上，狂暴的吻襲了上去，舌頭長驅直入，在白洛因的口腔內肆虐攪動著。白洛因大腦霎時一片空白，兩隻手死死卡住顧海的脖頸，瘋狂地回應著，舌尖直抵顧海的喉嚨，霸道地掠奪著他的呼吸。

喘息起伏的胸膛貼著胸膛，像是平靜的海面上掀起的兩層巨浪，你追我趕地朝岸上湧去。

顧海啃著白洛因的鎖骨，白洛因的手觸到顧海光滑緊實的胸膛，胯下的布料縱情地摩擦著，傳遞著彼此的心火和等待的煎熬。

兩個人一起摔到床上，白洛因扯下顧海的上衣，一口咬住他左胸口的小小凸起。

顧海發出難耐的悶哼，啞著嗓子叫喚。

「太尼瑪爽了……不行了……」

瞬間又將白洛因壓在身下，手插入褲子裡，穿過濃密的草叢，尋找到那根早已精神起來的小怪獸，粗糙的手指肚兒細細地撫平上面的褶皺。

白洛因立刻弓起身體，雙眉緊蹙，急促溫熱的呼吸全都撲到了顧海的臉上。

顧海的手緩緩下移，穿過兩個小球，來到密口處，惡劣地戳了一下。

「想我家小海子了吧？」

白洛因繃不住哼了一聲，見顧海在笑，一口咬住了他的喉結。

顧海笑得更厲害了，一把勾住白洛因的脖頸，霸道地將他的頭按在自己的胸口，讓自己狂熱的心跳聲傳遞到白洛因的耳邊。白洛因喘著粗氣，手在顧海的小腹上滑動一陣之後，緩緩下移，隔著布料揉弄早已躁狂不已的小東西。

顧海的一條腿猛地抬起，橫跨在白洛因的身上，大腳在白洛因結實的臀部摩挲按壓著，手放在他的臉頰上，寵暱憐愛地撫摸著，呼吸越來越粗重。

過了一會兒，白洛因開口，「咱們先把東西收拾收拾，然後洗個澡，下去吃點兒東西吧。」

顧海捏住白洛因的下巴，邪肆的笑容掛在嘴邊，「我就想吃你。」

「你坐了十幾個小時的飛機，肯定特累，先休息休息再說吧。」

「我不累。」顧海箍住白洛因反抗的身軀，「我一想到可以操你，就特有勁！」

白洛因一拳抵在顧海的嘴角。

顧海粗暴地將白洛因壓在身下，作勢要去脫他的褲子。

「你能不能讓我好好瞧瞧你？」白洛因挺艱難地開口，「從你回來到現在，咱們都沒能好好說上幾句話。」

顧海的動作滯了滯，含笑的眸子看了白洛因幾眼，手捏著他的臉頰，柔聲說道：「那你一會兒得和我一起洗澡。」

白洛因胡嚕了顧海的頭髮一下，算是答應了。

兩個人先把顧海拿回來的東西收拾了一下，白洛因發現，顧海買的這些東西，又是一筆不小的開銷，於是對顧海的資金來源質問了幾句。

「哦，對了。」顧海從包裡掏了掏，翻出一張卡扔給白洛因，「我哥給的錢，我怕自個又瞎花著，暫時放你那吧。」

白洛因隨口問了句，「你哥到底因為什麼出的事？」

「貪汙公款。」顧海不痛不癢地回了一句。

呃……白洛因剛把銀行卡塞進抽屜裡，聽到這話又拿了出來，扔給顧海。

「那你還是自個留著吧。」

顧海被白洛因逗樂了，「這錢絕對乾淨，你放心收著吧。」

24.

兩副身軀擠在一個浴缸裡，雙腿交叉，胸膛抵著胸膛，濕漉漉的臉頰彼此對視，好像多少年沒見過了，一定得把對方臉上所有細微的變化全都瞧出來。

久久之後，白洛因開口，「你瘦了。」

「廢話。」顧海用手搓著白洛因的小腹，「我整天那麼想你，吃不下睡不著的，能不瘦麼？」

白洛因又問：「你哥這次回國還打算回去麼？」

「聽他那意思就是暫時回來避一陣，應該會回的，只不過這次待的時間長一點兒。」

白洛因若有所思。

顧海的注意力早就不知道跑到哪去了，腳趾摳著白洛因的腳心，膝蓋故意在小因子上磨來磨去，手偷偷摸摸伸到下面，拽住幾根漂浮的毛髮，色情地扯兩下，立刻招來白洛因一記凌厲的眼神。可就是這麼個眼神，勾得顧海三魂少了兩魂半，他急乎乎地挪過腦袋，舌尖輕輕點水，在白洛因濕漉漉的胸口上著陸，牙關抵住那個小小凸起，輕輕啃咬著，白洛因起初還能扛一陣，後來力道越來越大，忍不住悶哼一聲。

「顧海……」

「我在。」顧海用力吸了一口，引起白洛因一陣顫慄。

白洛因一路摸索著，最終找到顧海的巨物，放在手裡把玩了一陣，見顧海一副急不可耐的樣子，頓時拍了拍他的後背，讓他直起身來，顧海一副受寵若驚的表情，看著白洛因張口含住自個的命根子，溫熱的口腔刺激得顧海差點兒一洩而出。

「因子……」顧海低聲喚著。

白洛因抬起眼皮瞧了他一眼，嘴巴緩緩下移，細緻地擼平那些褶皺。在一起這麼久，早已摸透了對方的身體和脾氣，具體刺激哪，用什麼方式刺激，心中再清楚不過。

顧海的呼吸愈見粗重，嘴裡發出不規則的悶哼，白洛因用舌尖在頂端的溝壑處舔弄幾下，顧海立刻繃起腿上的肌肉，大手按住白洛因的頭狠狠往自己的胯下壓，白洛因的喉嚨被卡得生疼，發出嗚嗚的響聲，更加刺激了顧海的暴虐欲望，他用手加快了白洛因腦袋的晃動頻率，嘴裡發出酣爽的低吼。

白洛因兩腮酸痛，嘴角快被撐爆，他暫時將嘴裡的巨物拔出來，用舌頭在周邊輕輕舔舐著，自下而上，緩慢而輕柔，橫掃過頂端時，頗有耐心地對這個敏感的部位多加刺激。

「你這麼騷，萬一哪天被人家拐走了怎麼辦？」顧海手撫著白洛因的臉頰，一副痴迷不已的表情，「你要是像伺候我一樣伺候別人，我光是想想就受不了了。」

白洛因無視顧海這種杞人憂天的幻想。

顧海的手順著白洛因光滑的脊背一路下移，在臀縫裡撫弄一陣，藉著濕潤的水流進入一根手指。因為潤滑不夠，加之很久未被侵犯，白洛因有種痛感，顧海的手指也感覺到了強大的阻力。

「看來這幾天你很乖啊。」

為了獎勵白洛因，顧海將他的腰提起，身體呈趴跪姿勢，扒開臀縫，舌頭代替手指來擴張。白洛因很久沒有受到這種強刺激，腰身輕顫著朝前躲避，被顧海一把拽了回來。

好好享受吧，今兒有你爽的。

用沐浴液做潤滑，顧海終於闖入久違的禁地，兩個人同時跪在浴缸裡，一陣粗暴地貫穿挺進，膝蓋四周水花四濺。顧海先是將白洛因的雙手反綁在身後，強迫他上半身直起，貼合著自己的胸口，與他激烈地接吻。後又將他的上半身壓入水底，只剩下兩個臀瓣翹出水面，顧海肆意欣賞著，沾了水的臀瓣更顯得飽滿性感，用手一掐，充分感覺到那份緊致和彈性。

啪！一聲清脆的巴掌響順著水聲傳遞到白洛因的耳邊，隨即一股痛感泛了上來。就在他還未消受的時候，又一巴掌拍了上來，不重但是很麻疼，身後的撞擊還在繼續，這種痛感混雜著某處的快感，給人一種抓狂的感覺，白洛因瞬間回頭抗議。

「住手……」

「你很喜歡。」顧海比白洛因還了解他自己。

隨後，密集的巴掌和粗暴的抽插混淆在一起，顧海打得很有節奏，很快，巴掌所到之處變得異常灼熱。

「嗯……啊……顧海……」白洛因失控地哼吟著，身後拍打的頻率和抽插的力度都在加大，他的意識是抗拒的，腰身卻頻頻後挺，以迎合更強的刺激。

終於，一聲崩潰痛苦的呻吟，白洛因釋放了自己，顧海瘋狂地在狹窄的甬道裡馳騁了一陣，也低吼著攀上了頂峰。

沐浴過後，帶著一身的清香，兩人又膩歪到了床上。

「要不你先眯一會兒，我下去買點兒吃的上來，咱們吃點兒東西再睡午覺。」

顧海沒聽見一樣，顧自去扯白洛因的浴巾，邪笑著說：「我看看打壞沒有。」

結果扯開浴巾，發現裡面還有一條內褲，遂驚訝萬分，「我記得你以前裹著浴巾出來的時候，裡面從來不穿內褲啊。」

這事臊得白洛因一個大紅臉，本來他是養成了這個習慣，結果去尤其那住了兩晚之後，迫不得已將穿內褲這項事宜提上日程，每次一沾床，都先檢查自個底下有沒有穿著小內褲。當然，這一緣由他是肯定不會和顧海講的。

「嘖嘖……」顧海還在自我陶醉著，「和我玩情調是不是？」

白洛因趴在床上一聲不吭玩裝死。

顧海的手褪下白洛因的內褲，看到小麥色的皮膚裡面滲著暗淡淡的紅色，沒有巴掌印但是很灼熱。他把臉頰貼在白洛因的臀瓣上，廝磨一陣後，伸出舌頭在上面蜻蜓點水地滑動著。

「別這麼著……癢……」白洛因笑著去推顧海的頭。

顧海哼笑一聲，「還有更癢的呢，要不要？」

沒給白洛因任何回應的時間，顧海直接張開邪惡的大嘴，在白洛因被拍打得紅通通的臀瓣上啃咬，癢得白洛因的腿都在顫抖抽搐，像條打挺的鯉魚在床上不停地翻滾著逃避。

顧海窮追不捨，後來拽住白洛因的兩隻手，迫使他翻過身，用胯下的某個硬物去頂撞白洛因敏感的密口，一下一下地在股間摩擦膩歪著。

「你還來？」白洛因用手抵住顧海侵犯下壓的胸膛。

顧海把頭湊到白洛因的耳邊，舌尖逗弄著他灼熱的耳垂，呼呼朝裡面哈著熱氣，聲音溫柔油膩，「你不想要？」

白洛因別過頭，一副不服不認的隱忍表情。

顧海存心逗他似的，手伸到小因子的頂端，粗糙的指肚兒在上面刮蹭，白洛因緊蹙雙眉，牙齒咬著薄唇，看著顧海的眼神中帶著一股狠勁兒。

「真不想要？」顧海又用濕漉漉的分身頂端磨蹭密口周圍，緩慢而磨人。

白洛因性感的目光灼人臉頰，他用手扼住顧海的脖頸，難耐的喘息聲帶著一句投降般的控訴，「你這不是廢話麼？」

「想要就求我。」顧海惡意攥住白洛因的分身，攥得很緊，幾乎讓白洛因喘不過氣來。

白洛因用手去掰顧海寬大的手指，結果越掰攥得越緊，疼痛焦灼著他的意志，額頭滲出細密的汗珠，惱恨地看向顧海，他還是那副玩味的表情。

「求我，求我操你。」

顧海在挑戰著白洛因的忍受底線，試圖樹立起自己的絕對控制權。

白洛因艱難地忍受著，牙關咬得死死的，無奈這副身體早已被顧海調教成了自己的專屬物，顧海對它的了解透析到了爐火純青的地步。白洛因心裡防線慢慢垮塌，猛地將顧海的頭按在自己脖頸處，破碎的祈求聲衝破喉嚨。

「求你……」

「求我什麼？」顧海咬住白洛因的喉節，一根手指伸進去戳刺某個脆弱的部位。

白洛因呼吸被牢牢把控住，牙齒錯亂地咬住顧海的耳朵，含糊不清地低語，「操……我……」

顧海早已忍得神經暴動，聽到這句話，幾乎是瘋了一般地闖入溫熱緊窒的領地，粗暴威猛地一次次強而有力貫穿，每一下都是結結實實的，攝人心魄的。

久違的銷魂滋味挑動了每一根神經末梢，顧海低吼著，大手攥住白洛因的下巴，一陣掠奪性的激吻過後，氣喘吁吁地逼問，「因子，你是不是只讓我操？」

白洛因薅住顧海的頭髮，腰身挺動迎合著，在顧海的撞擊中發出潰敗墮落的呻吟，「嗯……是，只讓你操。」

顧海攥住白洛因的手，雙目赤紅得彷彿滴下血來，他毫無節制地啃咬著白洛因的薄唇、脖頸、胸口……像是一隻餓極了的野獸，逮到心儀的獵物之後就開始瘋狂的進食。

「寶貝兒，你裡面好熱、好緊，夾得我好舒服……」顧海忘我地讚美著。

白洛因卻聽得雙目噴火，一巴掌勺到顧海耳後，「能不能別每次幹這個都臭貧36幾句？」

「因為我知道你喜歡。」

顧海邪氣一笑，雙臂將白洛因緊緊摟抱住，故意把嘴唇貼到他的耳邊，無節操地顯露他的粗俗，「寶貝兒，你夾得我好緊，哥的ＪＢ是不是特好吃？你怎麼吃得這麼帶勁？……」

「啊啊啊啊……」

傍晚叫了份外賣，也是在床上解決的，顧海吃得很香，一邊吃還一邊揩油，真不知道他玩了一下午，怎麼還能這麼有興致，白洛因現在看到顧海的身軀都有種想大卸八塊的衝動。

晚上睡覺前，白洛因剛把被子蓋上就被顧海掀開了，顧海分開他的腿，不由分說地將小因子含到嘴裡。

白洛因一下午不知道狂Ｈ了多少次，這個地兒都有點兒腫了，顧海的嘴剛一動，一股疼痛酥癢的感覺刺穿了白洛因的感覺神經，眼淚差點兒飆出來。

「你夠了……啊……不行……疼……唔……」

事實上顧海就喜歡看白洛因這種要哭不哭，泫然欲泣的崩潰表情，他此生最大的樂趣就是折騰白洛因。

「啊啊……」

顧海猛地一吸，白洛因顫抖著射出自己的精華，顧海一滴不落地全都吞了下去。

待白洛因累到虛脫，他再把白洛因圈在懷裡，一副特有成就感的表情。

「想你……」顧海在白洛因疲倦的臉上吻了一口。

白洛因深吸一口氣，「你總算說了句人話。」

顧海突然把臉抵到白洛因的脖頸處，賴賴地蹭來蹭去，柔聲喚著：「因子、因子、因子、因子……」

一個五大三粗的男人扎到你懷裡撒嬌是個很不爽的體驗，白洛因一下就想到了阿郎。

「你幹嘛？」白洛因把顧海揪了起來。

顧海眯著眼睛，一副欠抽的表情，「不幹嘛，就是想你……」

白洛因知道，此人抽瘋的時候最好不要搭理，讓他靜靜地抽一陣就好了。

果然，顧海沒一會兒便消停了。白洛因托起顧海的臉，發覺他已經睡著了。

第一次在作惡之後自個先睡著。

折騰了二十幾天，又坐了十多個小時的飛機，能不累麼？……白洛因心疼地注視了顧海半晌，大手拂過他疲倦的臉頰，給他蓋好被子，抱著他沉沉入睡。

25.

一大早，顧海被一陣古怪的鈴聲吵醒，習慣性地摸自個的手機，發現壓根沒響。又坐起身找了找，終於找到了那個罪魁禍首，按了半天沒反應，發現了介面上的題目，迷迷糊糊的開始解題。白洛因買的這個鬧鐘系統更高級，所有題目都是自設的，也就是頭一天晚上白洛因找的題目，起碼對於他是有點兒難度的。

於是，悲催的顧海同志吭哧吭哧37做了二十分鐘都沒做出來，最後把白洛因都吵醒了。

「你先去洗臉刷牙吧，我來解。」

出去買早餐的計畫破滅了，兩個人只好吃點兒吐司湊合湊合。

「你怎麼買了這麼一個鬧鐘？」顧海隨口一問。

白洛因想也不想就回道：「在尤其那看到的，覺得挺好玩就買了。」

顧大少腦子裡的那根弦總是繃得很緊，稍微有個小東西撥弄一下，就會發出巨大的迴響。

「在尤其那看到的？」

白洛因面色一滯，暗暗責備自個說話不注意，於是輕咳一聲，口氣中雜糅著幾分漫不經心，「是啊，尤其搬到校外住了，有天和楊猛一塊給他送東西，無意間發現的。」

顧海點點頭，沒再多問。

時隔三個禮拜，顧海第一次走進教室。

白洛因推門進來的一剎那，尤其下意識地朝門口看去，結果一下就撞到了顧海的眼神。本來以前看他倆走在一起還沒什麼感覺，結果和白洛因親密了幾天之後，重新看他倆待在一起，怎麼想都覺得不是味。

於是，下課他又去找楊猛了。

每次一有點兒狀況，尤其就樂於找楊猛，原因有二，其一就是因為他是白洛因最好的朋友，在他這總能得到關於白洛因的最深刻理解。其二就是因為楊猛比較二，一般和他聊了一會兒，會發現什麼不順心的事都沒有比和他聊天更不順心。

「咱能不能別每次都在這種地兒聊天啊？」

楊猛的手抵著檔案室門上的封條，每次一說話，注視的都是前任校長的遺像。

尤其這一次由站著改為蹲著了，聲音比照片上的死人臉還陰冷。

「我失戀了。」

楊猛一臉糊塗，「你啥時候戀的？」

「前兩天。」

尤其用手摳著冰涼的地板磚，發出的響聲像是老鼠打洞，聽得楊猛頭皮發麻。一陣邪風吹過來，楊猛忍不住打了個哆嗦，也跟著蹲在了尤其的身旁。

「前兩天？和誰啊？」

尤其本不想讓第三個人知道，但是心裡的怨念實在太深了，於是掙扎了兩節課，覺得有必要把這個祕密說出來，就算聽到別人的冷嘲熱諷，也比這樣憋著強。

「白洛因。」

楊猛起先還一臉期待地等著尤其的回答，結果尤其說出來之後，楊猛的目光反而黯淡了。出乎尤其所料，楊猛既沒大罵變態，也沒擺出一臉驚駭的表情，反而很平靜，好像一開始就知道這件事。

「他不喜歡你了？」

尤其點點頭，「是啊，可能一開始就不喜歡吧。」

楊猛一副麻木不仁的表情，「那你就繼續和我在一起吧。」

「呃？」尤其一副訝然的表情看著楊猛。

楊猛呆愣愣地看著他，笑得很機械。

「難道不是麼？你先棄我而去，選擇小三，小三現在把你甩了，你也該回到我的懷抱了。放心，我不計前嫌的，男人嘛，誰沒個出軌的時候。」說罷，還伸出胳膊摟住了尤其。

尤其一臉黑線，草，說了半天丫的還以為我鬧著玩呢！

「笑什麼笑，誰跟你笑呢？」尤其推了楊猛一把。

楊猛入戲太深，拔不出來了，一副糟糠之妻的模樣看著尤其。

「你個沒良心的，我都主動挽回了，你丫還給我擺一副臭臉。他有什麼好啊？不就五千米跑了個第一麼？早知道你和他有姦情，我當初真不該幫他攔著那兩個擋道的。」

尤其發現，楊猛二起來真沒邊了。

「我沒和你開玩笑。」尤其一臉無奈。

楊猛叉著腰，「我也沒和你開玩笑！」

「我是真的喜歡白洛因！」

「我也是真的喜歡你啊！」

楊猛還在嘻嘻哈哈的，直到他發現尤其的頭埋到了膝蓋裡，手下的地板磚被挖出來一大塊，地上隱隱約約一團血跡。

楊猛的笑容凝結在了臉上。

「我說，哥們兒，你不是來真的吧？」

尤其憂鬱的目光投射到楊猛緊張的眸子裡，聲音不輕不重，卻極具殺傷力。

「你覺得我像是開玩笑的麼？」

久久之後，楊猛突然後撤一大步，猛地撞到身後的牆上，因為重心不穩又反彈回來，栽了個結結實實的大跟頭，踉蹌著爬起來，瘋狂地朝樓道外面跑，沒有一分鐘又跑回來了，跑到尤其面前突然一煞閘，像個雕塑一樣，徹底不動彈了。

尤其擦了擦額頭的汗，沒毛病都讓楊猛嚇出毛病來了，整一個狂犬病患者發作現場。開始還納悶他怎麼這麼鎮定，鬧了半天這會兒剛反應過來。

「你別告訴我，你前兩天真的和因子談戀愛了？」

尤其歎了口氣，「我也不知道那算不算，他沒承認，我也沒明說。」

楊猛實在無法接受白洛因喜歡男的這一事實，就算尤其長得再帥，也不能當女的使啊！

「那你怎麼知道自個失戀了？」

這是尤其最深的一個痛，現在不得不挖出來了。

「因為我覺得白洛因一直以來喜歡的都是顧海。」

楊猛暴汗，「不帶這麼嚇唬人的，他倆可是兄弟。」

「又不是親的。」尤其一副無所謂的表情。

楊猛一個勁地搖頭，「不可能，白洛因絕對不可能喜歡男的，他以前還交過女朋友呢，去年那個女的還回國來找他了呢！」

「然後呢？」尤其反問，「他和那女的和好了麼？」

楊猛又是一身冷汗。

過了一會兒，尤其突然莫名其妙地笑了笑。

「也許是我想多了，我自己喜歡白洛因，就容易拿自個的心去衡量他的所作所為，也許他和顧海關係很正常，是我用不正常的眼光把他倆的關係看扭曲了。」

楊猛壓根沒聽到尤其在說什麼，還在一個勁地回憶他所看到的白洛因和顧海相處的場景，貌似每一次自己出現在他們的面前，都受到顧海強烈的排斥……

「這樣吧。」楊猛攥住尤其的胳膊，「我給你出個主意，也許能試探出他們的真實關係。」

「什麼主意？」

楊猛撓了撓頭，「因子前兩天去我家，把一個外套落下了，我一直忘了給他送回去。你這樣，你明天拿著那個外套，當著顧海的面，說白洛因把外套落在你的住處了，你瞧瞧顧海的反應不就知道了？」

這兩天晚上睡覺，顧海發現，白洛因和他不親了。

本來兩個人都是裸睡，睡之前還都脫得光溜溜的，結果半夜醒來，白洛因不知怎麼的就把內褲穿上了。而且以前不用他主動摟著，白洛因自個也會湊上來，專找暖和的地兒搗手搗腳。結果現在抱著他睡他還不老實，總是無意識地往外鑽，就算手腳冷得像四塊冰，也不樂意往他身上黏。

怎麼回事？難道是我走了這麼長時間，他又把這好習慣給改了？

於是，顧海大半夜不好好睡覺，又開始訓練白洛因。

本來白洛因睡得挺老實的，他非得把人家的手拽過來壓在胳膊底下；白洛因好不容易不亂蹬亂踹了，他非得把人家的腳丫子弄過來塞到腿縫裡；白洛因終於不會半夜起來要水喝了，他還非得把人家叫起來餵幾口……

第二天一早，白洛因和顧海照例一起走進教室。

尤其心裡那叫一個緊張啊，也不知道楊猛這個辦法好不好使，萬一他倆是真的，我把這衣服交出去，不就等於在太歲頭上動土麼？顧海不得卸我兩條腿啊？

結果，尤其正猶豫著，白洛因先開口了。

「我這衣服怎麼跑你那去了？」

尤其一怔，準備好的話一不留神就禿嚕38出去了。

「那天晚上你脫在椅子上，第二天早上起來忘穿走了。」

「哦，我說我怎麼一直沒找到呢，鬧了半天落你那了。」

白洛因剛一接過來，突然感覺不妙，再一回過頭。後面的黑板都凍上了。

38：說溜嘴。

26.

某人戰戰兢兢地等了一上午，上廁所的時候都左顧右盼，生怕一不留神自個的老二就不見了。結果一直等到中午放學，也沒等來所謂的報應。

難道真的是我想錯了？

尤其一邊收拾一邊用僥倖的眼神瞟了顧海一眼，顧海低著頭，不知道在擺弄什麼。尤其站起身朝門口走，每一步都是膽戰心驚的，生怕某隻猛虎狂撲而來，結果一直走到門口都安然無恙。心頭被某種小幸運占據了。

幸運的不是自個沒挨打，幸運的是他倆竟然是正常關係。

下課鈴一響，楊猛第一時間衝到二十七班門口準備圍觀。

結果尤其完好無損地走了出來。

「嘿！」楊猛朝尤其打了聲招呼。

尤其健步朝他走了過來，神清氣爽的。

楊猛一瞧尤其這精神狀態，就知道事情可能沒像他們預想的那樣發生。

「怎麼樣，衣服給了沒？」

尤其點點頭，「給了。」

「顧海沒和你急？」

尤其往教室裡面看了看，「目前為止還沒有。」

楊猛一臉考究的模樣，「你是不是按照我教給你的詞兒說的？」

「是啊。」尤其很坦然，「一字不差。」

楊猛皺了皺眉，還有點兒不放心的樣子，「你是當著顧海的面說的麼？你確定他聽見了麼？」

「我確定。」尤其刻意壓低聲音，湊到楊猛耳邊，「他剛開始聽見的時候臉色還變了一下。」

「後來呢？」楊猛眨了眨眼。

尤其擤了擤鼻涕，「後來我就沒敢瞅。」

楊猛還在深思，某個人拍了他的肩膀一下，回頭一瞅，以前的同班同學。

「和好了啊？」那哥們兒樂呵呵地看著楊猛。

楊猛起初還沒明白啥意思，後來瞧見那哥們兒頻頻朝尤其給眼神，這才明白過來。

「和好你大爺！」楊猛小嘴挺厲害。

那哥們兒依舊樂呵呵的，「沒事，甭有心理壓力，我這人思想開放，祝你們幸福。加油、加油、加油！」揮舞著小拳頭。

楊猛一臉黑線。

走在路上，尤其哼著小調，那得瑟的模樣和昨天一比，簡直就是兩個人。楊猛斜了他一眼，一副鄙視的表情，「至於麼你？人家兩人關係正常，也不代表因子喜歡你啊？」

尤其依舊持樂觀態度，「起碼表示我有戲啊！」

楊猛警告一句，「告訴你，我家因子要是對你沒那個意思，你別禍害他啊！」

「你覺得我有本事禍害他麼？」尤其俊逸的臉頰在陽光底下閃閃發光，「就他那個人，別人追到吐血也雷打不動的主兒，他要真對我沒意思，我就是豁出一條命也白搭！」

「那你還美什麼？」

尤其的腳步悠哉悠哉的，「我就圖他是個單身！」

楊猛對尤其自娛自樂的功夫挺佩服的，扭頭朝他看了一眼，雖說男人看男人的眼光不準，可楊猛仍舊覺得尤其這模樣沒得挑了。照理說這麼帥的男人不至於啊，那麼多女的追，咋就那麼想不開呢？白洛因要是真對他動心了，這得是學校女生界多大的損失啊！

尤其勾住楊猛的肩膀，「走，哥們兒帶你下館子搓一頓。」

楊猛還沒答應，突然身側一陣狂風吹來，心中大驚，嗖的一轉頭，一個腳踩滑板的中學生疾馳而過，留下一個霸道的背影。

草，楊猛心臟還在狂跳，怎麼一個踩滑板的就把我嚇成這樣？難道說我心裡本來就不踏實，總覺得會出點兒事？再把目光轉向尤其，他也是一副驚魂未定的表情，原來不是我一個人覺得周遭的空氣陰颼颼的。

又平安地走了一段路，尤其拍拍楊猛的肩膀，「虛驚一場。」

前面一個大轉彎，楊猛的心跳突然提速，結果轉過去一個人也沒有，草叢裡也沒閃出幾個劍客。

楊猛一陣心悸，我最近是不是動作片看多了？

「哥們兒，有菸麼？」

楊猛和尤其的腳步齊刷刷地停住。

幾乎是同時回頭，同時僵在原地。

身後站了一排爺們兒，各個高大威猛，尤其一米八以上，站在他們面前還得仰視。

過了好一會兒，尤其吶吶回道：「沒菸，我不抽菸。」

最左邊的壯漢突然掏出一個打火機，火苗子直衝尤其的臉，尤其猛地後閃一步，踩到了井蓋，差點兒仰臉合天摔下去。

「我有火沒菸怎麼辦？」

楊猛的臉都嚇白了。

尤其比他強點兒但有限，聲音拐了好幾道彎，「要不我去給你買一盒？」

「不用了。」壯漢收起打火機，皮笑肉不笑地看著尤其，「乾脆我抽你吧。」

楊猛雙腿打顫，笑容像秋日裡殘敗的一朵野菊花。

「我就算了吧，我就是和他搭伴走的，我倆是同學，今兒趕巧了碰到一起……」

一個壯漢拽起楊猛的衣領子，楊猛瞬間雙腳離地。

「對不住了，小兄弟，我們哥四個是個組合，名叫『片甲不留』。今兒活該你倒楣，非要和他走在一塊，以後記住了，該你摻和的事你摻和，不該你摻和的事你別湊份子。」

五秒鐘之後，一片殺豬的嚎叫聲在這個安謐的角落響起。

「大哥，您別打臉成麼？」尤其嘶吼，「我過陣子還得去北影面試呢！」

「打臉和操屁股，你自個選一個！」

「那你還是接著打吧。」

回到家，兩人面對面而坐，顧海的手敲著桌面，皮笑肉不笑地看著白洛因。

「自個說吧，別等我逼你。」

白洛因毫無懼色，「說什麼？」

顧海揚揚下巴，「有什麼說什麼。」

「我覺得沒什麼可說的。」

顧海幽深的眸子裡竄出幾簇火苗，但很快被他壓制下去了。

「那你就說說這衣服是怎麼來的。」

「咱倆一塊買來的。」

顧海攥起拳頭，骨頭咔咔作響。

「非得逼我動粗是吧？」

白洛因表情變了變，「你不是都知道了麼？我去尤其那住了一晚，把衣服落他那了。」

白洛因這種輕描淡寫的表情，讓顧海渾身上下的血液都在倒流。

「住了一晚？就一晚麼？」

事到如今，白洛因覺得也沒什麼隱瞞的必要了。

「不只一晚，很多個晚上，記不清了。」

顧海所有的鎮定和從容都是強撐的，已經瀕臨爆發點，可能稍不留神就爆炸了。

「如果尤其沒有說漏嘴，我不問你，你是不是就不打算告訴我了？」

白洛因面無表情地嗯了一聲。

顧海用拳頭鑿了一下桌子，清晰的裂痕從顧海的手邊一直蔓延到白洛因的手邊。白洛因表情驟變，下一秒鐘被顧海赫然提起，狠狠摔在旁邊的地毯上。

「白洛因，我對你太好了吧？」顧海騎在白洛因身上，面色鐵青，情緒嚴重失控，「你他媽是不是要無法無天了？我才走了二十幾天，你就跑到別人床上了，我要是走兩年，你丫是不是連我是誰都不知道了？」

「顧海，你說的是人話麼？」白洛因也火了，「我不告訴你是因為我覺得沒那必要！什麼叫跑到別人床上？你以為我是個母貓麼？見個公的就發情！尤其他是個爺們兒，我也是個爺們兒，兩個爺們兒睡在一起怎麼了？沒認識你之前，我不知道和多少個爺們兒一起睡過，你他媽要一個個追究麼？」

顧海面孔驟黑，聲音粗暴不留情面。

「和我在一起之前，你和誰睡在一起我不管，但是你現在和我在一起了，你和他睡在一起就是不行！」

「有什麼不行的？」白洛因火上澆油，「你不讓我自個在家睡，你又不讓我和別人一起睡，你告訴我怎麼睡？尤其和孟通天有什麼區別？不就是一個鳥大一個鳥小麼？我和鳥小的一被窩就沒事，和鳥大的一被窩就得亂搞是麼？」

顧海氣得嘴唇都在哆嗦，「你和他一被窩了？」

「是，不僅一個被窩，我還光著睡的，還有更刺激的你要不要聽？那天我是喝多了自個過去的，早上醒過來內褲都沒穿，都是你培養出來的好習慣！你不是有自我迫害症麼？你不是樂於想像麼？今兒給你一個充足的空間，你愛怎麼想怎麼想，爺絕不插一句嘴！」

顧海腥紅著眼睛，臉上已經看不出任何情緒了。

「白洛因，你在玩火自焚，你知道麼？」

白洛因突然冷笑一聲，「顧海，不是只有你一個人長了腦子！如果全世界人民都和你一個想法，我是不是也可以幻想一下，你和顧洋在國外那段不為人知的日子？」

「那是我哥。」顧海面若冰霜。

白洛因好心提醒，「我也是你哥！」

顧海突然間扼住白洛因的脖子，黑壓壓的兩道目光如同索命的閻王，他用手去扯白洛因的皮帶，在沒有解開皮帶扣的情況下直接拽斷。

「白洛因，你現在和我承認錯誤，這事就算過去了！」

白洛因的臉被顧海攥得異常扭曲，瞳孔是放大的，裡面全是幽暗的冷光，看不到一絲妥協。

顧海暴怒地去扯白洛因的褲子，嘶聲大吼，「你信不信我直接把你幹死?!」

「我有什麼理由不相信?」白洛因目露諷刺之色，「你不是曾經幹沒了我半條命麼?今兒我躺著瞧好，你再接再厲，爭取一次性達成目的，不然過這個村就沒這個店了。」

顧海的手在狂烈地發抖，他好幾次試圖找回自個的意識，但都被白洛因強硬的態度抹殺了。

27.

門毫無徵兆被推開了。

怨不得顧洋，人家也是敲過門的，可惜沒人搭理。

繞過玄關處，聽到裡面清晰的爭吵聲，走進去一瞧，場面太不和諧了。兩個男人在地毯上撕扯著，一個面色通紅，一個氣喘吁吁，旁邊一條折斷了的皮帶，某個人的手還緊緊扣在另一個的褲腰上，好像顧洋再晚來一會兒，就能看到現場直播了。

白洛因先聽到動靜，目光斜了過去，看到一個高大的身影在他們面前坐下。熟悉的面孔透著淡淡的寒意。

氣氛本來已經到了白熱化的程度，因為這個人的到來，突然陷入僵持。

「你們繼續，不用考慮我的存在。」

顧洋拿起旁邊的一本雜誌，旁若無人地翻看起來。

顧海憤懣的表情又增添了幾分惱意，「你先出去！」

「沒這個必要吧？」顧洋抬頭朝顧海笑笑，「我連你們的通話錄音都聽過了，還介意看個有畫面的麼？」

白洛因的臉突然變色，失去焦距的眸子再次收斂視線射向顧海，裡面帶著滿滿的質疑。

好不容易營造起來的暴力氣氛，在這一刻突然間變了味。

白洛因趁著顧海遲疑的一瞬間，一腳踹開他，利索地穿上褲子，面無表情地去了浴室。顧海僵在原地，陰霾的眼神一直追隨著白洛因，像是心有不甘似的，其實白洛因踹開他的一瞬間，他完全可以反手將其拽回來，牢牢壓制住。

可惜，有些情緒就是那麼一瞬間的事，過了，就找不回來了。

顧洋手裡的雜誌翻閱了幾頁，可惜沒入眼幾個字，倒是把顧海這前前後後的表情都觀察了一遍。看來他來得不是時候，人家小倆口沒想熱乎，是想激戰來著，結果他這麼一來，戰爭結束了，倒是給兩位同志造福了。

「吵架了？」顧洋不痛不癢地問了一句。

白洛因正好從浴室推門而出，顧海像是故意說給他聽的。

「我倆只是切磋一下，看看誰的臉皮更厚！」

白洛因面無表情地走進臥室。

顧海在外面大吼了一聲，「你要是想走的話，我給你收拾東西，省得你連自個東西放哪都不知道！」說完，非但沒過癮，還把自個說得一肚子氣，臉黑得都快冒亮兒了。

顧洋放下雜誌，饒有興致地欣賞著顧海這副窘樣，他特別好奇，白洛因到底用了什麼手段，竟然把他這個少年老成的弟弟又給打回三、四歲的智商了。不過看顧海這副跳腳的模樣倒是挺可愛的，渾身肌肉亂顫，就是使不上一點勁兒！

久久之後，顧海似乎才意識到顧洋的存在。

「你上這幹嘛來了？」

「蹭飯。」顧洋雲淡風輕地說，「上次吃了你做的飯，覺得味道不錯，想著今兒再來嘗嘗。」

顧海這才意識到，現在是飯點兒。

「走，去你那。」顧海站起身。

顧洋詫異，「去我那幹什麼？」

「給你做飯吃啊！」

「在這不能做麼？」

顧海刻意加大音量，「在這做了三人吃，去你那做了就咱兩人吃！」說完，走到廚房，看到白洛因正扒拉著一碗剩麵條。

「你不走啊？」

白洛因沒搭理顧海，顧自吃著碗裡的東西，好像情緒壓根沒受到影響，依舊很有食欲的樣子。

顧海手抵著門框，語氣依舊生硬，「你不走我走，今兒晚上我不回來了，我在我哥那住了，我也給你一個充分的幻想空間。」

白洛因吃完麵條，把湯喝了，喝完之後，顧海已經出門了。

高檔酒店包廂裡，顧洋調侃顧海。

「我記得某人說要親手做給我吃啊！」

顧海斜了顧洋一眼，「掏腰包請你丫吃就不錯了，哪尼瑪那麼多事？」

「在你眼裡，是不是只有白洛因最懂事？只有他提的要求不過分？」

「他更不懂事！」顧海猛地一拍桌子，盤子裡的湯汁都灑了出來。

顧洋的眼神突然變得冷厲，「你給我收斂一點兒！」

區區一個小時，顧海已經徹底熄火了，看著滿桌的精品菜餚，滿腦子都是白洛因吃的那碗剩麵條，來回在胃裡翻騰。

下午，顧海沒有去學校。

顧洋剛回國，還處在敏感時期，沒敢過於張揚，很多朋友都不知道他回國的消息，所以一直窩在家裡，能不出去露面就不露面。

一個下午，顧洋光顧著看顧海在自個面前轉來轉去，形若遊魂了。

如果他光是走動倒沒什麼，無非就是看著鬧心，關鍵是他沒那麼老實啊！顧洋書房的牆壁上掛了一幅名畫，剛買回來沒兩天，上面有個半裸的男人，結果不知怎麼就惹怒顧海了，劈頭蓋臉一頓砸，砸完了還踩，幾十萬的名作就這麼折在他的腳底下了。

「看來我叔讓你在部隊待了幾年真是個錯誤的決定，別的沒學來，倒是弄了一身的軍痞氣！」

以前，在同輩的所有孩子裡，顧海只和顧洋有共同語言，現在他的話根本不入耳。

吃晚飯的時候，顧洋看到顧海在愣神，忍不住諷刺了一句。

「想回去了吧？」

顧海瞥了顧洋一看，表情僵硬地說：「誰想回去了？」

言外之意，你弟我有那麼沒出息麼？

顧洋心底暗暗回了一句，我看你還真快撐不下去了，弄不好明兒就顛了。

晚上，顧海早早就躺到床上了，一個人翻跟頭打把的，好不煎熬。只要一停下來，腦子裡準會浮現一幅畫面，白洛因光溜溜地和尤其摟抱在一起，好像親眼瞧見了似的，怎麼都過不去那道坎。如果光是憎惡也就罷了，關鍵他還想他啊，想他一個人在家的種種可憐。兩種矛盾心理錯雜在一起，折騰得顧海差點兒背過氣去。

十二點多，顧洋剛把屋子裡的燈關上，就聽見外面一陣刀響。趕緊披了一件衣服走了出去，結果發現顧海一個人在廚房剁肉呢！

「你幹什麼？」顧洋冷著臉。

顧海幽幽一笑，「給你做飯吃，今兒不是答應你了麼？」

「草，都幾點了?!」一向溫文爾雅的顧洋，此時此刻都忍不住爆粗口。

顧海不搭理他，自顧自忙著手頭的活兒。

顧洋還沒發作，手機響了，一看竟然是顧威霆的電話。

「叔，您怎麼打電話過來了？」

「還沒睡啊！」那頭顧威霆的聲音聽起來很精神。

顧洋長舒了一口氣，「正準備睡。」

要不是你那寶貝兒子鬧騰，我這會兒都睡著了！

「哦，那我就不過去了。」

「等下，您要過來？」顧洋詫異了一下。

那邊沉默了半晌，「自從你回國，我這一直在忙，今兒終於抽出空來，想去看看你。既然你已經睡了，那就算了，改日吧。」

「叔，您來吧，我晚一會兒睡也沒事。」顧洋朝廚房看了兩眼，看看顧海的手指頭是否健在，然後朝電話裡說：「顧海正好也在，您來吧。」

「他也在你那？」

顧洋嗯了一聲，您趕緊過來瞅瞅您的好兒子吧！

顧洋掛掉電話，再去廚房的時候，顧海已經不在了，再一看砧板上的肉，都已經出湯了。他轉身朝顧海臨時住的那間屋子走去，看到顧海正在擺弄著手機。

「你爸一會兒要過來。」顧洋提醒了一句。

顧海像是沒聽見一樣，放下手機就朝洗手間走。

「我得回家了。」

顧洋倚在洗手間門口，看著顧海肆無忌憚地掏出大鳥來解決，嘩啦啦的水流聲顯出他此時此刻的焦急。

「這麼快？」

顧海的扭曲面容在顧洋眼前不斷放大，「我想他了。」

……我說你起碼撐到明兒早上吧?!

這句鞭撻的話還沒說出口，顧大少就風風火火地出門了。

顧海走後沒一會兒，顧威霆就來了。

「叔，您來了。」

顧威霆點點頭，看來他剛從部隊趕過來，身上的軍服還沒來得及換。

顧洋給顧威霆泡了一杯茶端了過去。

「怎麼突然就回來了？」顧威霆單刀直入。

即使面對這麼一張不怒自威的冷峻面孔，顧洋說起謊來也是淡然自若。

「分會在中國投資了一個項目，派下幾個人來這邊調研，其中就有我。」

顧威霆定定地看了顧洋一會兒，像是要從他的臉上看出什麼破綻，與其說顧海是顧威霆的兒子，倒不如說顧洋是顧威霆的兒子，顧威霆對顧洋心思的了解程度甚至比顧海還深。

「有什麼困難，可以和叔講。」

顧洋淡淡一笑，「目前為止還沒有。」

顧威霆笑著拍了拍顧洋的肩膀，「小夥子最好能扛住事兒！」

顧洋在心裡冷笑了一聲，這話您應該和您兒子說。

顧威霆又和顧洋聊了一會兒，突然想起顧洋電話裡說的，遂問道：「顧海人呢？」

「他回去了。」

「回去了？剛才打電話不是還在麼？」

「哦，剛走沒一會兒。」

顧威霆眼睛裡的落寞轉瞬即逝，「他這麼晚了來你這幹什麼？」

「就是隨便坐坐。」

顧威霆點點頭，「那我也走了，你早點兒睡吧。」

看著顧威霆的車揚長而去，顧洋突然有種不祥的預感，他不會這會兒去看顧海吧？越想越覺得有可能，回到家之後，顧洋迫不及待給顧海打了電話，想提醒他鎖好門。萬一兩人激動過頭，做出什麼不和諧的事，正好讓顧大首長撞見，後果不堪設想！

結果，顧洋的電話剛撥過去，手機鈴聲就在另一屋響起來了。

顧海著急出門，忘了把手機帶走了。

顧洋拿起顧海的手機，他想到顧海是看了手機之後臨時決定走的，那手機裡應該有白洛因的訊息才對。

顧洋很好奇白洛因究竟發了什麼，竟然讓顧海的態度瞬間逆轉。

結果，顧洋只看到了三個字，還是六個小時前發的。

看完之後，他簡直想抹脖子自殺了。

要是「我愛你」也值了。

它居然是「我餓了」！

顧洋把顧海的手機扔到一邊，你倆自求多福吧！

28.

電梯門打開，顧海的腳步滯愣了片刻，靜靜地走了出去。

白洛因就蹲在家門口，地上一堆菸屁股，聽到電梯門開動的響聲，他的眼皮抬了起來，很快又垂了下去，手裡還有半截沒抽完的菸，猛吸一口，又一個菸屁股扔在了地上。

顧海也蹲下身看著白洛因，表情溫柔無比，好像中午那個鬧事的混蛋不是他一樣。

「怎麼不進門？在這待著不冷麼？」說罷攥了攥白洛因的手，冰涼似鐵，頓時一臉心疼。「你一直在外面等我？」

其實這個問題純屬白問，看了地上的一堆菸屁股不就知道了麼！

「我剛看到那條簡訊。」顧海揚起白洛因的下巴，「我要是早點兒看到，就回來給你做飯吃了，你吃飯了麼？」

白洛因沒說話，就那麼定定地看著顧海。

顧海一瞧白洛因這副模樣，就知道他肯定沒吃飯。

「走，進屋，我給你弄點兒吃的。」

顧海站起身，想把白洛因拉進屋，結果沒拉動。封凍了半天的心在這一刻徹底化了，化成了一灘水，在這個夜深人靜的時刻，想著白洛因蹲在這裡等著他回來，如果，如果他沒有看到那條簡訊，是不是他會在這等一宿？

順手把白洛因擁入懷中，感覺他從頭到腳都是寒氣。

「咱進屋好不好？」顧海軟語哀求著，「以後我再耍渾你就抽我，無論我怎麼鬧脾氣，都不會把你一個人扔家了。」

白洛因的手僵硬地撫上顧海的脖頸，一股涼意順著脖頸上的動脈流淌到心窩。

「如果你不回來，我進這個門就沒任何意義。」

顧海心疼地撫著白洛因的頭髮，溫熱的臉頰貼著白洛因冰涼的臉蛋兒，心裡很不是滋味。

「我以後不走了，真不走了。」

白洛因此時此刻才把心底的話告訴顧海。

「你走的那二十多天，我最痛苦的事就是一個人睡，每次我摸到旁邊沒人，我就會醒，然後就睡不著了。其實我特別怕，怕你會出事，所以我不敢想，我每天一閉眼，就告訴自己你就躺在旁邊。我喝酒是因為我心裡難受，我和別人一起睡是想找個伴，讓我心裡沒那麼慌，其實這個人是誰都無所謂，只要我睡著了，這個人就一定是你。」

這一番話說得顧海心裡濕濕的、澀澀的，特別感動，也特別心疼。

「我當時應該多給你打幾個電話的，不應該一個電話打那麼久，然後很多天都不和你聯繫。我太注重自我滿足了，總是忽略你的感受。」

「你現在說這話還有勁麼？」白洛因揪著顧海的耳朵，「該著的急已經著完了！」

「怎麼沒勁？」顧海用鬍碴刮蹭著白洛因的薄唇，「起碼讓我知道我有多對不起你。」

「知道了又怎麼樣？」白洛因凌厲的視線掃視著顧海溫柔的眸子，「知道了對不起我，下次鬧翻的時候更加努力地幹死我？」

「不不不……你幹我、你幹我。」顧海無恥地賠笑。

「這可是你說的，下次你再耍渾，我就直接扒褲子了！」

顧海心甘情願地點頭。

白洛因笑了，好像幽暗樓道裡那一抹溫暖的柔光，澄澈而明朗。顧海的心瞬間被迷醉，眼神直直地望著白洛因眸底的一汪清泉，好像周圍的一切都恍惚了，只有他的眼、他的鼻、他的唇……在心裡烙刻得如此清晰明澈。

顧海的手稍稍一用力，便將白洛因的頭抵在了身後的牆壁上。

雙唇對吻，起初是蜻蜓點水般的淺吻，而後是細細密密的吻，從未在淡紅色的薄唇上灑下如此細膩的愛。撬開唇角，橫掃牙關，忽明忽暗中感受舌尖上的潮濕和悸動。顧海的手墊護在白洛因的髮梢，白洛因的手捧住顧海的臉頰，深情而濃烈，繾綣而悠長……

幽暗的燈光下，兩道長長的身影打在了電梯門上。

直到，某一瞬間，這兩道身影被切斷。

他們還渾然不覺，無所顧忌。

時間彷彿在這一刻靜止了，除了兩人的沉淪，還有另一人的震驚。

顧威霆僅僅是來看顧海一眼，這一眼看得他此生難忘。

他的兩個兒子，在他的視線內，做著天理不容的苟且之事。

顧大首長可沒那麼好的閒情雅致，忙裡偷閒地來這觀看這麼激情四射的場面。若是別人流鼻血，肯定是羨慕嫉妒恨，而他流鼻血，絕對是七竅流血的先兆。

兩個人還在忘我地纏綿著，突然門把手發出斷裂的聲響。

顧海側目，看到顧威霆那張鐵青的威嚴面孔。

而顧威霆一側目，卻看到顧海把自個的舌頭從白洛因的嘴裡拿出來。

來不及做出反應，顧海就被顧威霆一股狠力拽離白洛因身旁，再一腳狠踹，顧海的身體猛地砸到門板上，發出噹的一聲響，那是後腦勺叩擊鋼板的聲音。

可以想像，當顧海的後腦勺受到如此大的撞擊後，他的頭是如何昏眩的。他用力攥住門把手，才沒讓自己出溜39到地上。

顧威霆還嫌不夠解氣，又朝顧海揚起手。

白洛因趕緊擋在了顧海的身前。

顧威霆渾身上下散發著懾人的氣魄，讓人心悸膽寒。

「你以為我不敢對你動手麼？」顧威霆怒視著白洛因。

白洛因巍然不動，就那麼橫在顧海的面前，一副誓死護短的壯烈表情。

顧海瞬間清醒過來，又把白洛因拽到身後，將孽畜的形象展現得淋漓盡致。

「您敢動他一下試試！」

顧威霆虎軀一震。

「你剛才跟我說什麼？」

白洛因想去摀顧海的嘴，可惜晚了，手剛伸過去就被顧海牢牢攥住。

「您打死我我都沒意見，但是您不能朝他動手，您打他一下，我就少管您叫一聲爸！」

「你以為我稀罕你管我叫爸呢？」顧威霆一把薅起顧海的衣領，強大的氣勢壓了過去，「我現在巴不得沒有你這個兒子！」

「現在後悔也晚了，誰讓您當初讓我媽生的？」

「你……！」

顧威霆差點兒被顧海氣得內出血，是的，這個混帳確實該死，可他是顧威霆的唯一血脈，是前妻的唯一寄託和希望。

「都給我進來！」

一聲狂吼過後，兩個龜兒子一起進了屋接受審訊。

「說吧，到底怎麼回事？」

顧海沉著一張臉，「您不是都看見了麼？」

顧威霆手裡的杯子朝顧海狂甩而去，炸裂聲刺痛了白洛因的耳膜。

「你給我好好說話！」

白洛因去扯拽顧海的手，想勸他冷靜一點兒，結果這個動作被顧威霆看見了，不知從哪抽出來一根軍鞭，猛地朝兩個人緊握的雙手上甩去，火辣辣的疼痛，白洛因硬生生地忍著，心裡頭吸氣，愣是沒把手鬆開。

「你們可真是一對好哥倆！」

顧海心頭一緊，猛地將白洛因的手拽到眼前，手背上清晰的血痕，顧海的眼睛也像是充了血，剛要發作，卻被白洛因搶在了前頭。

「叔，錯都在我身上，是我先誘導顧海的。」

顧海急了，一把箍住白洛因的肩膀，怒道：「我用得著你給我當替罪羊麼？」

白洛因壓低聲音，「放心，你爸不敢動我的。」

「你是他兒子？我是他兒子？虎毒不食子！他再生氣能把我怎麼樣？」

「他是不會把你弄死，可你還是要受罪啊！」

「爺樂意！」

顧威霆陰著臉看著兩個兒子在自個面前揪扯來揪扯去，最後看不下去了，猛地一拍桌子，「你倆磨嘰夠了沒有？」

兩人同時噤聲，即便這樣，顧海還不忘用手去揉白洛因被鞭子抽壞的手背。

顧威霆站了起來，走到兩人面前，定定地看著他們。

顧海頂著張一級戰備的臉對著顧威霆。

久久之後，顧威霆開口。

「你們是住在一起時間久了，身邊又沒個女朋友，才做出這種事的麼？」

顧威霆在軍隊待了這麼久，對於清一色的男人環境深有體悟，偶爾做出這種出格的事也不算什麼，起碼比糟蹋一個女人強。但前提是這事是偶然發生的，而且僅僅屬於出格，沒到反倫理、反自然的地步！

「不是。」顧海回答得很硬氣，也很欠抽，「我們之前都有女朋友，是因為對彼此的愛，才放棄了男女戀情，選擇了這麼一條不歸路，但是我們一點兒都不後悔！」

不知道為什麼，當顧海說出這番話的時候，即便知道其後將迎接狂風暴雨，白洛因心裡都是義無反顧的。

29.

「愛？」顧威霆虎目威瞪，「兩個男人也敢在這厚顏無恥地談愛？」

說罷直直地朝顧海走過來，拽住他的衣領，想把他甩到門口。結果顧海早有防備，腳步扎得非常穩，顧威霆盛怒之下竟沒能拖動顧海一步。

「現在和我回部隊，咱爺倆也該好好交流交流了。」

「我不去！」顧海目光銳利，「我就在這待著，哪也不去。」

「今兒你不去也得去！」

顧威霆又去拖拽顧海，若是放在三、四年前，他收拾顧海就像玩一樣。現在真的不行了，他已然老去，而他的兒子正值當年。說來可笑，顧威霆曾經期盼過有那麼一天，他的兒子強大到再也不會屈服於他的權威，可當這一天真的來臨，他發現自己竟是如此失落。

他多希望顧海還是桌子腿兒那麼高，只要他一瞪眼，立刻乖乖地站到一旁。

「你敢違背我的意思！」顧威霆一腳踹在顧海的小腿上。

雖然是皮鞋，可架不住顧威霆的腳上功夫太厲害，顧海差點兒就雙膝跪地了。即便這樣，仍舊一副頑抗不屈的表情，說什麼都不跟顧威霆走。

顧威霆手扣後腰，白洛因倒吸了一口涼氣。

片刻間，一把槍抵在了顧海的太陽穴上。

「走！」

一個字的命令，往往是不可違背的。

顧海定定地注視著顧威霆那張被刀鋒雕刻過的硬朗面孔，面無懼色，寸步不移。

白洛因的臉驟然變色，顧威霆的手指輕輕動一下，他的心臟都會停跳一拍。

「你和你爸走吧。」白洛因開口。

顧海頭也不轉地說：「不走！」

顧威霆的手指已經扣在了扳機上。

白洛因急了，即使明白虎毒不食子這個道理，可看到顧威霆此時此刻的眼神，仍然覺得他有開槍的可能性。

「趕緊走！」白洛因推了顧海一把。

顧海用餘光瞥了白洛因一眼，氣定神閒，「我說過，我絕不會把你一個人留在家的。」

「我就當沒聽見。」

「但我不能當沒說過！」

顧威霆咧開嘴角，那一刻，白洛因看到了最恐怖的一個笑容。

他真的扣動扳機了，砰的一聲響，那一剎那，顧海晃都沒晃一下。直覺的一股巨大的衝力朝著腦仁兒鑽去，疼痛在頭頂炸開，耳朵嗡嗡響，意識卻很清醒。

白洛因卻傻了，瞬間面如死灰。

槍口沒沾上一滴血，顧威霆收回槍，僵冷的面容浮現一絲鬆動。

「算你小子有點兒出息！」

這種寧死不屈的人顧威霆見得多了，當槍口對準他們的時候，他們都能做到面無懼色，膽氣過人。但真到了槍響前的千分之一秒，幾乎所有人的意識都會出現退縮和投降，這不是窩囊，這是求生的本能而已。能做到自始至終都巍然不動的人寥寥無幾，很慶幸，他兒子就是其中一位。

其實顧海也怕，但是他知道有個人比他更怕，那就是舉槍的那個人。

槍膛是空的！

當白洛因意識到這一點的時候，他已經出了一身汗，此時此刻，他真想對這父子倆大吼一聲：下次演習的時候提前說一聲，有你們這麼嚇唬人的麼？

顧海以為他挺過了這一槍，顧威霆會放他一馬，結果他大錯特錯了。

「我給你兩個選擇，要麼你主動和我走，要麼我派人請你走！如果你主動和我走，你還有回來的可能性，如果我派人來請你，你就甭指望回來了，我會連同這個房子一起收走！」

「這個房子你收不走了！」

顧威霆微斂雙目，「收不走？我有什麼收不走的？」

「因為現在的房主是白洛因！」

白洛因臉色一變，目光朝顧海投射過去，「你什麼時候改的？」

顧海淡然回道：「早就改了，就是沒告訴你而已。」

白洛因：「……」

顧威霆陰鷙著臉，口氣依舊冷得駭人，「這個房子無論是誰的，以後都和你沒關係了，走還是不走，你自己瞧著辦！」

白洛因的心漸漸墜入黑暗境地，他突然間感覺到，如果顧海真的走了，這很可能是與他共處的最後一個晚上了。如果他不走，說不定就是最後一面了，衡量來衡量去，貌似還是前一個划算點兒。

「我可以走！」顧海突然開口。

白洛因暗暗表示贊成，留得青山在不愁沒柴燒。

「但是我必須把他一起帶走！」顧海突然挽住了白洛因的胳膊。

白洛因驀地一驚，這樣也可以？

兩個人堅韌的目光齊刷刷地看向顧威霆。

「我沒意見。」說完這句話，顧威霆轉身出了門。

顧海長舒一口氣，總算是取得了階段性的勝利，回頭好好給這老爺子做做思想工作，應該就沒什麼事了。白洛因卻覺得情況不容樂觀，走進電梯的一剎那，他的心中突然冒出莫名的不安，總感覺兩個人一起進去就全軍覆沒了。

車上，顧威霆坐在前面，顧海和白洛因坐在後面，氣氛有些壓抑。

車子駛入軍區大院，停車之後，孫警衛還有幾個士兵一齊等在外面。

「首長，這麼晚了還把兩個孩子接過來了？」

顧威霆指著白洛因，朝孫警衛說：「給他安排個房間，讓他暫時在這住下。」

顧海一聽這話不對勁了，什麼叫給他安排個房間？

「那我呢？」

顧威霆把手按在顧海的肩膀上，「你當然是跟我走！」

顧海的臉被漆黑的夜色吞沒。

「我只是說你們兩個可以一起來，什麼時候說過你們可以住在一塊了？何況你現在有什麼資格和我談條件？」

言外之意，你也不看看這是誰的地盤，你想在這耍渾？門兒都沒有！

顧威霆朝孫警衛使了個眼色，示意他趕緊把白洛因帶走。繼顧夫人那事之後，孫警衛和白洛因結下了不解之緣。這會兒瞧見白洛因一副不情不願的表情，忍不住多了句嘴。

「為什麼不讓兩個孩子住在一起？」

顧威霆毫無徵兆地大吼，「我說帶走就帶走！」

孫警衛迅速立正敬禮，「是，首長！」

顧海只是看了白洛因一眼，沒攔著也沒追，明白在這種軍事重地，武力解決已經徹底沒戲了，他必須採取和談的方式，盡可能地逼迫老爺子就範！

和顧威霆回去的一路上，顧海一直在進行戰略布局。

結果，回到屋裡，審問階段直接跳過，顧威霆看了下表，已經凌晨兩點半了。

「先睡覺，有什麼事明兒再說！」

「您明兒沒任務麼？」

「當前你就是最大的任務！」

顧海心裡冷哼了一聲，所有的敵意都表現在臉上，顧威霆想不生氣都不行。

父子倆躺在一張床上，好像是平生頭一次。

顧海肯定失眠，顧威霆自然也睡不著，兩個人誰也不和誰說話，甚至動都不動一下，就像兩具冰冷的屍體橫亙在大床上。

就這麼一直挨著，挨了將近兩個小時，旁邊的鼾聲終於響起。

顧海輕輕下了床，潛到另一個房間。

翻箱倒櫃地找東西，每打開一個抽屜，都會稍等片刻，聽聽鼾聲還在不在。終於，顧海找到了想要的東西，一管活血化瘀的藥膏，踮著腳回到臥室，隨便披了一件外套就往外面走。

「你這就要去找他麼？」

顧海的腳步忽的一停，心裡暗暗罵了句點兒背！

房間裡的燈亮了，顧威霆從床上坐起身，幽暗冷峻的視線打量著不遠處的顧海。

「手裡拿的什麼？」

「藥膏。」

「你拿藥膏幹什麼？」

「您把他的手打壞了。」

顧威霆從顧海的話裡聽出了控訴和埋怨，視線中又多了幾分審視，恍恍惚惚間好像不認識自己的兒子了一樣。

「我出去執行過那麼多次任務，大大小小的傷受了無數次，也沒見你關心過啊。」

顧海尷尬地笑了笑，「如果您不干涉我和因子，我保證以後會多多關心您。」

顧威霆濃重的眉毛挑了挑，幽幽地說：「看來你病得不輕。」

「我的病早就得了，已經落下病根了，現在治也晚了。」

「誰跟你這臭貧呢？」顧威霆又是毫無徵兆的一聲訓斥。

顧海站得筆直，面對吹鬍子瞪眼的行徑，已經沒有任何感覺了。

「爸，我今年十八了，不是您搧個大耳刮子就能聽話的年紀了，我已經有了自己的人生觀，有了判斷是非得失的標準，不是您的暴力能左右的。所以，請您注意您的一言一行，學會尊重我，我不僅是您的兒子，也是一個普通公民。」

顧威霆已經下了床，坐在旁邊的沙發上，點了一根菸，皮笑肉不笑地看著顧海。

「那你和我說說，你判斷是非得失的標準是什麼？」

顧海筆挺的身軀一步步朝顧威霆靠近，燈光在他成熟的面孔周圍打了一圈光暈。

「我覺得對就是對，我覺得錯就是錯，我撿到便宜了那就是得，我吃虧了那就是失。」

顧威霆面容扭曲，嘴角外扯，「一堆廢話！」

「我就是活躍一下氣氛。」顧海突然笑了笑，走到顧威霆身邊，「從現在開始，我們父子倆正式談一談。」

其實，顧威霆把顧海抓到這來，也不是為了關禁閉，就是想給他做做思想工作而已。只不過顧海說話太嗆人，十句話有九句都讓顧威霆下不來臺，如果他一早就是這種誠服的態度，顧威霆也不會朝他動手。

於是，父子倆面對面而坐，開始了人生中第一次平心靜氣的談話。

「爸，我先插一句，您把因子安排在哪了？」

顧威霆冷臉看著顧海，「你是要和我談話，還是要套我的話？」

「沒，您誤會了。」顧海盡量放鬆口氣，「我就是想問問他那房間是什麼條件的？」

「這和你有關係麼？」

顧海還在自說自話，「應該不會太次吧？」

顧威霆剛柔和下來的面部線條又開始繃緊了。

「四居室？三居室？不會是兩居室吧？起碼要有個獨立的浴室啊，不能讓他去公共廁所和澡堂子吧？您別誤會，我不是刻意關心他，我是為您考慮，他現在也算是您的兒子了，這麼拋頭露面的不太好。」

顧威霆忍著最後一絲耐心，「這些事不用你操心，我自有安排。」

顧海點點頭，「那開始吧。」

顧威霆清了清嗓子，「你什麼時候開始有這種變態的想法的？」

顧海還在愁眉不展，顧自琢磨著什麼，直到顧威霆的話停了，他才把眼皮抬起來。

「爸，我能不能再插一句？真的是最後一句。」

「說！」

「因子那屋的被子是羽絨被吧？別是蠶絲的，現在蠶絲被淨是假的，一點兒都不暖和。」

「……我覺得，我們有必要重新恢復暴力手段。」

30.

挨了一頓揍之後，顧海咧開發腫的嘴角吃著早飯，顧威霆坐在對面不動聲色地看著他。

「你不會打算這樣看我一輩子吧？」

顧威霆冷冷開口，「一輩子到不至於，我也活不到你死的那一天，反正我在有生之年，你是別指望重獲人身自由了。」

顧海停下口中的咀嚼動作，陰森森的眼神看著顧威霆。

「您別逼我大義滅親。」

顧威霆站起身，整理著裝，對著鏡子輕描淡寫地說：「你要真能殺了我，我以你為傲。」

「狂老頭……」顧海嘟囔了一句。

顧威霆的手僵持在衣領上，餘光瞥了顧海一眼，「你剛才說什麼？」

「我說……我加油！」顧海頑皮地揮了揮拳頭，而後自個在心裡狂吐。

顧威霆整理好衣服，穿好鞋子，臨走前朝顧海說了句，「我要出差一個禮拜。」

顧海眼睛一亮。

「我會派人看著你的。」顧威霆緊跟著補了一句。

顧海亮堂堂的目光裡摻雜了幾分惱恨，理直氣壯地反駁了一句，「我總得上學吧？不能因為這事荒廢了學業吧？」

「這個你不用擔心，我已經幫你倆請好了老師，名師授課、一對一服務、百分之百好評率，保證你能上重點。」

顧海發紫的嘴角扯動兩下，「您不是被哪個教學機構給忽悠40了吧？」

「如果他能把我忽悠了，就一定能把你忽悠到正軌上。」

顧海露出不屑一顧的表情。

顧威霆臨走前還說了一句話，「我的耐心不多，我只給你一個禮拜的時間，一個禮拜之後，我來驗收成果。如果到時候你還執迷不悟，我們就得好好想個法子了。」說完，鏗鏘有力的腳步聲逐漸遠去。

顧海趕忙站起身，拿著昨晚藏了一宿的藥膏，直奔門口而去。

「顧少爺，請！」

門口兩個特種兵身扛長槍，做了一個恭送的手勢。

「謝了。」顧海一臉漠然。

剛要邁步，突然兩道黑影閃了過來，一手架住顧海的一條胳膊，強行拖著他往既定的方向走。顧海哪受得了這種束縛，當即出手，三個人一番好打。

人家兩個特種兵也不是吃素的，能讓顧威霆點名道姓的，肯定是精英中的精英，對付顧海還是綽綽有餘的。顧威霆臨走前也說了，甭管他是誰，只要不服從命令就用武力解決。可這兩人還是長了腦子的，真要打壞了肯定賠不起，所以只能採取制伏手段，雖然過程艱辛但是很保險。

兩人怕惹惱了顧海對自身不利，所以在給他戴上手銬的那一刻還誇了一句，「不愧是首長的兒子，真是人中之龍！」

草，從哪找來的兩傻B……顧海心裡惡罵了一句。

結果，兩個特種兵把顧海押到了一個房間，白洛因也在那。兩人一對上眼，齊齊愣了一下，顧海忍不住回頭吼了一句，「怎麼不早說是來見他的？」

其中一個特種兵昂首挺胸，乾脆俐落地回道：「你也沒問啊！」

「行了，你倆滾出去吧。」

兩個人腳步齊刷刷地往外走。

「等一下，先把我手銬解開了。」

白洛因看著顧海像犯人一樣地被押送進來，心裡別提多難受了，再看他身上的這些傷，沉鬱的目光又裂開一個大口子。果然還是挨打了，昨晚戰戰兢兢地擔心了一宿，悲劇還是發生了。

「沒睡好吧？」顧海頂著一張大花臉看著白洛因。

白洛因動了動唇，半天沒說出話來。

「對了。」顧海從衣兜裡摸出一管藥膏遞給白洛因，「昨晚就想給你送過去，被我爸發現了，差點兒給沒收。」

白洛因伸手接過去，低頭瞅了一眼，開口問道：「給我藥膏幹什麼？」

「你的手不是被鞭子抽壞了麼？」

白洛因呆愣住，他早就忘了這麼一茬了，顧海竟然還記得。

「你自個都成這副德性了，還給我送藥膏？」

「我這是家常便飯，就跟被蚊子叮了個包一樣，啥感覺也沒有。」說罷拉起白洛因的手瞅了瞅，一副血活[41]的表情，「我草，都起檁子[42]了！」

白洛因覺得顧海說這句話的時候，那副語氣就像是往他的胸口捅了一刀。

「你走之前不是和我保證態度端正，絕不和你爸起衝突麼？」

「我態度挺端正的。」顧海一副委屈的表情，「我說了要和他好好聊聊，他也答應了，期間我說話一直挺客氣，可他太不講理了，說著說著就開始動手。」

白洛因微微瞇起眼睛，試探性地問：「你是不是向他打聽我的情況來的？」

顧海扯開嘴角艱難地笑了笑，「還是你了解我。」

白洛因一瞬間什麼都說不出來了。

「對了，我正要問你，孫警衛給你安排的房間在哪啊？條件怎麼樣？」

「……」

「你昨天晚上睡了麼？床夠寬麼？被子夠暖和麼？」

「孫警衛沒給你做什麼思想教育吧？沒說這程子要對你怎麼怎麼樣吧？」

顧海嘰哩咕嚕說了一大堆，白洛因一句話都沒回，就那麼陰沉著臉坐著，看都不看顧海一眼。顧海心裡本來就急，再加上說話費勁，要是還聽不到回應，心情可想而知。

「你怎麼不說話啊？」顧海沒好氣地拍了白洛因的腦袋一下。

白洛因凌厲的視線朝顧海掃了過去，「你別理我！」

昨天顧威霆說了那麼多打擊人的話，顧海都沒往心裡去，白洛因這麼一句話，就把他傷著了。

「咱倆好不容易見一面，你還給我臉色看，你也太狠了吧？」
白洛因心裡默默回了一句，誰也沒你狠，你瞧你幹的那點兒事，真尼瑪是……怕什麼來什麼！
直到老師來，顧海也沒能再和白洛因說上一句話。
這位老師也是部隊裡的軍官，研究生學歷，以前也輔導過一些士兵，都是義務性質的。像這種系統地教學還是頭一次，尤其還是首長的兒子，不免有點兒緊張。
「先自我介紹一下，我叫張華，男，二十六歲，畢業於北京航空航太大學。」
兩個面癱齊齊望著他。
「很高興能為你們授課，我水準有限，如果有什麼講不清的地方，你們可以隨時提問。」
「咳咳……你們不用叫我張老師，就叫我小張就成了，他們都這麼叫我。」
「算了，我們還是直接講課吧。」
老師在前面自說自話，兩個人各懷心事，誰也沒聽進去。
顧海想不明白，白洛因怎麼就突然生氣了呢？嫌我把他帶進來了？他在這受委屈了？後悔了？想出去了？還是我哪句話把他給惹了……
白洛因忍不住瞟了顧海一眼，那斷愁眉不展，不知道想什麼呢。看了一眼就不忍再看了，總覺得

41：誇張、小題大作。
42：皮膚因受傷或發炎，所浮現的一道道紅腫。

特可憐，就像撿破爛的小孩似的，越看越揪心。

中午吃飯也被安排在各自的房間，有人專門送飯進去。

下午依舊上課，回去的途中，顧海總算看到白洛因的住處了，鬧了半天他就住在孫警衛的房子裡，和顧海就隔了一條走道。

可就是這條走道，顧海就過不去，只能眼巴巴地瞧著。

吃過晚飯，有人敲門。

顧海走去開門，看到一張陌生的面孔，白大褂，戴眼鏡，典型的醫生形象。

「走錯屋了吧？」

「您不是顧海同志麼？」

不用說，又是顧威霆鼓搗43來的二B一個。

「我是同志，但我不是顧海。」

醫生委婉一笑，「那就對了，我專治同志的病，我叫王曉曼，心理醫生。」

顧海剛要關門，女醫生直接鑽進來了，訓練有素，動作快如閃電。

「……妳平時都是這麼進病人的屋麼？」顧海一臉黑線。

醫生露出職業性的笑容，「我們進入正題吧。」

「妳坐吧。」顧海揚揚下巴。

女醫生有點兒受寵若驚的樣子。

「正好我心裡有個疙瘩，妳看看能不能幫我除掉。」

「你但說無妨。」

顧海擰著眉頭問，「妳說，他為什麼不理我了？」

「請問你指的他是誰呢？」

「妳不是心理醫生麼？妳應該能猜透我心裡所想啊，還用得著我明說麼？」

醫生有些尷尬，「那我試著分析一下。」

顧海點點頭。

「我覺得他不理你的原因有可能是因為你不聽話。」

「我不聽話？」顧海一副疑惑的表情，「我怎麼不聽話了？」

「你想啊，在他的人生閱歷中，大部分都是在服從命令和命令別人，每個人思考問題的方式都和他的生活環境有著很大的關聯，他的思維就屬於直線性的，既不理性也不感性，沒有緩釋的過程，遇到問題就必須做出回應。而你做為他的兒子呢，又和他處於兩種不同的生活環境……」

「妳才是他兒子呢！」顧海突然怒了，「妳們全家都是他兒子！」

女醫生花容失色，聲音怯弱，「你怎麼能說這種話呢？」

「妳和我說的壓根不是一個人！」

「我……」

「還心理醫生呢，打岔倒挺有一套。」顧海黑著臉揮揮手，「趕緊滾出去，別等我轟妳！」

31.

心理醫生走了沒一會兒，顧海就被兩個特種兵架到了一個小禮堂，觀看慰問演出。與其說是慰問演出，倒不如說是自慰演出，空曠的禮堂只有他一個人，演員倒是不少，都是女的，清一色的大胸大屁股，一個接一個地往臺上湧，那陣勢就像皇太子選妃似的。

顧海看出來了，這次顧威霆真是下血本了。

也不知道從哪找的女演員，什麼類型的都有，什麼節目形式都有，但無一例外都是在展示女人的形體美。很多表演都很露骨，也就是顧海坐在這，要是那群兵蛋子，這些女的一個都走不了了。

顧海自始至終都低著頭，偶爾抬起來，眼睛也是閉著的。

不是不想看，是真沒那個心情。

節目策畫人瞧見顧大少那副不感興趣的模樣，把後臺那幾個剛下來的女演員挨個數落了一頓，「妳們幹嘛吃的？這麼多人都挑不起一個人的興趣，枉為女人了！不是讓妳們動作幅度大一點兒，表情動人一點兒麼？瞧妳們一個個沒精打采的樣兒，一點兒舞臺表現力都沒有！別說他了，我看著都想睡覺！」

「動作幅度還要怎麼大啊？」女演員們紛紛叫屈，「我們跳的是芭蕾舞，來來回回就那麼幾個動作，已經改編得足夠大膽了，再改就徹底不倫不類了。」

「都別吵吵了！」策畫人黑著臉，「下一個是什麼節目？」

「女聲獨唱。」

「撤掉，直接上鋼管舞。」

鋼管舞一上，顧海倒是把眼皮抬起來了，他認為最有看頭的就是中間那根鋼管。

其後的節目全是勁歌熱舞，一群女瘋子在臺上扭來扭去，顧海就坐在第一排，一抬眼皮就能看到白花花的兩大團肉。他心裡直想笑，顧威霆是不是腦抽了？與其這樣鋪張浪費，還不如直接往我房間裡放兩張光碟呢，豈不是更簡單高效！

回到房間，洗完澡趴在床上，顧海擺弄著手機。

幸好顧威霆沒把這個聯絡工具沒收。

「因子……」顧海軟膩膩的聲音傳了過去。

那邊沉默了好久才嗯了一聲。

「你在幹嘛？」

「待著。」

聽著白洛因的聲音，顧海就能想像到他的小臉此時此刻是多麼的傲嬌。

「還生我氣呢？」

那邊不冷不熱的，「我生你氣幹什麼？」

「沒生氣啊，沒生氣咱哥倆聊會兒唄。」

「改口改得挺快麼！」

顧海哈哈大笑，「你想聽我叫你媳婦兒啊？」

其實白洛因就站在窗邊，顧海的笑聲隨著夜風飄進耳朵裡，聽得很真切，白洛因禁不住揚起嘴角。

「你身上的傷上點兒藥沒？」

顧海一副酸楚的口氣，「我哪有藥可上啊？你有人心疼，我可沒人心疼。」

白洛因冷哼一聲，「那你就等死吧！」

「你捨得讓我死麼？」

白洛因一陣語塞，故意岔開話題。

「你剛才那麼長時間都去幹什麼了？」

顧海沒完沒了地矯情，「你是在埋怨我沒早點兒給你打電話麼？」

「有點兒那個意思。」白洛因終於大方承認了一次。

顧海幸福得都快找不著北了。

過了好一會兒，才慢悠悠地說：「剛才去看了一場演出，我爸安排的。」

「演出，什麼演出？」

「呵呵……我爸為了喚回我對女人的興趣，特意請了一批女演員過來。各個頂著兩個大奶子在我面前晃悠，你是沒瞧見，那大屁股扭的，都快扭到我的老二上頭了，個頂個的騷，也就是你在這，要是你不在這，我早就……」

還沒說完，那邊電話就掛了。

醋勁兒還不小……顧海勾起唇角。

白洛因點了一根菸站在窗口抽著，英挺的眉毛中間擰起一個十字結，心裡暗想：如果沒有中間這條走道該多好！沒有這個阻擋，我一定從他的窗口跳進去，把他的屁股捅爛了！

深更半夜的，顧海還是睡不著，推開門，門口已經換了兩個人，估計是值夜班的。

「哥們兒，進來睡會兒吧。」顧海拍拍其中一個人的肩膀。

那人僵硬的脖子轉過來，發出咔咔的響聲。

「謝了，我不睏。」說完把脖子轉了回去，又是一陣咔咔響。

你是有多敬業啊！……顧海哐噹一聲撞上了門。

走到窗子朝對面望，什麼都看不見，兩個房間雖然是對著的，但門窗都朝著一個方向，只能看見空蕩蕩的訓練場。此時此刻，顧海多希望他是在寒風中佇立的那個站崗兵，雖然不能動，但起碼能遠遠地望著白洛因窗內的景象。

一個禮拜，顧海覺得，他不能再這樣坐以待斃了。

吃過晚飯，兩個特種兵照例來換班，結果看到三個士兵正往這邊走。

「幹嘛的？這兒是禁地，沒有批准不能進。」

其中一個圓臉的士兵開口，「顧少爺讓我們過來的。」

「他讓你們過來的？他讓你們過來幹什麼？」

「顧少爺說他閒得無聊，想讓我們三個人陪他打牌。」

正說著，門開了，顧海那張冷峻懾人的面孔出現在兩個特種兵的視線內。

「是我讓他們來的。」

兩個特種兵還想說什麼，顧海揚了揚下巴，那三人就大搖大擺地走進去了。顧海心情好的時候，比誰都有親和力，心情不好的時候，一個眼神絕對讓你心悸。在這一點上深得他老爸的真傳，本來兩個特種兵還猶豫著要不要阻攔一下，結果看到顧海的眼神，立刻打消了這個念頭。反正首長也沒明確規定不讓白洛因以外的人進來，盡量少惹他為妙！

「什麼？你要在這屋裡挖個地道？」

顧海點點頭，「是，有問題麼？」

「這……挖地道倒是沒什麼問題，我們連隧道都挖過，別說地道了。只要你給我們兜著[44]，肯定能給你挖出來，關鍵就是時間長短問題。」

「你估摸著大概多長時間能挖出來？」顧海問。

三個人你瞅瞅我，我瞅瞅你，都是一副說不準的模樣。

「如果就我們仨，保守估計得一個月。」

「一個月？」顧海臉都綠了，「一個月之後我早就不在這了，還要它幹嘛？」

其中一個小心翼翼地問：「你想什麼時候挖好？」

「三天之內」

「三天啊?!」三人齊呼，「那你得找一個排的人。」

第二天，兩個特種兵照例來換班，結果看到一群士兵烏泱泱[45]地朝這邊走，身上還背著大包裹。

「都給我停下！」一個特種兵大吼道，「都幹嘛的？」

領頭的朗聲回道：「顧少爺說他閒得無聊，想讓我們今兒晚上陪他狂歡，玩累了就在這睡，所以我們把鋪被都帶過來了。」

兩個特種兵交換了一個眼色，其中一個口氣生硬地說：「你們向上級請示了麼？夜不歸宿是嚴重違紀行為！你們這麼一大批人擅自離開宿舍，不被值班查寢的發現才怪！」

「沒事，發現不了，我們都是不同連隊的。」

兩個特種兵齊齊暴汗，顧大少可真會找人！

顧海又把門打開了，一副不可違抗的表情把這群士兵一個個放了進去。

接連三天，顧海這裡夜夜歌舞昇平，音響聲放得巨大，連白洛因那兒都聽得一清二楚。

「你說顧少爺整天這麼折騰，他不累麼？」

「哎，你要是整天被這麼關著，你也得精神失常。沒事，讓他鬧吧，只要他不往外面跑，想怎麼鬧怎麼鬧，起碼比尋死覓活的強。」

「也是啊，你說我怎麼老是聽見鐵鍬聲呢？」

「應該是什麼特殊的樂器吧。」

第二天一早，這些士兵又成群結隊地往外走，身上背著一包裹的土，裡面插了根鐵鍬。

白洛因聽了三天的噪音，每次問顧海怎麼回事，顧海都閉口不言。直到第四天，那股擾民的噪音才停止，白洛因站在屋子中央，心裡隱隱有些不安。

就在他胡思亂想的時候，腳下突然傳來老鼠打洞的聲音。

這麼好的房間也有耗子？

44：罩著、幫忙承擔。

45：很多很多的樣子。

白洛因滿心疑惑，聲音越來越清晰，貌似還有說話聲，真真切切地從腳下傳來。

耗子成精了？

白洛因猛地朝旁邊跨了一大步，突然，剛才腳踩的那塊地板裂開了一道口子！緊跟著，裂縫越來越大，變成了窟窿，一隻泥濘的手伸了出來。

我的媽啊！白洛因差點兒叫出來。

很快，那隻成精的大耗子鑽了出來！

白洛因愣住了，大腦瞬間停止了運轉，他覺得自己活在童話世界裡。

「因子！」顧海興沖沖地抱住白洛因，一股泥土的芬芳撲面而來。「瞧見沒？這是咱倆『愛的地道』。」

好一會兒，白洛因才反應過來，猛地推開顧海，一副怒不可遏的表情。

「你是不是瘋了？你能不能理智一點兒？」

顧海定定地看著白洛因，表情突然間變得很嚴肅。

「如果我對你理智了，就意味著愛的烈度降低了，你願意麼？」

總會有那麼一天的，我們的感情開始走向平淡，我變得成熟穩重，你變得睿智豁達，日子消磨掉感情的稜角，我們變得越來越和諧。我再也不會因為你手上的一道疤而大驚小怪，你也不會因為我的一句話而炸毛跳腳……可真到了那一天，我們總該有點兒什麼拿來懷念吧？不然怎麼支撐這段感情走完一生呢？轟轟烈烈也好，平平淡淡也罷，當它自然而然到來的時候，我們不是應該好好去享受麼？

32.

顧海去浴室痛痛快快地洗了個澡，洗去一身的泥濘，活力充沛地走出來，白洛因已經鑽進被窩了。

喲呵……今兒挺有自覺性啊！顧海的嘴角繞出一個硬朗的笑容。

掀開被子，瞧見白洛因趴在床上，臉貼著床單，一副受氣包的模樣。顧海也跟著趴了上去，趴在白洛因的身邊，手搭在他的後背上。

結果，白洛因把顧海的手甩開，又往旁邊挪了挪，腦袋扭到另一側，明顯跟這鬧脾氣呢！

顧海又蹭了過去，依舊把手搭在白洛因的後背上。

白洛因又往旁邊挪了挪。

顧海又追了過去。

反覆四、五次之後，顧海用手臂一把圈住了白洛因，樂呵呵地貼在他的耳邊說：「別挪了，再挪就掉下去了。」

白洛因的腦袋轉到另一側，顧海怎麼扳都扳不過來。頭一次見他這麼使小性子，顧海不知道是該著急還是該樂。

「因子？」顧海軟語廝磨，「你瞅我一眼。」

白洛因眼睛閉得死死的，唇線繃得緊緊的，一副如臨大敵的模樣。

顧海朝白洛因的屁股上打了一巴掌，柔聲哄道：「聽話，把頭轉過來。」

白洛因的脖子扭得傲氣十足，就是不轉。

「你不聽話我可繼續打了啊。」毫無可信度的威脅。

說著，又朝白洛因的屁股上給了一巴掌，見他還不轉，又給了一巴掌，打一下瞧白洛因一眼，打一下瞧一眼……終於，白洛因的腰身動了動，避開顧海的騷擾，顧海的大手又追了過去，從打變成了揉。

白洛因去推搡顧海的手，卻被顧海一把攥住，順勢將身體轉了過來，兩條手臂都被顧海的大手壓制住，迫不得已用正臉對著顧海的面孔。

顧海定定地看了白洛因好一會兒，沒說話，直接吻了下去，白洛因的臉別了過去，顧海沒親著，於是又追，白洛因還躲，總之今兒就是和你彆扭上了。

顧海直接挺動腰身，用身下的小海子去和小因子交流，布料摩擦生熱，白洛因的眼神裡立刻被染上了幾分熱度。

顧海的鼻尖抵著白洛因的鼻尖，戲謔道：「你不認我，只認它是不是？」

有些時候，白洛因不得不承認，他對顧海身體的認可度比對他內心的認可度還要高。顧海在這方面的悟性比在感情方面的悟性要高得多，他總能輕易地調動白洛因的身體感官，而對於他心的掌控度卻很低很低。

顧海又低頭去吻白洛因，果然，這一次不躲了，舌頭伸出來，和顧海在唇外一陣纏鬥。顧海像是存心不讓白洛因吃飽了一樣，親一會兒停一會兒，親一會兒停一會兒，直到白洛因英挺的眉毛皺了起來。

顧海的舌頭沿著白洛因的鎖骨往上舔，掃過喉結，一直舔到下巴上，來來回回，十分消磨人的耐心。

終於，白洛因將顧海推倒在一旁，手朝他結實的胸膛撫了上去，反反覆覆地摩擦著那小小的凸起。

顧海呼吸變粗，也把手伸到了白洛因的睡衣裡，活動一陣之後，手停了下來，「這是誰的睡衣？」

「不知道，從櫃子裡翻出來的。」

「太難看了，脫了吧。」顧海作勢去解釦子。

白洛因在顧海胸膛上的手突然就停了下來，表情也變了，好像無形中被打斷了一樣，眼神瞬間黯淡下來，躺在那兒一動不動的。

顧海捏了捏白洛因的臉頰，柔聲問道：「今兒你到底怎麼了？」

久久之後，白洛因才懶懶地回了一句，「我想回家了。」

「你後悔和我一起過來了？」顧海臉色變了變，「還是，你後悔和我在一起了？」

「不是。」白洛因歎了口氣，「我是想讓你和我一起回去。」

顧海這才明白白洛因的意思，當即安慰道：「我也想回去，可是事情不解決了，我們也住不踏實，對不對？」

白洛因一副聽不進話的表情，「我想吃你做的麵條。」

「原來你也會耍渾啊？」顧海寵暱地擠兌了一句，其實心裡特幸福。「別著急，等咱倆回家了，我天天給你做好吃的。」

白洛因終於笑了，「你比我爸強多了，我爸學了那麼多年，做飯還是那麼難吃。你才學了幾個月，做得還真像那麼回事了。」

「那是戰略目標不同，你爸肯定覺得兒子大了總要單過，做一手好菜也無處施展。我就不同了，我這是要跟你過一輩子的。」

白洛因的手按住顧海的下巴，幽幽地說道：「嫁給我吧，傻大海。」

「成。」顧海答得挺爽快，「我還可以入贅到你們家。」

白洛因把顧海壓在身下，一陣狂啃……

週六下午上課的時候，顧海樂呵呵地朝白洛因說：「好消息。」

「什麼好消息？」

「那邊的會議延期舉行，我爸可能得拖兩天才能回來。」

白洛因鄙夷地看了顧海一眼，「你這也算好消息？他回來得越晚，咱倆離開這的時間不就越晚麼？」

「你得這樣想啊，他回來得越晚，咱這地道挖得不就越值麼？」

白洛因：「……」

張老師輕咳了一聲。

兩人完全把他當成咽炎，繼續旁若無人地交流著。

「你得到的消息準麼？別是個煙霧彈，存心誘導你犯錯的，到時候再來個突擊檢查，把你逮個正著！」

顧海一副天不怕地不怕的表情，「逮著了又怎麼樣？老子心裡就是那麼想的，他早晚得接受。

再說了，他每天都和這邊的奸細通電話，早把咱們的情況了解得一清二楚了，根本沒有突擊檢查的必要。」

白洛因收回憂慮的目光，自言自語般地嘟囔著：「昨晚上我爸還打電話過來，問我今兒回家不……他都不知道出事了。」

顧海瞧了白洛因片刻，像是做了一個很艱難的決定。

「要不，你回去一趟吧，我估摸著你出去也沒人攔，他們的目的不就是把咱倆分隔開麼？你回家正好順了我爸的意。」

白洛因無力地搖搖頭，「我怕我出去就進不來了。」

顧海動了動唇，沒說什麼。

過了一會兒，白洛因又朝這邊瞟了一眼，突然開口說道：「我想把實情告訴我爸。」

「別！」顧海當即反對，「不能和他說！」

「為什麼？他早晚不得知道麼？與其別人去他那告狀，還不如我自個主動承認。」

顧海敲了白洛因的腦門一下，「你傻啊，咱不能一個一個對付麼？」

白洛因斜了顧海一眼，「其實你是怕我因為心疼我爸而改變主意吧？」

顧海厚著臉皮咧開嘴，「你怎麼這麼了解我？」

白洛因直接把手裡的書砸了過去。

結果，第二天夜裡，顧威霆就殺了回來，毫無徵兆的，已經凌晨一點多了，車子緩緩駛入軍區大院。

兩個特種兵看到顧威霆，全都鬆了口氣，總算是圓滿完成任務了。

「首長好！」兩個標準的軍禮。

顧威霆沉著臉點點頭，「他這幾天表現怎麼樣？」

「表現非常好！」一個特種兵爽口回道。

顧威霆的嘴角浮現一絲不易察覺的笑容，「怎麼個好法？我聽聽。」

「非常配合我們的工作，從不為難我們。」

「每天晚上按時回來就寢，從不私自外出。」

「帶他去哪他就去哪，讓幹什麼就幹什麼，從不反抗。」

「……呃，從不挑食。」

兩個特種兵爭先恐後地誇讚著。

顧威霆微斂雙目，幽幽說道：「我自己的兒子我還不了解麼？你們有必要這麼誇麼？」

兩個特種兵目露恐慌之色，努力為自個辯駁，「我們說的都是實情，他這幾天確實很老實，沒有做出一點兒出格的事。」

「是啊，……好像就前幾天晚上鬧騰了一下，這兩天都特老實，早早就睡了。」

顧威霆冷峻的目光柔和了幾分，「辛苦你們了，回去睡覺吧。」

兩個特種兵這才鬆了口氣，敬了個禮之後，齊刷刷地跑步離開了。

顧威霆推開門走了進去。

此時此刻，顧海還在白洛因的床上辛勤「耕耘」著。

久違的開門聲突然傳進耳朵裡，顧海的動作驟然一停。

「孫警衛，您的行李擱這成麼？」

「隨意，擱哪都成。」

操蛋！竟然真的殺回來了！

白洛因滾燙的身體瞬間冷卻下來，大手扼住顧海的脖子，憤恨外加焦灼的目光對著顧海的臉，

「你不是說肯定不會搞突襲麼？」

顧海也是一副躲避不及的表情，但很快就鎮定下來了。

「等我幹完這一輪再說！」

「草。」白洛因狠狠揪扯著顧海胸口的肌肉，「你丫真是個禽獸！」

孫警衛朝門口的站崗兵隨意打聽了一句，「他最近怎麼樣？」

「還好，就是睡覺的動靜大了點兒……」

「睡覺能有什麼動靜？」

「那個……就是……總聽見他說夢話罵人。」

孫警衛眨巴眨巴眼，這孩子還有這癖習呢？

顧海衝刺、低吼，伏在白洛因的身上緩了片刻，這才戀戀不捨地將自個的老二掏了出來。

「我現在要回去麼？」顧海徵求白洛因的意見。

白洛因按住顧海，「先別回去呢，你爸肯定在找你，這會兒鑽出去就是自投羅網。」

顧威霆在每個房間裡都轉了轉，結果根本沒看到顧海的影子，一時間勃然大怒！臭小子，果然還是偷偷摸摸跑了！可憐那兩個特種兵，剛躺下沒一會兒，被窩還沒捂熱，就被班長轟了起來。白洛因

和顧海豎起耳朵聽著外邊的動靜，突然一陣急促的腳步聲傳來，鏗鏘有力。

「首長，您怎麼過來了？」

顧威霆不說話，直奔白洛因的房間，大力地叩門。

「快，趕緊鑽進去！」

白洛因推了顧海一把，結果剛把地板蓋上，就想起一句話忘了囑咐，他想告訴顧海，回去別躺在床上，最好藏在某個地方，結果晚了。

敲門聲越來越激烈。

孫警衛的聲音傳來，「小白啊，你睡了麼？」

白洛因平緩了一下呼吸，偽裝出一副睡態朝門口走去。

開門一瞧，外邊兩個人，頓時流露出驚訝的神色。

「孫叔、叔，你們什麼時候回來的？」

顧威霆沒說話，徑直地朝裡面走去，掀開被子，沒有人；打開櫃子，沒有人；拉開窗簾，還是沒有人……

冷峻的目光灼視著白洛因，「顧海沒在你這？」

白洛因得需要多強大的心理素質，才能流露出如何無辜的眼神。

顧威霆又陰著臉走了出去。

顧海從地道裡鑽出來，剛要躺到床上，突然白洛因顯靈了，腦子裡靈光一閃，藏進了旁邊的衣櫃裡。

顧威霆在門口對那兩個特種兵大吼：「馬上給我出去找，找不著別回來了！」

廢物！一個人竟然能看丟了……顧威霆罵罵咧咧地朝臥室走，粗重焦灼的呼吸聲聽在顧海的耳朵裡分外真切，他故意調整了一個姿勢，製造出微不可聞的動靜。

軍人的耳朵都是異常靈敏的。

顧威霆很快朝衣櫃走來，緩緩地拉開了衣櫃的門，霎時間愣住。顧海就蜷縮在衣櫃裡，眼睛微微瞇著，一臉似醒未醒的表情，感覺到光亮，還反應迅速地用手一擋，做出一副在這裡睡了很久的假象。

「爸，您怎麼回來了？」混混沌沌的聲音。

顧威霆目露疑惑之色，「你藏在這兒幹什麼？」

「睡覺啊……」顧海蔫不唧唧地回了一句。

怪不得剛才在床上沒看見，鬧了半天貓在這睡呢！等下……「你不去床上睡，跑這來幹什麼？」

顧海笑得苦澀，「房間太空曠了，床太大了，只有擠在這個狹小的空間裡，我才能感覺到家的溫暖。」

顧威霆：「……」

33.

顧威霆躺下的時候，顧海已經睡著了。

房間的燈是關著的，顧威霆的手已經摸到了開關，卻遲遲沒有按下去。顧海就睡在他的身邊，不足一尺的距離，顧威霆突然想好好看看他，從小到大，顧威霆能這樣仔細端詳兒子的次數少之又少，記憶中他的臉龐還是巴掌大，一眨眼的工夫，這張臉已經如此成熟俊朗了。

錯過了初為人父的喜悅，錯過了兒子成長過程中的點點滴滴。記不清他是什麼時候學會開口喊爸的，記不清他是什麼時候學會走路的，記不清他第一天上學的場景，甚至不知道他愛吃什麼、愛玩什麼……

每一次自己出現，都是以一個魔頭的形象。

當他在訓練場上偷懶的時候，當他在學校惹出事端的時候，當他獨自一人在外浪蕩的時候，當他這段扭曲的戀情曝光的時候……

以怒吼開端，以拳打腳踢結束。

這是他們父子倆唯一的相處模式。

他從未給過他任何溫暖，即便在他母親去世的那幾天，他都在到處奔走，他只憤怒於他對自己的誤解，卻從未想過，一個十四歲的孩子，失去唯一的精神寄託，是怎樣的傷心和絕望。當他看到一米八幾的兒子收攏著自己的雙腳，蜷縮在衣櫃裡的時候，心不期然地痛了。

無論他做錯了什麼，真正的罪魁禍首都應該是自己。

顧威霆靜靜注視著顧海的臉，連他都意識不到自己的目光有多溫柔。他看到顧海的頭髮上黏了兩個棉絮，伸手給他擇了下來，又發覺他的嘴角有一抹泥痕，想也不想是為什麼，就直接幫他擦掉。關上燈，躺下沒一會兒，就感覺顧海的身體朝這邊湊了過來。

他已經睡熟了，放下了所有的戒備。

顧威霆側過身，還未及閉眼，就感覺自己的手被人抓住了，那是一雙比自己溫暖了幾十倍的大手，緊緊包裹著自己。顧威霆神色一滯，朝顧海看過去，他沒有醒，完全是下意識地在為自己暖手。

一瞬間，心中感慨萬分。

第二天吃早飯的時候，顧威霆朝孫警衛問。

「關於顧海這件事，你怎麼看？」

孫警衛正在喝粥，聽了這句話，差一點兒嗆到。

「您問我的意見？」

「這還有別人麼？」

孫警衛撂下筷子，尷尬地笑了笑，「其實我覺得，我們做家長的沒必要小題大作，有時候，咱們的強力管制反而會給他們造成強烈的心理暗示，讓他們開始為自己所做的事情定性。就拿我女兒來說吧，她在初二的時候和一個男生交往過，直到分手，我和她媽都不知道這件事。現在我女兒也好好的，學習生活一切照舊。

「有一次她和我們聊起這件事，完全當成一個玩笑。試想一下，如果當時我們知道了，出面阻止了，是不是孩子會理所當然地將這事定義為早戀？是不是玩笑就會成為她眼中真正的戀情？

「同理，如果您現在出面阻止，他們兩個人就會下意識地將這段感情定義為戀情。事實上您看到了什麼呢？您不過看過了他們抱在一起，親在一起，試想想，我們年輕的時候，誰沒和哥們兒熱乎過呢？也許過了兩、三年，等他們有了新的生活環境，他們再回頭看這一切，不過是個玩笑而已。」

顧威霆沉思了片刻，定定地看著孫警衛。

「你的意思是，我就放手不管了？」

「也不是不管。」孫警衛寬厚地笑笑，「您可以適當引導，至於聽不聽，就看他們自己了。」

顧威霆冷哼一聲，「那他肯定不聽。」

「其實吧，我覺得您就是多慮了，您還記得三連那個小鄭不？當時在查寢的時候，發現和他臨鋪的二虎擠在一個被窩，後來經過調查，兩人關係不正常，直接被開除了。結果怎麼樣？兩人離開部隊之後，沒兩年就結婚生孩子了，現在估摸著早就沒聯繫了。」

「你說的這些我都想過，但問題的關鍵是，我兒子不是小鄭，也不是二虎，他是個百年難遇的特殊品種。」

孫警衛憋著笑，特殊品種不也是您孕育出來的麼？

「我覺得他沒有什麼特殊的，因為他是您的兒子，所以您覺得特殊。這事要放在我孩子身上，我也會著急，巴不得他倆馬上分開。可問題的關鍵是，這種事急不得，急了也沒用。他倆現在就在熱乎期，您能拿他們怎麼樣？一個送到國外，一個關進部隊？他倆要是心裡惦記著對方，您就是再怎麼阻隔他們，他們也能想方設法聯繫到一起。」

最後一句話，顧威霆倒是很認可，他現在就是心有餘而力不足，管也不是，不管也不是，好像怎麼折騰都消磨不掉他倆的熱情。

中午上完課，兩人被顧威霆叫到一個屋吃飯。

「吃完這頓飯，你倆就該幹什麼幹什麼去吧！」顧威霆沉聲宣布。

白洛因和顧海本來都在埋頭吃飯，聽到這句話，齊齊把頭抬了起來。

「爸，你這話啥意思啊？」顧海問。

顧威霆淡淡掃了他一眼，「我的意思就是你倆別在我眼皮底下晃悠了，我看著煩。」

好消息來得有點兒突然，兩人誰也沒反應過來。

白洛因不可置信地看著顧威霆，上午他還在擔心地道的事，怕被顧威霆發現，再對顧海一頓惡揍，考慮著要不要趕緊埋上。結果事態發展突然來了個急轉彎，不僅沒惡化，還朝著好的方向前進。

顧海的手試探了一下顧威霆的腦門，結果挨了狠狠一筷子。

「爸，你不是受什麼刺激了吧？」

「別跟我這臭貧！」顧威霆陰著臉，「趕緊吃飯，吃完飯趕緊走人！」

顧海黑眸閃動，「爸，您不管我了？」

顧威霆還了顧海四個字，「恕我無能。」

「別啊！」顧海得了便宜還賣乖，「爸，您別不管我啊，我還指望您把我領上正道呢。你這一撒手不管，萬一我又整出什麼么蛾子呢？」

顧威霆不動聲色地吃著碗裡的飯，「我管你的時候，你也沒少整。我不管你了，你愛怎麼折騰怎麼折騰，反正我看不見。」

「那我以後想您了咋辦？」

這句話，終於讓顧威霆手裡的筷子停了停。

顧海心裡不由得一緊，我滴個天，不會感動了吧？再臨時改變主意，把我留在這可咋辦？真操蛋，不如不多這一句嘴了！

顧威霆瞥了顧海一眼，突然無奈地笑了笑，便沒再說什麼，繼續吃著碗裡的飯。

白洛因恍惚間覺得，他每一次離開家，都會看到這樣一個熟悉的笑容。

「爸，我走了啊！」顧海提著兩個大包，站在門口和顧威霆告別。

白洛因一直在看顧威霆，等顧威霆的眼神朝他看過去的時候，他卻把目光移開了。

兩個人又和孫警衛打了聲招呼，並肩朝遠處走去。

孫警衛禁不住感嘆了一聲，「白洛因這孩子真不錯。」

顧威霆斜了他一眼，「要不介紹給你閨女算了。」

「別……」孫警衛笑著搖搖頭，「高攀不起。」

顧威霆跟著笑了笑，兩人轉身一起往回走。

回去的路上，白洛因一副心事重重的樣子。

顧海把手放在白洛因的後腦勺上，樂呵呵地問：「你不會還沉浸在昨晚的驚嚇中吧？」

「不是，我突然想起我爸了。」

顧海站住腳，「要不咱就直奔你們家？」

「不是。」白洛因突然攥住顧海的胳膊，「我是想和你說，我打算和我爸坦白。」

顧海剛輕鬆下來的心情因為這句話瞬間變得沉重。

「咱能不能先喘口氣？」

「一鼓作氣、再而衰三而竭……」

顧海扶額，「不帶這麼折騰人的。」

34.

顧海和白洛因先回了自己的家，把東西收拾好之後，去了老白的家。這會兒已經是傍晚了，白漢旗剛下班沒多久，鄒嬸在廚房做飯，孟通天在院子裡玩，一家人其樂融融。

兩個人心照不宣地在門口停了腳步。

白洛因突然覺得，他不是回家來看父母的，他是來殺人滅口的。

顧海看著白洛因那一副愁苦的表情，忍不住開口說道：「要不……」

「我已經決定了。」白洛因打斷了顧海的話。

抬起腳剛要往裡走，又被顧海拽住了。

白洛因看了顧海一眼，寬慰道：「別擔心，既然我已經答應你不改變主意，就肯定不會改的。」

「我不是擔心這個。」顧海用手胡嚕了一下白洛因的頭髮，「我是擔心他火冒上來揍你一頓，你到時候看他的臉色行事，實在不行，就先順了他的意，別讓自個吃虧，聽見沒有？」

白洛因沒說什麼，轉過身剛要走，又被顧海拽住了。

「你怎麼這麼磨嘰？」白洛因不耐煩了。

顧海猶豫了一下，還是開口問道：「假如你爸真對你動手了，我在旁邊看不下去，上去攔著或者一失控朝你爸還手，你不介意吧？」

「介意！」

白洛因黑了顧海一眼，扭頭便進了門。

顧海走在後面，看起來比白洛因還緊張。

「兒子們，回來啦？」

白漢旗拿著噴壺正在澆花，瞧見白洛因和顧海的身影，不由得露出慈愛的笑容。

顧海一時語塞，瞧瞧白洛因，也是一副欲言又止的表情。果然，決心這個東西說起來輕鬆，實施起來就沒那麼容易了。當你面對一張因你而喜悅的面孔，你是不忍心往上面搧巴掌的，尤其這個人還是你摯愛的親人。

白漢旗也瞧出來兩人的不對勁，立刻放下噴壺，走上前去。

「怎麼了這是？」

白洛因好不容易鼓足勇氣要開口，廚房傳來鄒嬸的呼喚聲，「吃飯啦！」

白漢旗一條胳膊搭上白洛因的肩膀，一條胳膊搭上顧海的肩膀，樂呵呵地架著他們朝廚房走。

「先吃飯，有什麼事吃完飯再說！」

於是，兩人剛和顧威霆一起吃完午飯，這會兒又和白漢旗坐一塊吃了頓晚飯。白洛因真想把心裡的那些話就著這些菜嚥進肚子裡，吃完飯沒事人一樣，拍拍屁股走人。

吃飯的過程中，白漢旗一直在觀察白洛因和顧海的臉色，暗暗猜測兩人心裡的想法。

「吃飽喝足了，咱們爺仨聊一聊。」

鄒嬸把孟通天叫了出去，留下白漢旗、白洛因和顧海三人待在房間裡。

「這會兒說吧，到底怎麼了？」白漢旗看著白洛因。

白洛因不敢直視白漢旗的眼睛，顧海放在沙發靠背上的胳膊突然搭在了白洛因的肩膀上，白洛因瞬間一激靈[46]。

白漢旗笑著拍了拍白洛因的腦袋，調侃道：「你小子怎麼在我面前還支支吾吾的？平時不是挺能耐的麼？闖禍了？沒事，爸給你兜著！你直說吧，要多少錢？」
白洛因硬著頭皮說：「比那個嚴重多了，您做好心理準備。」
白漢旗臉色一變，「你不是把人家閨女的肚子搞大了吧？」
「比那個還要嚴重一些。」
白漢旗冷汗都下來了，「你不是把人家閨女的肚子搞大了，又殺人滅口了吧？」
白洛因：「……」
顧海一直在旁邊裝聾啞人，這會兒聽到白漢旗的猜測，突然有種哭笑不得的感覺。
白洛因一咬牙一跺腳，「爸，我直說了吧，我喜歡上一個男的。」
白漢旗臉上的肌肉突然在那一刻抽筋了，算不上震驚，但也絕不算是什麼好表情。
久久之後，顧海又開口。
「他說的那個男的就是我。」
屋子裡陷入一陣死寂，白洛因和顧海就像兩個犯人，戰戰兢兢地等著法官的最後判決。
白漢旗沉默了半晌，突然開口說道：「因子，你跟我來。」
顧海噌的一下站了起來，「叔……」

46：突然受驚嚇而打冷顫。

「沒你什麼事。」白漢旗幽暗的目光掃了顧海一眼，「你在這等著就行了，我們爺倆好好聊聊。」

這是顧海從白漢旗那裡收過最冷漠的一個眼神，他的心一下墜入谷底，死死攥住白洛因的胳膊不讓走，大聲朝白漢旗說：「叔，您有什麼脾氣對著我發，是我先招惹因子的，是我死纏爛打的，您兒子什麼樣您還不知道麼？」

「我不發脾氣，我就是跟他好好聊聊。」白漢旗語氣還算平靜。

顧海死活不撒手，最後白洛因用力一甩，硬是將顧海推到一旁。

「我知道該怎麼做，你在外面等著就成了。」

顧海還想伸手，白洛因已經跟著白漢旗進了他的房間，門在顧海的眼前關上。顧海的頭抵在門板上，心揪得死死的，叔啊，你可千萬別打他啊！就算是要罵他，也別罵得太狠啊，他可是你親兒子！

此時此刻，站在白漢旗面前的白洛因，就像一個做了錯事的孩子。白漢旗記不清自己有多少年沒有見過白洛因這種表情了，印象中的白洛因，永遠都挺著小胸脯，一副氣定神閒的表情，極少看到他如此慌亂。

「行了，你也甭難受了，其實爸早就看出來了。」

白洛因的臉霎時一變，「您早就看出來了？」

「我開始也只是懷疑而已，感覺你們倆的關係不一般，但是我心裡一直為你倆說好話，總是抱有僥倖心理，希望你倆的關係並不是我想像的那樣。結果你還是和我坦白了，也好，這樣一來我也算徹底死了心。」

白漢旗勉強擠出來一個笑容，看在白洛因的眼裡異常難受。

「爸，您是不是對我特失望？」

「這個真沒有！」白漢旗回歸正色，「在爸的心裡，你永遠都是最優秀的，沒有第二。」

顧海豎起耳朵聽著裡面的動靜，好在只有對話聲，沒有爭吵亦或是打鬥聲，希望白漢旗不是摀著白洛因的嘴在打人，顧海被自己這個雷人的想法嚇出一身冷汗。

「因子，爸問你，你和顧海在一起是不是因為缺少父愛？」

白洛因一時語塞，顧海貌似沒那麼老吧？

白漢旗知道白洛因誤解了他的意思，於是更加直白地朝他問：「爸就是想知道，爸結婚這件事，你到底是怎麼想的？這件事是不是對你的打擊特大？」

到了這份上，白洛因也沒什麼好隱瞞的了，所有掏心窩子的話都倒了出來。

「您剛結婚那會兒，我心裡落差是挺大的，也正是因為顧海的出現，給我填補了這段落差。爸，他對我真的特好，他從來都不讓我幹活，如果您嘗過他做的飯，您一定會看出他對我的心。在這個世界上，除了您，沒有人比他對我更好了……」

「爸知道，爸都看在眼裡。」白漢旗不住地點頭，但又捧住白洛因的臉頰，最後問了一句，「如果爸為了你再離一次婚，從今以後好好照顧你，你能和他做回正常的朋友麼？」

白洛因突然覺得，自己就是個混蛋，徹頭徹尾的大混蛋，他從沒有一刻在白漢旗面前如此抬不起頭來。看到白漢旗不死心的眼神，白洛因的眼淚奪眶而出，他猛地跪倒在地，聲嘶力竭地喊了一聲爸。

白漢旗一瞬間什麼都明白了，他徹徹底底接受了這個現實。

「爸，我真的離不開他，別生我的氣成麼？……」白洛因哭咽著抱住白漢旗的腿。

白漢旗的眼圈也紅了，他蹲下身把白洛因扶了起來，拍拍他的後腦勺，「兒子，別哭了，爸不怪你。你為爸做了那麼大的犧牲，爸理解你也是應該的。爸這輩子什麼都不求，只希望你好好的，你要是真心疼爸，就對自個好一點兒……」

顧海就站在門口，白洛因剛才那一聲哭號他聽得真真切切，心臟驟然一縮。用力捶打了幾下門，無人來開，隱隱約約聽到白洛因的哭聲，心裡一急直接踹開了門。

此時此刻，白漢旗正抱著兒子哭。

看到白洛因的眼淚，顧海心裡狠狠揪疼了一把。

白漢旗看到顧海進來，暫時推開白洛因，朝顧海走了過來。

「叔……」

白漢旗拍了拍顧海的肩膀，什麼都沒說，靜靜地走了出去。

顧海趕緊走到白洛因身邊，著急地詢問：「他打你沒有？打哪了？打得重不重？……」

「我倒希望他打我一頓。」白洛因哽咽著。

顧海心疼地將白洛因摟到懷裡，柔聲問：「他沒打你，你哭什麼？」

「我樂意。」白洛因眼淚更洶湧了。

顧海用手幫白洛因擦眼淚，柔聲哄道：「不哭了，沒事，有我呢。」

35.

相安無事地過了兩個禮拜，這一天，部隊裡進行了一次安全大排查，結果顧威霆和孫警衛的房間成了重點問題對象。監察部不敢冒然記錄，派了兩個監察兵前去打探情況。

「什麼？」孫警衛目露驚訝之色，「我的房間存在安全隱患？」

監察兵點點頭，小心翼翼地說：「監控設備上是這麼顯示的，危險等級為二。」

「危險等級為二？」孫警衛瞬間重視起來，「你的意思是，我的房間內存放違禁物品？」

「不不不……」監察兵趕忙擺手，「二級危險包含的種類很多，不一定是私藏武器之類的。有時候房屋結構被竄改，監控設備也會顯示出異常。」

「這怎麼可能？我在這住了四、五年了，連個家具都沒換過。」

監察兵尷尬地笑笑，「我們也相信您的人格，可這是我們的工作，發現問題了一定得盡力排除，希望您能體諒一下。」

「哈哈哈！」孫警衛爽朗地笑笑，「我當了這麼多年的兵，還不明白你們的難處麼？謹小慎微是好事，尤其在安全這方面，絲毫不能馬虎，早發現問題早解決。」

監察兵一臉感激的表情，「謝謝領導的體諒，我得在您的房間裡徹查一下，有什麼不方便的，您可以提前說出來。」

「沒什麼不方便的，隨便查吧。」孫警衛一副光明磊落的表情。

於是，監察兵拿了個高端儀器，開始在屋子裡轉悠，起初儀器一直都沒響，結果等他走到客廳中央的區域，監察儀器突然發出一陣警笛聲。

孫警衛那副坦蕩的尊容此刻也有些掛不住了，他朝監察兵走了過去，儀器所響的地方就是塊空白區域，什麼家具也沒擺放，只有腳底下一條地毯。

咦？這什麼時候多了塊地毯？孫警衛目露疑惑之色。

監察兵把儀器慢慢下移，越接近地板，響聲就越刺耳。

「是不是因為新換了一條地毯的緣故？」孫警衛跟著蹲了下來。

監察兵眉頭微蹙，「照理說不至於啊，人家屋裡還換桌子、換櫃子呢，也沒出現任何問題啊，這麼一條地毯能是二級危險麼？」

為了證明這條地毯不是禍源，監察兵特意將地毯拿到另一個地方測了測，儀器一直沒有響。等他往回走，儀器又開始發出警報聲，還是那塊區域，可見問題出現在地板上。

兩人同時蹲下身俯視那塊地板，很快，他們發現了地板上的縫隙，都是大吃一驚。偵察兵找個鐵片輕輕一撬，整塊地板都下來了，一個大洞赫然呈現在兩人面前。

「暗道……」偵察兵額頭冒汗。

孫警衛一副無法置信的表情，「我在這住了四、五年，竟然不知道這有個地道。」

偵察兵剛要下去，被孫警衛攔住了，「等下，我用個打火機試試，說不定是個百年古道，裡面可能有毒氣。」

偵察兵摸了摸地道口的土，一臉尷尬的表情，「甭費事了，我剛才摸了，那土還是新的，估計剛挖了沒幾天。」

「啊？……」孫警衛百口莫辯，「我這程子一直都在，沒人進過我的屋啊，再說了，我挖個地道幹什麼用？」

偵察兵拍拍孫警衛的肩膀，好言安撫道：「您先別著急，我暫時不會向上級稟報。」

孫警衛能不著急麼！雙眉緊皺，一個勁地琢磨，難道是有人要害我麼？

另一個屋也是相同的處境，顧威霆表情陰沉，哪個喪德行的混蛋要陷老子於不忠？

孫警衛搓搓手，「我得下去看看。」

偵察兵攔著，「還是我來吧，萬一有什麼危險，我腿腳比您利索。」

「不用。」孫警衛一擺手，麻利地鑽了進去。

「首長！」另一個屋的偵察兵也嚇破了膽兒，「冒險的事還是讓我來吧！」

顧威霆二話不說，直接鑽了進去。

於是，兩個悲催的老男人在地道中相遇了……

出去之後，顧威霆表情凝重，孫警衛坐在他的旁邊，看那樣子也是不輕鬆。

「首長，您說這條地道是誰挖的？」

顧威霆冷笑兩聲，「你說呢？這房除了咱倆還有誰住過？」

「不可能吧？」孫警衛一副駭然的表情，「就他們兩人，能在這麼短的時間內挖出這麼長一條地道出來？」

「他們非得自個動手麼？部隊裡這麼多士兵，隨便找幾個過來搭把手，這條地道就出來了。」顧威霆喝了口茶，神情複雜。

「就算是有人過來幫忙，也不能一點兒不留痕跡啊！您想想，挖地道也是個大工程，鐵鍬哪來的？那些土都哪去了？這麼大的事，守門的人能沒一點兒知覺麼？不符合常理啊！」

其實，顧威霆也挺好奇顧海是怎麼辦到的。

「把監控錄影調過來。」顧威霆淡淡開口。

沒一會兒，孫警衛就把監控錄影調了過來，兩個老男人湊在一起，緊緊盯著螢幕。目睹了整個過程之後，兩個人的眼都直了，表情一個比一個精采。顧威霆放在書桌上的手都在不自覺地抖動，這麼多年了，還沒有一個人能把他氣成這樣。

「說他是百年難遇的特殊品種，有錯麼？」

孫警衛佩服得五體投地，「小海膽識過人，組織策畫能力超強，將來肯定是個人才！」

「到了這會兒你還替他說話！」顧威霆暴吼一聲。

孫警衛嚇得趕緊站了起來，連大氣都不敢出。

顧威霆在屋子裡踱步，臉陰沉得嚇人，「人才？人才？我看他純粹就是個流氓！膽兒大一定是好事麼？組織能力強一定是好事麼？這種孩子稍微走偏了，肯定會成為社會的大毒瘤！你還不讓我管他？我要再不管他，過個七、八年，他得把顧家祖上積的那點兒德都喪盡了！」

孫警衛悻悻地回了一句，「現在不都講究黑白通吃麼？」

「你瞧瞧你這是什麼思想？」顧威霆氣得直想往孫警衛身上揮拳頭，「人家黑白通吃那是手腕，他這是什麼？毫無原則！卑鄙無恥！」

孫警衛不吭聲了。

顧威霆一屁股坐在沙發上，目光恨恨的，「虧我那天晚上還心疼他，真以為他一個人鑽進衣櫃裡面睡，鬧了半天丫剛從地道裡鑽出來，要我呢！」

「呃……」孫警衛這會兒剛反應過來。

顧威霆的頭仰靠在沙發上，眼睛微微瞇起，過了好一會兒，開口說道：「把你那屋的監控錄影調過來。」

孫警衛心頭一緊，語氣不穩地說：「也許他倆就是覺得好玩才挖的地道，青春期的孩子不都有點兒叛逆麼！」

「我讓你調監控！」又是一聲怒吼。

孫警衛心裡慌慌的，再次站到電腦旁的時候，手腳冰涼。

監控畫面是黑的，裡面有兩團黑影在閃動，看不清他們在做什麼。孫警衛的心一直揪著，也許是預感到了兩人的行為，他開始在心裡祈禱燈一直這麼暗著。

結果，悲劇還是在顧威霆的一次快轉過後發生了。

兩個人赤身裸體地從浴室走出來，來不及關燈，就開始在床上纏綿起來。

孫警衛實在不忍心看，尤其旁邊還坐著顧威霆，於是他默默地走了出去。等他再走進來時，電腦已經關了，顧威霆依舊閉著眼睛坐在沙發上，面無表情，甚至連憤怒都沒了，孫警衛知道完了。

「你不是說我只看到他倆摟摟抱抱麼？」顧威霆笑了，「這次看到全套的了。」

孫警衛被顧威霆的笑刺激得面無血色。

顧威霆一宿沒闔眼。

第二天一早，他派人將白漢旗、姜圓和鄒嬸一齊接了過來。

四個人第一次圍坐在一張桌子上。

鄒嬸很緊張，手心一直在出汗，她還是第一次來這種高檔場所，也是第一次見這種大人物。白漢旗表面上挺鎮定，其實心裡也犯嘀咕，顧海他爸把我兩人叫過來幹啥？顧海不是說他爸這關早就過了麼？難不成是請我倆喝喜酒來了？

姜圓先開口，「老顧，你把我們仨叫過來幹什麼？」

顧威霆表情嚴肅，剛一開口，鄒嬸的手就哆嗦起來了。

「我想和你們說一件事。」顧威霆朝對面瞟了一眼，「這件事性質很嚴重，希望你們能做好心理準備。」

白漢旗點點頭，鄒嬸跟著點點頭。

姜圓瞧顧威霆的臉色，不由得緊張起來。

「老顧，到底是什麼事啊？」

顧威霆冷著臉宣布，「顧海和白洛因有了不正常的關係。」

「不正常的關係？」姜圓臉色一變，「什麼叫不正常的關係？」

顧威霆在每個人的臉上掃了一眼，一字一頓地說：「同——性——戀。」

結果，只有姜圓大驚失色，剩下兩人全都沒啥反應。

「怎麼可能？」姜圓嘴唇泛白，「老顧，你聽誰說的？」

「親眼看見的。」

姜圓震驚得一句話都說不出來。

其實，姜圓作何反應顧威霆並不在意，他在意的是白漢旗的反應，畢竟他是白洛因的父親，只有他和自己站在一個立場上。

不料，白漢旗只是尷尬地笑了笑，「您讓我們過來，就為了告訴我們這事啊？」

顧威霆對白漢旗的鎮定表示由衷的敬佩。

「我是想聽聽你的看法。」

白漢旗看著顧威霆那張冷峻的面孔，略顯謹慎地問道：「我該怎麼稱呼您呢？」

「叫老顧就成了。」

「別。」白漢旗挺和氣，「您比我大，我就叫您顧老哥吧。」

顧威霆對白漢旗的印象倒是不錯，看得出來，他是個實在人。

「顧老哥，感謝您今天這麼誠懇地請我們倆口子過來聚一聚，關於兩孩子的問題呢，我們倆口子想法一致，都是順其自然。所以您就把心擱在肚子裡，甭擔心我們會為難孩子，我們絕不是那種不開明的家長。而且我特別喜歡大海這個孩子，將來真要進了我們家門兒，我們倆口子會把他當親兒子一樣看待的，哈哈哈哈……」

36.

爽朗的一陣笑聲過後，白漢旗發現，整個包廂內，只有自個的嘴角是往上翹的，剩下的三人全是一副零下二十度的面孔對著他。本來鄒嬸是想配合著白漢旗擠出一個笑容的，結果觸到對面投射過來的兩道懾人的視線，嘴角瞬間就不聽使喚了。

最後，還是姜圓先反應過來，劈頭蓋臉對著白漢旗一頓數落。

「白漢旗，你今天帶腦子來沒？孩子出了這麼嚴重的問題，你竟然能笑得出來?!我是該說你宅心仁厚，還是該說你傻啊？咱兒子不是早戀，也不是欺騙了人家小姑娘，他是性取向出現了問題，這是嚴重的心理扭曲你懂不懂？」

面對姜圓的數落，白漢旗表現得異常淡定。

「咱兒子為什麼不喜歡女人，我想妳也應該從自己身上找找原因吧？」

姜圓氣得雙目赤紅，指著白漢旗質問道：「你這話什麼意思？」

顧威霆突然一拍桌子，怒道：「都別吵了！」

顧威霆發話，誰也不敢出聲了。

「白老弟，我明確告訴你，我是不可能同意他倆在一起的！所以，今兒我找你們二位是來解決問題的，無論你承認與否，這事都已經發生了。對與不對，你我心裡都有一桿秤。」

姜圓抽出紙巾擦眼淚，表情看起來比誰都要傷心。

飯菜端上了桌，誰也沒有動筷，四個人集體沉默。

顧威霆端起酒杯，在白漢旗的面前晃了晃。

「白老弟，希望這杯酒下肚，你能想出一個具體的解決辦法。」

兩個人一碰杯，雙雙一飲而盡。

俗話說酒壯慫人膽，白漢旗一杯酒下肚之後，面頰泛紅，眸中暈上幾抹神采。

「關於這個問題，我的主張就是無為而治。」

顧威霆：「……」

姜圓的眼淚已經乾了，直直地盯著鄒嬸看。

「因子不是說妳就相當於他的親媽麼？我想聽聽，妳這個所謂的親媽是怎麼想的……」

鄒嬸心裡一緊，下意識地看了白漢旗一眼，然後把目光移向姜圓，笑容裡透著幾分尷尬。

「其實今兒我就來旁聽的。」

姜圓差點兒背過氣去。

顧威霆算是明白了，今兒他請的人不是同胞、不是戰友，而是徹徹底底的反動派！怪不得兩兒子的關係能夠如此迅猛的發展，原來有這麼兩個助紂為虐的惡人！

「你們怎麼教育兒子我不管，但是我的兒子我必須要管！」

說完這句話，顧威霆陰沉著臉走出了包廂，姜圓拿起自己的包，狠狠地瞪了對面兩個人一眼，也跟著走了出去。

週末，顧海起了個大早，認真地洗漱完畢，弄了個瀟灑的髮型，換好衣服，走到床邊，看著沉睡中的白洛因，輕聲說道：「因子，我去買早飯了，回來的時候你必須已經穿好衣服了啊！」

白洛因又把腦袋扎進了被子裡。

顧海就在白洛因的耳朵上親了一口，「我走了。」

模模糊糊的聲音逐漸遠去，等到白洛因重新睜開眼睛的時候，天已大亮，熟悉的飯香味兒沒有從廚房飄出來，健碩挺拔的身影也沒在視線內遊蕩。

白洛因找了顧海一個上午，所有能打的電話都打過了，全都沒有顧海的消息。心一急跑到了白漢旗的單位。

「大海是不是被他爸找去了？前兩天他爸找我們倆口子談過話，聽他那意思，還是不同意你倆在一起。」

白洛因扭頭便要走，卻被白漢旗拽住了。

「你可別冒冒失失地去找顧海他爸，部隊可不是什麼好地方。萬一你惹了誰，打你一頓或者殺了你，都不用坐牢的。」

白洛因按住白漢旗的手寬慰道：「沒事的，有我媽在，他們不敢對我咋樣。」說完，大步流星地走出了白漢旗的辦公室。

白漢旗歎了口氣，這孩子，算是徹底回不了頭了！

看到顧海，顧威霆說的第一句話就是：「入伍。」

顧海對顧威霆態度的突變表示不解，才升溫了沒幾天的父子關係，因為顧威霆的這個作法陡轉直下。不過顧威霆已經不在乎了，反正顧海也沒把這段感情放在心裡，即便自己對他好，也被他拿來做為牽制自己的工具。

「您死了這條心吧，我早就說過，我是不可能入伍的。」

顧威霆的臉色越發陰沉，說話也是毫不留情面。

「要麼入伍，要麼分手，你自己選一個。」

顧海目光犀利，「我的人生，從不需要別人設置選項。」

「呵呵……」顧威霆冷笑兩聲，「那就讓我看看，你有多大決心！你不是不畏艱難地挖了一條地道麼？從今以後，你就待在那，想不通就永遠別出來！」

短短幾個小時，顧海就從溫暖的小臥室墮入陰暗的地道。

當初為了盡早完工，沒有把地道挖得很寬敞，僅僅一人彎腰能夠通過。所以待在地道裡，人是不能站起來的，只能坐著或者躺著，如果想活動，那就只有爬行。

顧海閉著眼睛，想像著地道的那一頭就是白洛因的房間，他趴在床上，一副傲嬌彆扭的小模樣等著自己。他把每一刻都想像成天黑前的一分鐘，只要能順利通過這條地道，他就能到達白洛因的房間，陪著他一起入睡。

「首長。」孫警衛站在門口，遲疑著不敢進來。

顧威霆假裝看報紙，其實一個字都沒入眼。

「進來吧。」

孫警衛沉鬱著一張臉走了進去。

顧威霆對著報紙淡淡說道：「有事直說。」

「把孩子拉上來吧，晚上溫度太低了，地道裡又濕又潮，在裡面待一宿太受罪了。真要凍出個好歹來，心疼的還不是您麼？」

顧威霆很久才回話，「還有別的事麼？」

孫警衛沒說話。

「沒事你就早點休息吧。」顧威霆語氣淡淡的。

孫警衛一副欲言又止的表情。

顧威霆瞥了他一眼，「怎麼還不走？」

孫警衛抬起沉重的雙腳，緩緩地朝門口走去。

顧威霆對著他的背影說了一句，「以後不用再來這兒匯報他的情況了，地道口就在我的房間裡，他就算是死在裡面，也用不著你把他拉上來。」

孫警衛的腳步停了停，還是推門走了出去。

顧威霆放下報紙，眼睛朝地板瞧了兩眼，十多個小時了，顧海已經在裡面不吃不喝待了十多個小時了，從沒聽到他叫喚一聲，哪怕是哼一聲都沒有，他就那麼死倔著脾氣，默默地和自己對抗。

孫警衛偷偷掀開地板，朝地道裡塞了一床被子下去。

事實上中午和傍晚的時候，他都有往裡面塞吃的，就是不知道顧海有沒有吃。

白洛因來了電話，說他就在軍區大院的門口，被人攔著不讓進。

孫警衛好言相勸，「因子，回去吧，小海沒事，他就在首長的房間睡覺呢。首長過兩天要出去執行任務，這一走就是兩個月，他想在臨走前好好陪陪兒子。」

白洛因還想說什麼，孫警衛已經把電話掛了。

半夜，孫警衛翻來覆去睡不著，也難怪，誰床底下躺著一個人能睡得踏實啊！

走出屋外，發現顧威霆的房間也是亮著燈的，心裡不由得感慨，說到底是自個的兒子啊，在下面這麼凍著，他能睡得著麼？

一邊抽菸一邊遛達，遛達著、遛達著，就遛達到了門口，結果看到了一個熟悉的身影。

白洛因還站在門口沒有走，像是一個站崗的哨兵，只是衣服略顯得單薄。

孫警衛趕忙走了過去。「孩子，你怎麼還沒回家呢？」

白洛因聲音都有些沙啞了，「我等顧海呢。」

孫警衛神色一變，看不出是憤怒還是著急。

「我不是和你說了麼？首長想讓小海陪他待兩天，你就乖乖在家等吧，跑這來幹什麼？」說著，走出去把衣服披在了白洛因身上。

白洛因又把衣服給孫警衛塞了回去，「孫叔，您覺得這話能騙得過我麼？」

孫警衛一時語塞，神情中透著幾分無奈。

「就算小海被首長關起來了，你也不至於一直站在這傻等吧？你這樣能起什麼作用呢？萬一首長出來了，發現你在門口，肯定會更生氣的。聽叔話，趕緊回去吧，你要真有什麼事，等明兒早上再過來說。」

孫警衛這麼一說，白洛因真的轉身走了。

孫警衛一口氣還沒鬆下來，就看到白洛因找了一個陰暗角落，顧自蹲在那兒，就再也不動彈了。

「哎……」孫警衛不知道說什麼好了，這兩個孩子，可真讓人發愁啊！

37.

「首長，已經三天了。」

顧威霆明知故問，「什麼三天了？」

孫警衛這兩天急得嘴皮子上都長了大泡，顧威霆越是沉得住氣，他心裡越是膽寒。因為他心裡再清楚不過，顧海在這下面的每一秒鐘對於顧威霆而言意味著什麼。

「小海在地道裡已經待了三天了。」

顧威霆冷冷一笑，「不到三天，不過六十八個小時而已。」

孫警衛實在憋不住了，「首長，您何苦呢？您看您這兩天臉色都差成什麼樣了？回頭這孩子沒垮，您先垮了……」

「我成什麼樣了？」顧威霆嘴硬，「我不是好好的麼？」

「您要是沒把這事放在心上，您怎麼會把時間記得那麼清楚？」

顧威霆一時語塞，陰惻惻的眼神瞟了孫警衛一眼。

「你也別來這揭我老底了，你以為我不知道麼？你整天往地道裡送飯、送菜、送被子，照這樣下去，他在下面待半年都不多。」

孫警衛的臉瞬間變色，一副身不由己的表情。

「首長，我這也是為了您著想啊，他要真是個犯人，您把地道埋上，我眼皮都不眨一下。關鍵他不是犯人，他是您親兒子啊！那麼陰暗的地方，連條腿都伸不開，就算是有飯吃有水喝也受不了啊！」

顧威霆冷眼質疑著孫警衛，「地道兩邊都有口，你沒偷偷把他拉上去，到你房間吃吃喝喝，睡個飽覺？」

「他要真來了也就好了！」孫警衛此時此刻才敢道出真話，「首長，不瞞您說，他能用到的，我都往地道裡送，可他一樣都沒要，那些東西怎麼扔下去的就怎麼扔上來！就連我給他塞進去的被子，他都沒扯過去蓋一下，就那麼愣生生地凍著。首長，現在是什麼季節啊？咱們穿了多厚的衣服站在外面還搓手呢！您想想小海，他這三個晚上是怎麼熬過來的？」

顧威霆的心抖了抖，臉上卻沒有表現出來。

「你最好別聳人聽聞。」

「首長！」孫警衛五尺大漢，急得都快痛哭流涕了，「我真不是聳人聽聞啊，小海他真是不吃不喝啊！他要是像前陣子那樣，耍點兒小聰明也就好了，可他這次真是和您槓上了！」

顧威霆怒吼，「那就讓他死在下面好了！」

孫警衛悲哀的目光注視了顧威霆半晌，淡淡開口說道：「首長，您不發話，我是不敢冒然下去的。所以，小海現在什麼樣，我一點兒都不清楚。」

說完這句話，孫警衛自覺地走出了顧威霆的屋子。

顧威霆站起身，頓覺頭暈目眩，好久才平緩過來。他已經三天三夜沒闔眼了，他故意支開孫警衛，故意對顧海的事不聞不問，就是想給孫警衛創造接應顧海的機會。他每天晚上躺在床上，還在想著顧海蓋著那床潮濕的被子蜷縮在地道裡，哪想到他壓根沒有蓋被子……

在屋子裡踱步數圈，顧威霆終於在那塊地板上停下來。俯下身細細聽著裡面的動靜，連他這種敏銳的耳朵，都察覺不到裡面有任何動靜。甚至，連呼吸聲都聽不到。顧威霆猛地掀開地板，利索地鑽了進去。

一路彎腰前行，很快，發現不遠處躺著的一道身軀。

顧威霆的大腦瞬間一片空白，腳步都有些凌亂，後背無數次地撞到地道的上壁，潮濕的泥土蹭到了筆挺的軍裝上。

隨著腳步的逼近，顧威霆才捕捉到了顧海的呼吸，驟停的心臟在那一刻恢復了跳動。

因為地道裡沒有燈，顧威霆看不清顧海的臉色，單純地感覺摸上去是冰涼的。孫警衛說得一點兒沒錯，顧海這裡沒有吃的喝的，沒有一床被子，甚至連隔離泥土的防水布都沒有。顧海的衣服就這麼貼合著地道的內壁，早已經濕成了鐵片狀，甚至還發出淡淡的霉味兒。

顧威霆去摸顧海的手，冰涼無比，和那晚給自己暖手時的情況可謂天壤之別。

顧海突然攥住了顧威霆的手，完全沒有他想像中的虛弱無力，相反，依舊在傳遞著一種頑強的力量。

「爸……」顧海叫了一聲，嗓音清晰。

顧威霆見顧海無大礙，暫時找回了幾分理智。

「你現在和我上去，乖乖聽我的安排，以前的一切我都既往不咎。」

顧海還是三天前的那套話，「我是不會入伍的。」

「待在我身邊就這麼讓你難以忍受麼？」顧威霆的聲音裡充斥著濃濃的悲憤。

「如果您可以接受因子，我可以天天待在您的身邊。」

顧威霆扼住顧海的脖子，心裡的溫度在一點點兒下降。

「我是不可能接受你們這種關係的。」

「那您就上去吧。」顧海語氣淡淡的，「我在這兒挺好，在我看來，沒吃沒喝沒被子的生活遠遠沒有離開因子更難以忍受。如果您有惻隱之心，心疼我在這受苦，那您就不該強令我和因子分開，因為那種苦比這種強烈一百倍。」

顧威霆磨著牙，「那種苦不在我的接受範圍內，就算是活活折磨死你，我也不心疼！」

顧海的聲音和陰暗的空氣融為一體，「好走不送。」

顧威霆鑽出地道的時候，有種想往裡面灌水，直接淹死顧海的衝動。

「首長，您的二兒子已經在外面候了三宿了，怎麼勸都不走。」

聽到這條消息，顧威霆非但沒有絲毫感動，反而被白洛因這種行為氣得不善！

「把他給我放進來，帶到我面前來！」

白洛因走進來的時候，臉色沒比顧海好到哪去。

顧威霆顧及到白洛因是姜圓的兒子，口氣還稍稍緩和了一下。

「誰讓你每天夜裡待在門口的？你知道這造成什麼惡劣的影響麼？你知道你這麼做多讓我為難麼？本來我以為你是個懂事、識大體的孩子，結果我發現我徹底看走眼了，你和顧海一個德性，只不過一個壞在面上，一個壞在骨子裡！」

聽完這一番話，白洛因只是淡淡回了一句，「顧海呢？」

現在，除了顧海的情況，白洛因什麼都不關心了。

這個表情，這個問題，無疑挑開了顧威霆那根不容侵犯的神經。

「你不是一直想知道他的情況麼？今兒我讓你進來，就是讓你好好看看，你倆的任性妄為給自身帶來多大的傷害！看到這個地道了麼？顧海不吃不喝躺在裡面整整三天了，什麼時候他受不了服軟了，我才會把他放出來。」

白洛因的心突然炸開了一個大口子，撕裂的痛楚如洪水般向他湧來。他進過那個地道，知道裡面有多冷，他挨過一次凍，挨過一次餓，對於飢寒交迫的滋味再清楚不過了。

白洛因突然俯下身，企圖鑽進去，卻被顧威霆大力拽住。他不顧一切地掙扎，外面又進來兩個特種兵，強行將他制服住。

顧威霆將地板踹開一條大縫，卻故意不讓白洛因進去。白洛因硬蹬著腿，地道和自己不過十公分的距離，他卻無法下去，無法去看顧海一眼。

「聽好了，你現在跟我保證，以後和顧海斷絕這種關係，我立馬把人放出來。你們兩個中有一個妥協，我就不會為難你們兩個，你自己瞧著辦！」

顧威霆的話像是一把尖刀刺進了白洛因的心臟。

他嘶聲朝地道裡大吼，「顧海、顧海……」

顧海正在閉著眼忍受著漫長的折磨，聽到白洛因的聲音，瞬間睜開了眼睛。

三天來，顧海第一次將頭扭向了地道口的方向，一道若有若無的光在口徑處閃爍著。他想開口回應白洛因的呼喊，突然在那一刻噤聲了，他不能回應，這一定是顧威霆的一個計謀，他不能讓白洛因相信自己真的在這裡。

「顧海、顧海……」白洛因的聲音越來越失控。

顧海在下面咬牙挺著，硬生生地將眼淚逼了回去，一聲沒吭。

「怎麼樣？想通了麼？」

白洛因赤紅的雙目看著顧威霆，眼睛裡的堅韌在一點點兒崩塌。

「您這是為您的兒子提前挖了一個墳墓麼？您有沒有想過，您的前妻在天上看到這一切，她會作何感想？」

「你甭管她是怎麼想的，現在我就是在問你！」顧威霆的眼神帶著目空一切的霸道，「答應，你倆相安無事；不答應，我就當白養了這個兒子！他死了我也認！」

白洛因的視線緩緩地移向地道口。

顧海在心中默默地祈禱著，因子，你一定要挺住！你是我最引以為傲的好媳婦兒，沒人鬥得過你，沒人威脅得了你，你不可以讓我失望。

屋子裡被濃濃的投降氣息籠罩，白洛因的臉灰暗凝重，一條腿緩緩跪地，手死死扒住那道裂縫，破裂的嘶吼聲朝地道裡鑽去。

「顧海，你聽好了，從今天開始，你在地道裡睡一天，我就在馬路上睡一天，你一天不吃不喝，我就一天不吃不喝，咱倆誰先妥協誰是孫子！」說完，猛地將地板踹了回去，嚴絲合縫，不留一點兒間隙。

甩開大步朝外走去，無視眾人瞠目結舌的目光。

第二天夜裡，白洛因照例找了一處隱蔽的角落，穿著一件潮濕未乾的棉衣，吹著小夜風，享受虐待自個的「樂趣」。

已至深夜，突然一雙溫暖的大手伸了過來，給白洛因披了一件厚大衣。

白洛因僵硬的脖子扭了過去，看到白漢旗那張溫厚的面孔，瞬間無數的愧疚和委屈泛上喉嚨，白洛因動了動唇，沒說出話來。

「兒子，私奔吧！」

白漢旗不輕易開口，一開口往往是一句石破天驚的話，私奔這種建議，普天之下也只有他這個做家長的能說出來。

38.

昨天在顧威霆那受了那麼大打擊，白洛因都沒掉一滴眼淚，現在聽到白漢旗說這句話，突然有些哽咽。

「爸，我知道我這麼做傷了您的心，可我不這麼做，我心裡更不好受。您知道顧海在裡面受了什麼罪麼？他爸把他關在地道裡，不給吃不給喝，連床被子都沒有……」

「行了。」白漢旗摸摸白洛因的頭，「甭說了，爸心裡明白，你就聽爸的，走得遠遠的，等哪天顧海他爸想通了，你們再回來。」

「您怎麼突然冒出這個想法了？」

「不是突然冒出來的，我都琢磨好幾天了。」白漢旗緊了緊環抱著白洛因的那條胳膊，「爸心理承受能力差，實在看不下去你老是這麼折騰自個。」

白洛因瞧了瞧身上披著的衣服，再扭頭瞧一眼白漢旗，突然間意識到了什麼。

「爸，您不會每天都來這看我一眼吧？」

「一眼？我都在這蹲了好幾宿了，只是沒露面而已。」

白洛因的眼淚剛要掉下來，白漢旗趕緊開口阻止，「得得得，爸這是逗你玩呢，爸要是真看見了，能讓你在這凍著麼？早把你拉回家了。」

白洛因隱隱間覺得，白漢旗說謊了，因為他一向最了解自己的兒子。

過了許久，白漢旗再次開口，「想個轍把大海弄出來吧，你倆趁早離開這。」

白洛因一臉慮色，「我走了，您怎麼辦？萬一他再去咱家鬧呢？就算他不去，我媽呢，您還不知道我媽是啥樣人麼？」

「你放心。」白漢旗拍拍白洛因的後背，「你倆真要失蹤了，他們根本沒工夫搭理我，早就滿世界找你們去了。頂多來我這打探打探消息，我要是心情好了，興許透露一點兒，心情不好，我都不鳥他們。」

白漢旗的這番話絲毫沒有打消白洛因的顧慮，反而加重了他的心裡負罪感。

「他們肯定沒那麼好打發，您已經表明態度了，他們肯定會把您當成同夥的。到時候我們一走，他們肯定會不擇手段地為難您，一旦被我們知道，我們還是得回來。」

白漢旗佯裝一副不在乎的表情，「那你們就別給我任何聯繫方式，這樣一來他們找我也是白找，我心裡更坦蕩。」

「那樣我們心裡更沒底了。」

「因子，您聽爸說。」白漢旗拽住白洛因的手，「父親何必為難父親，老顧不是那種人，他要是沒有一點兒胸襟和氣魄，就混不到今天這個位置了。至於你媽，我就更不怕了，以前她想鬧就鬧，那是因為我不和她一般見識，她要真敢來第二次，我絕對不客氣！」

白洛因搖頭，「這個方法還是不可行。」

「你這是不相信你爸的實力麼？」白漢旗突然扭過白洛因的頭，強迫他看著自己，「你是誰生出來的？你都能把顧海擺平，我怎麼就不能擺平老顧？」

您要能擺平他，我媽就不會跟他跑了，這話白洛因沒敢說出來，怕傷了他爸那顆蒼老的心，儘管他爸比他的內心要強大多了。

「爸，我即便相信您，也不能那麼做。」

「兒子！」白漢旗又把白洛因的頭扭向了軍區大門，「你往裡面看看，你好好想想，現在的當務之急是什麼？大海在裡面是死是活還不知道呢，你還有心思想後面的事？」

白洛因別過臉，「他是顧海他爸，他不會真把顧海怎麼樣的。」

「死倒是不可怕，怕的就是活受罪！你要是真想開了，何必跑這來呢？你覺得死擰[47]著不走就是為爸好，那你怎麼沒想過爸看到你這樣，爸心裡什麼感受？」

白洛因不吭聲了，看著軍區的大門，眼睛裡霧氣昭昭。

白漢旗接著說：「因子，你也不小了，就算我不說你也應該明白。我寧可讓別人捅兩刀，也不想看著你在這受凍。」

「可是您讓別人捅兩刀我會心疼啊，我自個在這受凍我樂意。」

「你這孩子怎麼這麼自私啊，你就不能替我著想著想麼？」白漢旗急赤白臉[48]一通吼，「你以為我讓你倆走是怕你們受罪啊？我就是圖個省心！現在被整的是顧海，說不定下一個就是你，你待在這我心裡更不踏實！」

白洛因覺得，他欠白漢旗的，怕是一輩子也還不清了。

47：倔強固執，決不妥協之貌。
48：形容神情非常焦慮。

第二天下午，白洛因給顧洋打了N多個電話，想把他約出來見個面，結果都被顧洋以有事在身拒絕了。後來白洛因乾脆不打了，直接去了顧洋的住處，站在門口等。

一直到夜裡十一點，顧洋才拖著疲倦的身軀回家。

看到白洛因站在門口，顧洋眼中掠過幾分訝異。

「你怎麼跑這來了？」

「打電話你一直沒空，就來這等了。」

顧洋表情漠然，似乎很不關心白洛因找他來幹什麼。

「顧海沒和你一起來麼？」

顧洋對顧海出櫃的事情一無所知，那晚顧海走後，他就沒再主動和顧海聯繫。至於顧威霆有沒有去找顧海，顧海那裡發生了什麼情況，顧洋完全不知情，也懶得去打聽。

白洛因也只是回了句沒有。

「這麼晚了，你獨自一人前來，我還真有點兒不敢開門。」顧洋冷冷一笑。

白洛因瞥了顧洋一眼，淡淡說道：「放心，我對你沒興趣。」

「我怕我對你有興趣。」顧洋的目光中荊棘叢生，扎得白洛因渾身上下不舒服。

門還是開了，顧洋不動聲色地走了進去，白洛因跟了進去。

「拖鞋只有一雙。」顧洋換鞋的時候說了一句。

白洛因直接把自個的鞋放在鞋架上，穿著襪子站在地上，好在顧洋的房間裡都鋪上了地毯，即便是光著腳，也不會感覺涼。

顧洋只是朝白洛因的腳上看了一眼，什麼都沒說，逕自地進了臥室。等他再出來的時候，手裡多了一雙新棉質拖鞋，直接扔到白洛因腳下。

「謝謝。」

「不客氣，我只是怕你的襪子弄髒我的地毯。」

白洛因單刀直入，「我想請你幫個忙。」

「請我？」顧洋挺漠然的回應，「我憑什麼幫你？」

「因為事出在你弟身上，你有困難時，他幫了你，現在他有困難了，你總不能坐視不理吧？」

「誰規定他幫過我我就得幫他？」顧洋儼然不買帳。

白洛因就回了兩個字，「道義。」

「我這個人沒道義。」

「你有。」

顧洋說了聲謝謝，就去了浴室。

這個澡洗了足足一個鐘頭，最後，白洛因深吸了一口氣，敲了敲浴室的門，「用不用我撈你出來？」

「撈就不用了。」顧洋懶洋洋的聲音從浴室裡傳出來，「如果你想和我一起洗，我倒是挺樂意的。」

白洛因胸口堵著一口血，若不是他有足夠的忍耐力，這口血就噴出來了。同樣姓顧，做人的差距怎麼這麼大呢？顧海聽說他有事，二話沒說直接飛過去了，他聽說顧海有事，竟然可以在不清楚狀況的情況下悠然地洗一個小時的澡！

出來之後，顧洋淡淡說道：「我要睡覺了，你回去吧。」

白洛因動也不動，直愣愣地看著顧洋，「顧海被他爸關在地道裡四天了，目前生死不明。」

顧洋梳頭髮的動作頓了頓，很快又恢復了正常。

「這樣啊……我好像聽說過，人三天三夜不喝水就會死。」

「他死不了。」

顧洋放下梳子，轉身看著白洛因，「既然死不了，你又何必來求我？」

久久之後，白洛因開口，「直說吧，要怎麼樣你才肯幫忙？」

顧洋走到白洛因身邊，略高一點兒的眸子直對著白洛因英俊的眉宇，手指在上面撫了一下，想梳平中間的那一道縱褶，卻被白洛因躲開了。

顧洋冷漠的氣勢又壓了上來，眼神卻像一把鬼火，燒得人膽寒。

「你和我睡一覺，我明早上立刻把人弄出來。」

白洛因表情僵冷，嘴裡似乎包裹著無數冷箭，只要一開口就會齊齊朝顧洋射過去。顧洋在等著，等著白洛因惱羞成怒，亦或是無奈屈服，總之怎麼樣都可以，他就是想要白洛因一個回應。

「在沒聽你們的性愛錄音前，我還真對你沒什麼興趣，但聽了後，我發現我挺想和你上床的。」

顧洋的手在白洛因的小腹上軟著陸，戲謔的表情更加明顯，「我保證今晚的事就咱兩人知道，怎麼樣？考慮一下吧。」

白洛因一把攥住顧洋輕浮的手，攥得咔咔響，顧洋又回攥了一下，力道更大，白洛因手上的肉在顧洋的指縫裡垂死掙扎。

「我一點兒都不比顧海差，甚至，我比他更有經驗。」

白洛因終於開口了，只不過在那一刹那，他的眼神從犀利轉歸平和。

「這樣吧，我給你介紹一個，我覺得你們兩個更般配。」

顧洋饒有興致地看著白洛因，「誰？」

「甄大成。」

顧洋：「……」

耗到十二點，顧洋還是那番話，你不答應就出去，我要睡覺了。

結果，剛把燈關上，白洛因就跟過來了，床板一陣搖晃，白洛因的身體和顧洋越靠越近。顧洋以為白洛因真就那麼妥協了，結果他只是坐在床上，一動不動地盯著他看。

「我不喜歡有隻寵物蹲在我床上守夜。」

說完這句話，顧洋直接閉上眼睛，過了好一陣都沒聽到任何回應。他把眼睛睜開一條小縫，發現旁邊還有一團黑影，動也不動，就那麼僵硬地坐在他的身邊。白洛因的臉很蒼白，眼神慘澹無光，嘴角還帶著一絲陰森森的笑容。

這要是個不知情的人士，大晚上醒來看到這副場景，肯定得嚇出點兒毛病來。

「你到底想幹什麼？」顧洋開口。

白洛因靜靜說道：「顧海的冤魂托我給你帶個話，他不是死在地道裡，他是死在你床底下了。」

顧洋被雷得眼冒金星。

「你倆不愧是一對。」

39.

白洛因恍若未聞，繼續在旁邊絮絮叨叨，「他臨死前臉色青紫，嘴唇乾得像是老樹皮一樣，他淒涼地叫著：哥啊哥啊，我好渴啊，我把手指咬破了，把自個的血都要喝乾了。哥啊哥啊，我好餓啊，我現在胃裡裝得都是從土裡挖出來的樹根和蟲子。哥啊哥啊，我好冷啊，我的腳趾頭全都裂開了，血肉模糊……」

顧洋冷聲喝止，「別把我當顧海，我沒那麼容易被忽悠。」

「啊！」白洛因突然大叫一聲，毫無徵兆，刺激得顧洋瞳孔大開。「我看見大海了，我真的看見大海了，他就在床底下……」說完，大半個身子都竄到床下，只剩下腿和腳留在床上，腦袋已經頂到了地面，聲音裡透著抑制不住的激動。「大海，你想說什麼就說吧，我聽著呢。」

顧洋太陽穴突突直跳，忍著把白洛因踹下去的衝動。

白洛因繼續旁若無人地和床底下的空氣對話，說得有條有理的，好像真的聽到什麼一樣。其中不乏很煽情的話，都是說給顧洋聽的，顧洋裝聾子，白洛因就像個複讀機一樣，一遍又一遍不厭其煩地重複著那幾句話。

終於，顧洋成功的被白洛因惹惱了，他迅猛起身，一把攥住白洛因的皮帶，想把他拖回床上。結果白洛因的皮帶開了，一股重力牽著白洛因的腿和腳也離開了床，顧洋眼瞅著他整個人出溜到地上，手裡只剩下一條皮帶。

「大海，我來陪你了。」白洛因蔫不唧唧地嘟囔了一句。

顧洋陰著臉走下床，想把白洛因拽起來，卻發現他的身體很僵硬。顧洋心裡一緊，趕忙將燈打開，結果看到白洛因面無血色，眼睛是睜著的，嘴唇一顫一顫的，卻說不出任何話來。顧洋把白洛因抱上床，趕緊給醫生打電話，掛斷電話的時候白洛因已經不省人事了。

「草，敗給你了，你不會就是用這種手段拴住顧海的吧？」

顧洋站在床邊一副無語的表情，從白洛因求助他的第一刻，他就決定要幫忙了。至於那個無理要求，純粹就是惡趣味，一來想逗逗白洛因，二來想讓他知難而退，自己睡個安穩覺，第二天精力充沛地去部隊。

誰想最後竟然被他給訛49了！

一早，顧威霆接到了顧洋的電話。

「叔，您在部隊麼？」

顧威霆一顆心很快提防起來，「我在，怎麼了。」

「哦，我有點兒事想請您幫忙，您看我們是在外面談方便，還是我去部隊找您？」

「你到我這來吧。」

49：恐嚇。

掛了顧洋的電話沒一會兒，孫警衛就敲門進來了，提醒顧威霆有個會議要參加，現在準備準備，馬上就開車出發了。

「哦，今天有個會啊……」顧威霆的手指敲了敲桌面，「我都把這事給忘了。」說罷起身收拾東西，期間不停地用手按揉太陽穴，看樣子精神不是太好。孫警衛站在門口，眼睛直直地往房間中央的地板看去，等顧威霆把目光移過來的時候，孫警衛再把頭轉過去，裝作一副若無其事的表情。

這兩天孫警衛一直很老實，沒有緊急事務，幾乎很少進顧威霆的房間。即便進來了，也是兩句話走人，再也沒提過顧海的事。

顧威霆剛要出門，顧洋的電話又打過來了。

「叔，我已經到門口了。」

「我現在有個會要開，你可以去待客室等我一會兒，也可以直接去我的住處等。」撂下手機，顧威霆覺得不保險，又在門口加派了兩個人手，並特意叮囑了一句，「他可以自由進出，但是不能帶人，記住，兩邊的房子都看守好了，出了狀況直接找你們。」

「是！」齊齊的一聲呼喊。

顧洋從豪華座駕裡出來，十分拉風的裝扮，一襲黑色西裝、一頂爵士帽、一款超大墨鏡、一張冷峻的面容……遠遠地走過來，站崗的四個士兵以為看到了電影中的男主角。

亮了一下證件，四個人紛紛讓步，一副豔羨的目光恭送顧洋走進去。

「看見沒？首長的侄子，真帥氣。」

「他侄子啊？我還以為他兒子呢！」唏噓了一聲，「長得可真像。」

「他兒子還在念書呢，你什麼時候見他穿成這樣過？」

「也是哦。」

進了房間之後，顧洋二話不說，第一件事就是把這身皮脫下來，太二了，顧洋都想對著鏡子抽自己一個耳刮子。

換好衣服之後，顧洋在每個房間都轉了一圈，終於在客廳地板上發現了縫隙，然後小心翼翼地挪開，平緩了一下呼吸之後，徑直地鑽了進去。

顧海已經和泥土混為一個顏色了，害得顧洋差點兒被他絆倒。

「顧海……」顧洋嘗試著叫了一聲，「是你麼？」

顧海撐開眼皮，聚焦了好一陣，才看出眼前的人是誰。

「你怎麼來了？」

破鑼嗓子一開口，差點兒讓顧洋以為自個進錯地道了。

「什麼也別說了，先和我出去。」

顧海餓了快五天，這會兒還有力氣推搡顧洋，「滾一邊去，我寧死不屈。」

顧洋恨恨地朝顧海的臉上給一巴掌，「你丫給我老實點兒，白洛因讓我來的。」

一隻泥猴從地道裡鑽出來，衣服已經看不出本來的面貌了，那張臉黑糊糊的，連五官都看不清了。讓人忍不住聯想到礦難，那些被困了N多天才獲救的礦工，被抬出井外時的淒慘狀況，就是顧海此刻的寫照。

「水。」顧海朝顧洋晃了晃手。

顧洋趕緊端來一杯水，胳膊撐著顧海坐起身，餵他喝了幾大口。

喝完水之後，顧海又躺倒在地板上，眼睛裡都是血絲，嘴上都是凍瘡，看起來怵目驚心。都到了這副境地，還抓著顧洋的手一個勁地問：「因子呢？他怎麼樣了？」

顧洋一把拽起顧海鐵片似的衣服前襟，赤紅的雙目怒瞪著他。

「你都這副德性了，還有心思管別人？」

顧海還問，「因子是不是讓你給我帶話來了？」

顧洋氣得用手拘住顧海的頭，惡狠狠地往地上砸，「你他的是不是腦子壞了？不是讓你玩玩就得麼？不是告誡過你別太認真麼？你為什麼不聽我的話？為什麼？……」

顧海的頭已經在地上砸出血來，顧洋才停止暴行，將顧海緊緊摟在懷裡。從未出現過的恐懼和心痛，在顧洋的臉上赫然表露。

「哥，你說晚了。」顧海靜靜開口，「你應該在我轉學之前就和我說這句話。」

顧洋隨便給顧海找了些吃的，讓他暫時填飽肚子，而後又把他轟進了浴室。洗完澡之後，顧海的四肢都抽筋似的疼，一邊穿衣服還一邊齜牙咧嘴。

「快點兒吧，別磨蹭了。」顧洋催促了一句。

顧海叫苦，「我也想快點兒，可胳膊腿兒不聽使喚啊！」

顧洋冷著臉走上前去，幫著顧海把自己來之前穿的那身衣服套上，兩個人身材差不多，顧海稍微壯一點兒，但被折騰了幾天，身上掉了幾斤肉，穿這身衣服正合適。顧洋把帽子和墨鏡遞給顧海，顧海猶豫了一下。

「也太二了吧？我不戴。」

顧洋硬是把帽子給顧海扣上了，老子沒穿女裝過來就算便宜你了！我都沒嫌丟人你還挑三揀四的！

顧海把全套衣服都換好，戴上墨鏡往鏡子前一站，幾乎和來時的顧洋如出一轍。

「行了吧？」顧海問。

顧洋點點頭。

顧海剛要開門，顧洋突然把他叫住了。

「走路的時候把步子壓穩一點兒，這是車鑰匙，就停在旁邊的通道上。」

顧海沉默了半晌，突然問道：「我走了，你怎麼辦？我爸如果問起來呢？」

算你小子有點兒良心，這會兒還能想起我來。

「你走你的，甭管我了，我自有辦法。」

顧海最後給了顧洋一個感激的眼神，推門走了出去。

顧洋站在門口靜候了片刻，聽著外面的動靜。

正如他所預料的，顧海走出去之後，那四個人完全沒有反應，因為相似度很高，即便有不像的地方，也被這副墨鏡遮蓋住了。再加上這一身喧賓奪主的裝扮，讓人很難去懷疑此人的身分。

顧海順利開著顧洋的車逃離了。

顧洋給顧威霆發了條簡訊，「叔，我有事先走了，有時間再來找您。」

然後，換上了顧海的這身衣服，在屋子裡找了半天，終於搜到一根繩子。把犯罪現場清理完畢後，拿著一瓶水和一根繩子鑽進了地道裡。

40.

在地道裡蝸居的第一天，顧洋暗暗祈禱顧威霆晚點兒發現自己，這樣一來就可以為顧海多爭取一些時間，好讓他們成功逃離。

等到了第二天，顧洋就有點兒吃不消了，這地道簡直不是人待的地方。冷餓什麼的倒能忍受，關鍵是潮濕，顧洋的皮膚又是敏感型的，十幾個小時之後就開始出現皮膚搔癢的情況，顧洋只能頻繁地解開繩子抓撓。即便這樣，他還是祈禱顧威霆晚一點兒下來，這樣顧海能跑得遠一點兒。

到了第三天，顧洋就開始罵人了。

顧威霆你這個殘暴的法西斯，顧海是你兒子，你兒子已經在地道裡待八天了！足足八天啊，不吃不喝不睡，超人都死了！你就算要大義滅親，也得下來瞅瞅你兒子的屍體吧？不能為了省一筆火葬費，就直接把兒子埋在這吧？

顧洋恨恨地拿起瓶子，結果發現沒水了。

顧洋的身體早就凍麻了，渾身上下唯一有點兒知覺的地方就是胃，可這唯一的糧食供給還斷缺了。

時間每過一分鐘，顧洋對顧海的欣賞就提高一個層次，他無法想像顧海在沒水的情況下，是怎麼熬過這五天的。而且拉上去的時候還能正常行走，真尼瑪是個人才！可顧洋又想了，人家顧海能挺過來是有強大的精神動力在支撐，人家遭罪也值了，我又是為了什麼？為了維護他倆的愛情？他倆愛情和我有什麼關係？我不是一直持反對態度麼？……可憐的顧洋，遭了三天罪，愣是不知道自個為什麼遭罪。

一個小時，我最多再給你一個小時，如果一個小時之內你不下來救我，我就！……我就自己爬上去了！

和顧洋一起忍受折磨的人還有孫警衛，這廝天天晚上作惡夢，每天都會夢到顧海在地道裡掙扎著求救。一連三天下來，孫警衛的臉已經變成了土黃色，精神上遭受了巨大的折磨。他的底線徹底崩塌了，什麼都沒有人命重要，寧可被貶職，也不能眼睜睜地看著一個孩子死在自己屋裡。

事實上，一個小時前，顧洋就準備爬上去了。可手上和腳上都繫著繩子，前兩天他開繫自如，今兒徹底悲劇了，兩隻手全僵了，一點兒勁都使不上。也多虧他解不開繩子，拖延了時間，不然前兩天的努力全都白費了。

孫警衛移開地板鑽了進去。

此時顧洋已經挪到地道口了，讓孫警衛一陣好找，等孫警衛到了顧洋身邊，顧洋猛地一驚，這個人從哪冒出來的？地道口明明沒開啊！震驚過後，顧洋被一股大力直接拖到另一個地道口，等他的眼睛接觸到光亮的時候，整個人都石化了。

顧海，老子要和你玩命！為什麼不告訴我這邊還有一個口？你要是說了，我他媽早就上去了！

顧洋的臉上沾滿了泥土，黑黢黢50的，看不清本來的面貌，孫警衛還以為是顧海。

「小海，我記得你下去的時候沒被綁著啊？這……怎麼被綁上了？」孫警衛作勢要去解顧洋身上

50：黑漆漆。黢，音ㄑㄩ。

的繩子，卻被他一句話攔住了。

「孫叔，我是顧洋。」

孫警衛的表情瞬間呆滯，再仔細一瞅，還真不是顧海。

「你……你……」

顧洋開口，「快去把我叔叫來，我有重要的事要和他說。」

不出一分鐘，顧威霆風風火火地進來了。

顧洋一看到顧威霆，那一張含冤帶屈的面孔，瞬間秒殺竇娥。

「叔，您要給我作主啊！」顧洋晃了晃手腳，故意讓顧威霆看到繩子，「那天我來找您，本來是想勸勸顧海，誰想那小子心術不正，把我綁起來塞進了地道裡，要不是孫叔及時把我拉上來，我現在都死在地道裡了！」

顧威霆聽完這句話，臉色簡直沒法看了，不過再怎麼生氣，也得先把顧洋身上的繩子解開。

「你那天走的時候不是還給我發了條簡訊麼？」

顧洋苦笑，「顧海把我的衣服都穿走了，您想想那條訊息能是我發的麼？」

一幅大氣磅礴的暴風驟雨圖，活生生地刻在了顧威霆的臉上。

兩天之前，白洛因和顧海載著滿滿兩車的食品和衣服，在白漢旗殷切的目光注視下，正式踏上了私奔的路程。

白漢旗遙望著兩個車影若有所思。

「哎，真不知道這麼做是為他們好還是害了他們……」鄒嬸一臉憂慮。

白漢旗沒心沒肺地笑了笑，「瞎試試唄，沒準就是好事。」

「瞎試試？」鄒嬸掐了白漢旗一下，「有你這樣當爸的麼？把孩子的青春拿來當試驗品！萬一失敗了，誰來賠啊？」

「人生道路上沒有真正意義上的成功與失敗，每一步都是人生閱歷。走一段歪路不見得是壞事，同樣，一直走正道也不見得是好事。」

「好像還挺有理似的……」鄒嬸拿眼睛斜著白漢旗。

白漢旗嘿嘿笑了笑，「本來就是嘛，年輕人出去闖蕩闖蕩不是壞事，誰這一輩子不得做兩件荒唐事啊！像我這麼老實的人，年輕時候還有過那麼一、兩次創舉呢。」

「啥創舉？」鄒嬸問。

「當初我爸媽全都不同意我娶姜圓，可我就敢堅持自個的意願。他們也是百般阻撓，甚至揚言要和我斷絕父子關係，我都沒妥協。我們自己的愛情，憑啥要讓別人做決定?!」白漢旗一臉自豪的表情。

「後來呢？」鄒嬸故意問。

白漢旗塌下肩膀，「後來就離婚了唄……」

「這不完了麼？」鄒嬸氣結，「那你還讓他倆走！」

「話又說回來，假如當初我沒和姜圓離婚，我還能二婚麼？我還能遇到妳麼？」

鄒嬸：「……」

白漢旗越發得意，「所以說，凡事都有利弊，關鍵是你什麼時候去衡量他。我這人就信命，我覺得人這一輩子都是老天爺安排好的，你到了這個時段就該遇上那麼個人，就該有那麼個劫，你躲也躲不掉……」

鄒嬸歎了口氣，「可惜了，因子班主任昨天還打電話過來，說因子各科競賽成績都挺好，學校考慮將他列為保送生，還說讓因子趕緊回學校落實這個事。」

「啊？」白漢旗臉色一變，「啥時候的事？妳咋沒早點告訴我？」

「我告訴你了，前兒晚上和你說的，你還嗯了呢。」

白漢旗一拍腦門，「完了，我那會兒肯定睡著了。」

鄒嬸試探性地問：「你後悔了？」

「……怎麼可能？」白漢旗尷尬地笑笑，繼續維護他那副哲人父親的英明形象，「這是我經過深思熟慮做出的決定，哪能說改就改！」

鄒嬸點點頭，「那咱回去吧。」

白漢旗轉身往回走，憋了一陣沒憋住，忍不住打聽了一句，「那老師有沒有說是保送到哪個學校啊？」

鄒嬸遲疑了片刻，開口說道：「好像是清華吧，反正不是清華就是北大。」

白漢旗一個急轉身，笨拙的雙腿狂奔了幾大步，大聲疾呼：「兒子啊，我的狀元兒子啊……」

鄒嬸趕緊跑兩步把白漢旗拽住了，氣急敗壞地說：「這會兒還追什麼啊？早就沒影了！」

白漢旗一副懊惱的表情。

鄒嬸歎了口氣，拽了白漢旗一把，「行了，認命吧，這也是老天爺安排好的，你追不上了。」

白漢旗咬牙切齒，「老天爺真不是東西！」

兩人分別駕駛一輛車行駛在路上，沒有逃跑中的狼狽和遠離親人的恐懼，一切都是新鮮和多彩的。也許是前段時間經歷了太多的磨難，承受了過多的壓力，突然發現活著就是美好的。與其把自己圈在一個牢籠裡害人害己，還不如逃出來享受著自由奔放的快樂。

在兩人的腦海裡，這就是他們人生中的一段旅行，趁著還年輕，何不瘋狂一把呢？

開到荒郊野嶺，兩輛車緩緩停下。

「你要解手麼？」顧海問。

白洛因點點頭。

顧海露齒一笑，「那咱倆一起吧。」

白洛因推了顧海一把，「你離我遠一點兒。」

顧海不依，直接把大鳥掏了出來。

白洛因把顧海的身體轉了過去，兩人來個背靠背式。

「不行！」顧海叫喚一聲，趕緊把身體轉了回去，「那邊頂風，你想讓我尿一身啊？」

白洛因樂得肩膀直抖。

很久沒看到白洛因笑了，顧海收不回目光了，眼睛朝他臉上瞟一眼，朝下面瞟一眼，朝上面瞟一眼，朝下面瞟一眼……

白洛因清了清嗓子，「嘿，哥們兒，你尿手上了。」

顧海趕緊朝下面瞅了兩眼。

「哪啊？我手是乾的。」

白洛因但笑不語。

顧海心知上當，等白洛因提褲子的時候，故意在他的屁股蛋兒上調戲了兩把。

解決完畢，愛乾淨的白洛因拿出礦泉水瓶，給顧海倒水洗手。

「多浪費啊！」

自打顧海從地道裡出來，他就養成了節約用水的好習慣。

洗完手，兩個人靠在汽車上抽了會兒菸。

顧海問：「你認識路麼？」

白洛因搖搖頭，「哪都不認識，第一次出來。」

「你別告訴我，你從沒出過北京？」

「你這話要是頭倆月問，我還真會這麼告訴你，不湊巧的是，前陣子剛去了趟天津。」

「去天津？」顧海對這毫無印象，「你去天津幹什麼？」

「和尤其一塊回去的。」

一股酸意開始在空氣中彌漫，顧海撣了撣菸頭，調侃道，「你還和他一起私奔過呢？」

白洛因沉下臉，幽幽地說：「信不信我現在就把車開回去？」

顧海笑著朝白洛因的下巴上咬了一口，菸味兒順著下巴闖入鼻息，和野草野花的味道混雜在一起，給人一種生性放浪的不羈感。

「快點兒做個決定，我們第一站去哪？」顧海問。

白洛因挺為難，「一時半會兒想不出來。」

顧海沉思了片刻，「這樣吧，我有個招兒。」

白洛因眼睜睜地看著顧海脫了鞋，扔到空中，鞋子落地指向西邊。

「得，那咱就往那邊開。」

白洛因：「……」

41.

車子開在半路，白洛因打電話朝顧海問：「如果我們一直朝西開，是不是就看不到海了？」

「也不一定，如果我們一直開，最後開到西歐，也能看見海。」

白洛因沉默了半晌，幽幽地說：「如果我說我想去一個有海的城市呢？」

顧海一直沒回應，某一刻突然來個急刹車，白洛因差點兒和他追尾。然後，顧海下車，怒氣衝衝地走到白洛因的車門前。

「出來！」顧海敲了敲車窗。

白洛因把車門打開，剛一走出去，就被一股強大的氣壓籠罩了。顧海雙手支在白洛因腦袋的兩側，犀利熾烈的目光直直射到白洛因的臉上，「剛才怎麼不說？」

白洛因一副懊惱的表情，「剛才沒想起來。」

「沒想起來？沒想起來就完了麼？」顧海厲聲訓道，「咱們都朝西開了三百多里了你才吱聲，你知道三百多里要燒多少油麼？你知道那些油夠咱們吃幾頓早點的麼？真是不當家不知柴米油鹽貴，照你這麼浪費，咱們用不了十天就得回去！」

白洛因不吭聲，眼睛四十五度斜下角盯著顧海褲子上的拉鍊。

「我說你呢！你聽著沒？」顧海又把白洛因的頭揚了起來，一副牛哄哄51的表情威嚇著他。

白洛因憋著笑憋到內傷。

顧海又拿腔作勢地吼了一句，「別給我嘻嘻哈哈的，正經點兒！」

55：趾高氣昂的樣子。

白洛因直接笑出聲來，顧海也被氣笑了，伸手剛要打，白洛因迅速逃跑，顧海在後面追。白洛因繞著車跑，顧海就繞著車追，最後顧海發現這樣他永遠追不上白洛因，於是直接從車頂上翻了過去，一把將白洛因摟在懷裡。

「你讓我說你什麼好？」顧海寵暱地抱怨著，「咱都開了這麼遠了，再原路返回，多冤啊！」

「可以選擇另一條路回去，還能看到不同的風景。」

「黑燈瞎火的能看到什麼啊？再說了，走另一條路不是又得繞遠麼？」

白洛因猶豫了片刻，神色黯然地說：「要不就算了，咱們還是繼續朝西開吧。」

顧海恨恨地看了白洛因一會兒，手猛地一拍車門。

「算啦，還是往東吧！」

白洛因露出勝利的笑容。

兩人坐進了同一輛車，打算吃點兒東西再走。後車廂裡塞的全都是吃的，兩人一人提了一大袋，坐到前面胡吃海塞。

顧海拿出一盒牛奶，插上吸管剛要喝，被白洛因搶過去塞進了嘴裡。

「你瞧瞧你懶勁兒的，喝牛奶還得我給你插吸管。」

說罷剛要再拿出一盒來，就被白洛因阻止了，白洛因轉過身，從身後的電熱杯裡拿出一盒捂熱的牛奶遞給顧海。

「喝這個。」

顧海神色微滯，沒有接過來。

白洛因直接塞到了他手裡，「你餓了那麼多天，最好別喝涼的。」

顧海的心就像手裡的這盒牛奶一樣，熱得發燙。

「你什麼時候給我搗的？」

「沒一會兒，就在咱們下車前不久，嘗嘗夠熱不？」

顧海插上吸管喝了一口，直覺得他喝的不是牛奶，是感動。於是把白洛因的腦袋攬了過來，在他的薄唇上親了一口，白洛因的嘴邊沾滿了「感動」……

吃過晚飯，兩個人找了個旅館住了一宿，第二天早上接著上路，到了第二天晚上，兩人終於開到了青島，決定暫時在這落個腳。

車子行駛在路上，白洛因就聽到了波濤洶湧的海浪聲，搖下車窗，看到一望無際的大海，白洛因按捺不住內心的激動，直接把車停在了路邊，朝不遠處的沙灘上走去。

顧海也把車停下，跟著白洛因走了下去。

「真好。」簡短的詞彙表達了白洛因此時此刻的心情。

雖然已經是晚上，但是大海的波瀾壯闊還是一覽無餘，站在海邊，吹著海風，感覺整個人的心胸都開闊了很多。

「不想走了。」白洛因躺在沙灘上，「我想今兒晚上就在這睡了，明兒一早起來看日出。」

顧海垮著臉，「我說，你能讓我享受一下躺在床上的滋味麼？」

從地道裡出來就上路了，都他娘的忘了枕頭和被子長什麼樣了！

白洛因還是一副戀戀不捨的模樣。

顧海勸道：「這個海灘不好，青島有個金沙灘不錯，明兒我帶你去那看看，現在先和我找個地兒睡覺吧，咱還有那麼多東西要收拾呢！」

白洛因被顧海連哄帶騙地拉回了車上。

臨時搞了兩張假身分證，成功入住到酒店裡。洗完澡剛躺到床上，顧洋的電話就打過來了。

「跑到哪了？」

顧海一邊撫著白洛因光滑的後背一邊說，「青島。」

「什麼？」顧洋那頭語氣不善，「我費勁巴拉地給你們爭取了三天的寶貴時間，你們竟然剛跑到山東？」

顧海解釋了一下，「第一天我們收拾東西、辦假證、換車牌……亂七八糟的事就耽誤了一天，第二天才出發的，本來說好了往西開，某個小混蛋突然又改變主意，說想去個有海的地方，於是我們又原路返回了，我之前來過青島，對這比較熟悉，就暫時在這落腳了。」

顧洋的心情可想而知。

「哥，你怎麼不說話了？」顧海問。

顧洋沉默了半晌，冷冷回道：「你爸已經發現你不在了，估計很快就會展開追捕行動，沒有特殊情況就不要到處跑了，暫時在那待一段時間，實在不行再換地方。」

顧海目露慎色，「我知道了。」

「白洛因呢？」顧洋又問。

顧海朝旁邊看了一眼，白洛因剛才還躺在這呢，這會兒跑哪去了？

「行了，甭找了，回頭把他手機號告訴我就成了。」

「你要他手機號幹什麼？」

顧海這句話還沒說完，那邊就把電話掛了。

白洛因剛才去陽臺給白漢旗打了個電話，這會兒剛回來。

「過來，我問你個事。」顧海朝白洛因招招手。

白洛因趴在了顧海身邊，「說！」

「是你找我哥幫忙的？」

白洛因點頭，「是。」

顧海眸色漸沉，視線牢牢鎖定在白洛因的臉上。

「他沒為難你？」

「為難我？」白洛因故作一臉糊塗，「你指的是怎麼為難？」

「比如……趁機提出一個苛刻的條件讓你滿足。」

白洛因心頭一震，顧海也太了解顧洋了吧？

「怎麼可能？」白洛因滿不在乎地笑笑，「你是他親弟，他去幫忙理所應當的，犯得上和我提條件麼？」

「真沒提？」顧海又確定了一下。

白洛因堅定地搖搖頭，「沒有，我把情況一說，他立即答應了。」

「果然！」顧海恨恨砸了一下床。

白洛因心頭一凜，難不成謊言被戳穿了？

結果，顧海黑著臉說：「他丫果然對你區別待遇！平時誰找他幫忙他都提條件，我找他都不例外，他竟然給你亮綠燈……」

白洛因無語了，早知道顧海吃的是這種歪醋，他就把實話說出來了。

「告訴你，不許把你現在的手機號告訴他啊！」顧海特意叮囑。

「我把手機號告訴他幹什麼？」

「這樣最好。」顧海哼了一聲，「也不能用我手機偷偷聯繫他！」

白洛因惱了，「我聯繫他幹什麼？」

顧海滿意地笑了，用被子蒙住白洛因的腦袋，「睡覺。」

第二天，兩個人真的坐輪渡去了黃島的金沙灘。

旅遊淡季，這裡的遊客很少，海水比以往更加澄澈，沙子更加乾淨細膩，白洛因的腳踩在沙灘上，就像是踩在棉花上一樣柔軟。顧海說得果然沒錯，這個沙灘真的比昨晚見到的那個美多了。

兩個人找了一處安靜的角落坐下，白洛因伸手一摸，摸到了一個小貝殼，拿在顧海的眼前晃了晃，然後拋回了海裡，濺起一朵小浪花。

「啊——！」

白洛因毫無徵兆地大吼了一聲，像是一種宣洩，喊完之後心裡痛快多了。周圍的人隨便看去吧，反正我不認識你們。

42.

「你這不行，瞧我的。」

顧海站起身，對著波瀾壯闊的海平面大聲高呼，「我叫顧海，男，十八歲，來自北京。旁邊坐著的人是我媳婦兒，我倆於去年今天的前兩天正式相愛，走到現在已有一年旅程！雖然坎坷重重，災難不斷，但我們義無反顧，勇往直前！」

白洛因都想把自個埋進沙子裡。

顧海宣洩一通過後，挑釁地看著白洛因，「你敢麼？」

潛臺詞就是：你有我臉皮厚麼？

「我有什麼不敢的？」白洛因也站起身，高聲喊道：「我叫白洛因，男，十八歲，家住北京西城區光彩胡同四十八號，就讀於北京×高中高三二十七班，不良青年一枚。旁邊站著的是我媳婦兒，經他死纏爛打倒貼耍賴後，我出於對精神病人的憐憫之心，決定將他娶回家中。無奈我老丈人不同意，這門親事遲遲未定，但我對媳婦兒的心是赤誠的，無論他將來是否會繼續發病，我都將不離不棄！」

顧海直接被氣笑了，好小子，算你狠。

於是又喊上了，「顧威霆，我告訴你，你愛同意不同意！你就是攜著千軍萬馬追過來，我還是那句話。我顧海認定的人，誰也甭想給我換了！我顧海認定的關係，誰也甭想給我拆了！我顧海認定的感情，誰也甭想給我斷了！」

「顧威霆！……」白洛因剛喊一聲停住了。

顧海翹首以盼。

「我草你兒子！」

顧海磨牙，大手迅速掐上白洛因的後脖頸，白洛因一陣暢快的笑容。

「挫折消磨不掉我們的鬥志！」

「困難阻擋不了我們的腳步！」

「我們同仇敵愾！」

「我們堅定不移！」

兩個人喊到缺氧，周圍的人幾乎都走了，就剩下一個哥們兒還堅守在那裡，兩人的目光齊齊朝他看過去，他木訥地笑了笑，「你倆真二！」

於是兩個二貨把這個哥們兒扔到了海裡。

顧海把ＤＶ拿了過來，把剛才那一幕重播給白洛因看。

「你還真錄下來了？」

顧海樂呵呵的，「那當然了，難得默契了一次。」

白洛因伸過頭去，螢幕上兩個人的身影如此鮮活。

「你說，若干年後咱們再回看，會不會被自個雷倒？」

「不會。」顧海把手搭在白洛因的肩膀上，「人生難得幾回二，人不犯二枉少年。」

海水漲潮了，零零散散的那幾個遊客也離開了，白洛因和顧海找了個飯館美美地吃了頓海鮮大餐，回來時買了一頂帳篷，兩床棉被，打算晚上就在海灘上過夜了，第二天一早起來看日出。

晚上，白洛因照例給白漢旗打了個電話，交待這邊的情況，順帶著打聽家裡的情況。

「顧海他爸還沒去找您？」白洛因問。

顧海也湊過來聽。

「沒有，這兩天特別消停，誰都沒來。」

白洛因不放心，「您沒騙我吧？」

「我騙你幹什麼？你自個聽聽，咱們家這會兒多消停。」

白洛因一臉不解，照理說不應該啊！

撂下手機，白洛因朝顧海問：「你覺得我爸說的是實話麼？」

「聽著不像是假的。」

白洛因凝眉冷思，這顧威霆打的是什麼算盤？

「行了，別想了，車到山前必有路。瞧瞧，今兒晚上海風習習，皓月當空，如此良辰美景，娘子何必去想那些煩心事，還是陪為夫好生浪漫一下吧。」

白洛因將顧海的腦袋按進了沙子裡。

半個鐘頭過後，帳篷顫動起來。

纏鬥過程中，顧海捏了捏白洛因的腰眼，「來，坐我身上。」

這是顧海最帶感的體位，既可以在下面不勞而獲，又能直觀地欣賞到白洛因最動人的表情。當然，這也是白洛因最不喜歡的姿勢，前陣子顧海磨破嘴皮子才說服白洛因嘗試一次，從此喜歡得一發不可收拾。

「不行。」白洛因當即拒絕，「帳篷不夠高，坐起來腦袋就撞到帳篷頂了。」

顧海不死心，「咱可以把帳篷撤了麼！」說罷去拉扯繩子。

白洛因趕緊按住顧海的手，「你丫再整么蛾子，信不信我趁你睡覺的時候把你扔海裡？」

「咱們就算不掀開帳篷，人家也知道咱在裡面幹啥呢，與其讓人家在外面ＹＹ[52]，還不如直接讓別人看呢。何況這也沒人啊！有這麼個帳篷罩著不得勁，頭頂著星星月亮多浪漫啊！」

白洛因的手牢牢攥著底下的架子，怒道：「我要回家。」

顧海立刻服軟，「得得得，咱不那樣了，你趴在我身上……」

啪啪啪的肉體碰撞聲、性感的喘息聲、海風的呼嘯聲混作一團。時快時慢、時鬆時緊、時輕時重……那一團團的火焰，順著掀開的簾子狂奔而出，將洶湧而來的海浪一波地打退，海面上一片平靜。

夜深了，兩個人相擁而睡，即便只有一個帳篷的遮蔽，兩人依舊睡得很踏實。

一大早，天還沒亮，白洛因就興奮地醒過來了。

穿好衣服，白洛因拿著照相機鑽出了帳篷。

顧海睡覺很警覺，旁邊只要一空，他立刻就能清醒過來。

外面的天灰濛濛的，周圍瀰漫著涼絲絲的霧氣，顧海踩著柔軟的沙子，一步步地朝白洛因走過去。然後從後面將他環抱住，下巴擱在白洛因的肩膀上。

「天還沒亮呢……」懶懶散散的聲音。

52：網路用語，「意淫」的意思。

「誰等天亮了再看日出啊？」

顧海的唇貼上白洛因的臉頰，廝磨了好一陣。

「快看！」白洛因朝遠處一指。

顧海抬起頭，遙遠的天邊已經出現了一道紅霞，就在白洛因的手指上方，一點點變深擴散。很快，太陽露出半個額頭，周圍的雲彩也被浸染成紅色，光亮越來越強烈，天海連成一片，一股熱呼呼的暖流在身上洋溢，骨頭都變得軟軟的……

「來，照一張。」顧海拿起相機，放在白洛因和自己的面前。

兩人背朝著大海，頭枕著日出，臉貼著臉，對著鏡頭露出兩個甚有默契的壞笑。

拍完之後回看了一眼，白洛因樂了。

「怎麼感覺像是佛祖開光似的？」

「你見過這麼帥的佛祖麼？」顧海自我感覺良好，「以後就拿它當我的電腦桌面了。」

從此之後，顧海的相冊裡又多了一張帶著笑的照片。

距離白洛因和顧海不遠處，有對情侶正在拍婚紗照。新娘穿著婚紗站在礁石上擺各種姿勢，新郎在旁邊來回挪移，底下還站著一個攝影師、一個顧問，指手畫腳的不知道在說什麼。

看了一會兒之後，顧海有感而發。

「那女長得真寒磣[53]，這要是不化妝，得什麼德性啊?!」

白洛因推了顧海一把，「你管人家長什麼樣呢！」

兩個人並肩朝自個的帳篷走過去，沒一會兒，東西收拾好，兩個人正準備撤離，突然聽到不遠處傳來呼喊聲。兩個人的目光順著聲音看過去，就是剛才情侶拍照的那個地兒，一群人擁作一團不知道在幹嘛，聽動靜像是出事了。

「走，去瞅瞅。」

兩人放下東西，快步朝那處走去。

走近一看才知道，新娘掉進海裡了，大概是剛才擺姿勢的時候不小心一滑，從礁石上摔下去了。本來下水救個人不算難事，可現在是冬季啊，誰敢輕易下水？而且新娘又穿著十幾公斤重的婚紗，婚紗浸水變得相當重，本來新娘剛掉進海裡的時候，兩個男人還拽著婚紗，想把新娘拖上來，結果因為過重，兩個人差點兒被拽進海裡，所以不得不放棄。

新郎都快急瘋了，眼瞅著新娘沉得越來越深，他站在礁石上撕心裂肺地乾吼，就是一點兒轍都沒有！這會兒應急救護人員還沒醒，估摸等他們趕過來，新娘早就一命嗚呼了。

顧海把手表和手機塞給了白洛因，「在這等我！」

白洛因一驚，「你要下去？」

顧海快步走到海邊，脫了鞋和外套就準備下水，白洛因拽住他問了句，「你確定沒問題麼？」

顧海沒說話，直接從礁石上跳下水。

這麼冷的天氣，顧海沒有做任何熱身運動直接就下水，把圍觀的幾個人嚇得不輕，這個小夥子不要命了？救人也不帶這樣的！這不是純粹找死麼？白洛因也為顧海捏了一把汗，要是真有什麼閃失，

53：指外貌不好看。

他也跟著跳下去算了。

顧海一邊遊一邊摸索，新娘已經滑到很深的地方了，他又往前游了幾米，突然感覺到下面水流異常，一猛子扎進水裡54。

岸上的人全都倒吸一口涼氣，攝影師喃喃的，「挺好的小夥子，就這麼沒了。」

白洛因臉色煞白，他攀上最高的那塊礁石，眼睛在海面上尋覓著，心都提到了嗓子眼，顧海，你可一定要出來啊！

「小夥子，你可別想不開啊！」

白洛因被一個二貨從礁石上拽了下來，連哄帶勸地拖到平地上，「小夥子，他犯傻我沒攔著，那是我沒來得及，你可不能重蹈覆轍啊！有救人之心是好的，但是得量力而行。我只能這麼和你說，節哀順變吧，他是個好樣的！」

「他死不了！」白洛因怒吼一聲，恨恨地甩開那個人的拉扯。

與此同時，白洛因聽到有人驚呼，「出來了，竟然出來了！」

白洛因趕緊跑了過去。

顧海起初想把新娘連同婚紗一起拽上岸，結果發現實在太重了，於是潛入水底，將新娘的衣服硬生生地撕開，把人從裡面解救出來，架著她往岸上游。

等上岸了，那些救護人員也陸陸續續趕來了，新娘被人抱上擔架，迅速進行人工呼吸。沒一會兒，新娘醒過來了，還開口喊冷，醫護人員趕忙加蓋了一床被子，新郎激動得眼淚都掉下來了。

顧海瞧見這一幕，心裡鬆了口氣，總算沒白費工夫。

白洛因先給顧海裹上外衣，又催促著他去換衣服。

不知從哪趕來一批記者，下車就朝事發現場跑過來。

新郎指著顧海，激動不已地說：「就是那個小夥子，就是他跳下海把我女朋友救上來的！」

於是，三、五個記者賽跑一樣地朝白洛因和顧海追過來，兩人支起帳篷剛要換衣服，就被記者和攝影師圍住了。

「您好，我聽說您剛才救了人，請問您是當地人麼？叫什麼名字？」

兩人一看到攝影機，臉色霎時一變，邁開大步就朝遠處跑。記者在後面一路狂奔，顧海和白洛因東西也不要了，衣服也不換了，就那麼頭也不回地跑掉了。

記者氣喘吁吁地停下腳步。

「邪門了，現在這社會竟然還有做好事不留名的活雷鋒55……」

54：游泳時頭朝下潛入水中。

55：雷鋒為中國好人好事的代表人物，在此形容像雷鋒一樣樂於助人者。

43.

下午時分，顧威霆的車停在局子前。

局長趕緊出門迎接，「顧首長，您看您來之前怎麼不提前說一聲？我也好派車去接您啊！」

顧威霆面無表情地走了進去，局長吩咐裡面的人給顧威霆倒水，顧威霆擺手說不用了，開門見山地問：「上次我和你提的事落實得怎麼樣了？」

「這程子一直在盯著，您等會兒，我去拿紀錄。」

沒一會兒，局長把精心整理出來的統計資料遞交給了顧威霆。

這是一份白漢旗最近的通話記錄，這也是顧威霆沒去騷擾白漢旗的原因，他怕打草驚蛇。

「我們是按照通話頻率從高到低排列的，一般來說，高頻率的通話號碼都是北京的，外地的通話記錄沒有幾個，而且大部分是一次通話，通話時間不足十秒鐘，我們考慮是撥打錯誤。」

顧威霆從上到下仔細查看著，犀利的目光聚焦在第五個號碼上。

「這個號碼是哪個地區的？」顧威霆問。

局長看了看，「哦，這個是山東青島的，算是高通話頻率裡面唯一一個外省的。」

顧威霆微斂雙目，眸底暗暗閃動著懾人的光芒。

顧洋又被顧威霆請了過去。

「最近忙不忙？」顧威霆態度還算柔和。

顧洋淡淡回了句，「還成，專案具體事宜有人幫我打理，我只要匯總資料就可以。」

「叔想麻煩你一點兒事，不知道方便不方便。」

「呵呵……叔和我說話還這麼客氣？」

顧威霆笑了笑，「你已經是個大人了，我理應用對待成人的禮貌來對待你。何況你已經有了自己的事業，我也不能藉著親戚之便，隨便占用你的時間啊！」

「沒事，我不忙，您直說吧。」

顧威霆的臉色變了變，目光深邃複雜。「你和顧海有沒有聯繫？」

顧洋很明確地回道：「沒有。」

顧威霆點點頭，「那好，既然你不忙，就幫我把顧海找回來吧。我不想動用私權天南海北地搜捕他，這樣傳出去對我不利，組織上也不允許。」

「去哪找呢？他現在切斷了和這邊的一切聯繫，找他們等於大海撈針。」

「我給你一個線索，他們就在山東青島。」

顧洋很好地掩飾住了目光中的訝然，裝作一無所知地問：「您怎麼知道他們在青島？」

「查出來的。」

顧洋沉默。

「如果我繼續追查，肯定能查出他們的地址，但是我不想親自去幹這件事。至於為什麼，你別問了，我現在心情很沉重，總之叔很信任你，你就辛苦一下吧。」

看著顧威霆一臉沉重的表情，顧洋良心上真過不去。

「他都做出這種事了，您還認這個兒子麼？」

「認則有，不認則無。」

顧洋還在思索這句話的意思，顧威霆就走出了房間。

「首長好！」

站在顧威霆面前的人叫華雲輝，也是顧威霆手下重點培養對象之一，平時顧威霆很少找他，只有孫警衛忙不過來的時候，才會把事情吩咐給他做。

「交待給你一個任務。」

華雲輝站得筆直，「首長請講。」

「你放鬆一點兒。」顧威霆大手按住華雲輝的肩膀，「這是我的家事，沒必要搞得這麼嚴肅。」

「家事？」華雲輝好奇，「您的私事不是一直由孫警衛負責麼？」

「他最近忙不過來。」

事實的真相是，顧威霆現在已經對孫警衛高度不信任了。

「給我盯個人，無論用什麼方式，必須把他二十四小時的行蹤全部掌握。」

華雲輝的神經立刻繃緊，「誰？」

「我的侄子，顧洋。」

孫警衛看到顧威霆回來，忙問：「首長，您剛才去哪了？」

顧威霆掃了他一眼，「有事麼？」

「夫人剛才來找過您了。」

「姜圓？」顧威霆微微蹙眉，「她什麼時候來的？」

「剛走沒一會兒，我讓她在房間裡等等，她看到您不在，直接就走了。首長，您多關心關心她吧，出了這種事，大家心裡都不好受，她畢竟是個女人，心理承受能力不如您。剛才我看到她的時候，她的精神狀態很不好。」

顧威霆沒說什麼，繼續去忙自己的事了，很晚才吩咐司機把車開回家。

姜圓還沒睡，一個人坐在客廳裡發呆。

聽到門響聲，姜圓抬起頭。

顧威霆走了進來，扭頭一瞧，姜圓就坐在不遠處，燈光很暗，將她的臉映襯得很蒼白。姜圓站起身，緩緩地朝顧威霆走過來，神情已不似平日那麼鮮活了。

「吃飯了麼？沒吃我去做一點兒。」

姜圓剛要轉身，被顧威霆拽住了，「別忙乎了，我吃過了。」

姜圓哦了一聲，便沒再說什麼。

以往姜圓盼著顧威霆回來，就像妃子盼著皇上臨幸一樣，每天晚上躺在床上盼啊盼啊，就盼著哪天半夜醒來，枕邊就多了一個人。但是今天，即使顧威霆坐在她的身邊，她依舊覺得心裡空蕩蕩的。

「這麼晚還沒睡？」顧威霆問。

姜圓淡淡一笑，「睡不著。」

顧威霆印象中的姜圓總是透著一身的活力，說話乾脆直爽，快人快語，心裡不舒服就咬牙切齒，高興了就手舞足蹈，偶爾凶神惡煞，偶爾嫵媚動人……很少見她這樣安安靜靜的。

顧威霆攥住了姜圓的手，問：「為什麼睡不著？」

「想兒子。」姜圓實話實說。

顧威霆的眼睛輕輕閉上，將自己心跳速率稍稍降下來，前些日子吼太多了，突然開始厭惡那樣的交流方式了。「妳沒去找白漢旗？」

姜圓搖搖頭。

顧威霆有些詫異，以姜圓這種脾氣，這會兒早該把白家鬧得人仰馬翻了才對。

「為什麼沒去？」

姜圓淡淡回道：「我這幾天一直在想老白說的一句話，他說洛因之所以會對男人產生那種感情，是因為有個失敗的母親，讓他開始排斥女人。」

「純粹胡扯！」顧威霆冷哼一聲，「找什麼客觀原因啊？原因就一個，那就是他倆混蛋！」

姜圓沉默不語。

顧威霆點了一根菸，緩緩地抽著。

姜圓毫無徵兆地抽泣起來。

顧威霆扭頭看了一眼，微微擰起眉毛。

「妳看妳哭什麼？這麼大個人了，來，別哭了……」顧威霆抽出紙巾給姜圓擦眼淚。

姜圓一邊抽泣一邊說：「我突然覺得我兒子好可憐，以前他懂事的時候，我都沒覺得他可憐。現在他出這種事，我突然特別心疼。我每天晚上都夢見他，夢見他一個人在外忍飢挨餓，他才十八歲啊，人家的兒子十八歲還在父母懷裡要吃要喝，我的兒子十八歲，卻要在外漂泊，有家不能回。」

顧威霆的心抖了抖，但是口氣還如最初那般生硬。「那是他們自作自受，值得妳心疼麼？」

姜圓掛著淚痕的臉朝向顧威霆，「老顧，你有沒有想過，咱們兒子之所以會變成那種關係，和我們兩個人的婚姻有直接的關係？」

「妳想說什麼？」顧威霆眸色漸沉，「都結了，現在說這些有意義麼？」

「我沒有後悔，我只是一直在想，為什麼小海會喜歡上洛因，為什麼洛因又會喜歡上小海。想來想去，我只發現一種可能性，那就是兩個孩子都缺乏母愛。小海的媽媽去世了，洛因自小就不在我身邊，兩個孩子在一起，多少會有點兒惺惺相惜的感覺吧。」

「缺乏母愛的人多了，有幾個會幹出這種事來？」

姜圓拿起一個枕頭抱在懷裡，眼神空洞洞的。「老顧，你知道顧海對你的態度為什麼突然變了麼？」

關於這件事，顧威霆一直心存疑惑，本來想問來著，後來覺得多此一舉，便沒再提這件事，只當是兒子自個想通了。

「因為洛因查出了顧海他媽去世的真相。」

顧威霆身形劇震，瞳孔像是驟然開裂一般地灼視著姜圓的臉。「妳說什麼？」

姜圓聲音哽咽，「孫警衛不讓我告訴你，怕你再受到刺激，我也不想告訴你，因為我怕你會一直惦記著她。但是現在我更怕我兒子受到傷害，在這個世上，就只有他的身上流著我的血了。」

44.

一轉眼，來青島已經兩個禮拜了，從第二個禮拜開始，兩人結束了住旅館的日子，改為租房。一來可以節約開支，二來避免了過於頻繁地外出走動。白天一起貓在房間裡複習功課，晚上去海邊散散步，日子倒也愜意。

「好像有人敲門。」白洛因伸頭朝門口看。

顧海直接站起身去開門。

「您好，快遞公司的，這是您的包裹，請簽收。」

顧海臉一沉，不用說了，又是書。這幾天白洛因沒事就在網上買書，從教科書到參考書再到習題冊，買了將近一百本了，快遞員每日必到，每次都是顧海簽收。而且買回來的這些書十有八九都是給顧海看的，白洛因只負責監督，所以顧海每次看到快遞員，就想一腳給丫踹出去！

「你怎麼又買書啊？」顧海垮著臉，「你就不能買點兒別的？」

「有什麼可買的啊？咱們什麼都不缺。」

「怎麼不缺啊？」顧海擺弄著手裡的打火機，「套套沒了你怎麼不想著買一箱啊？」

白洛因磨牙，「一箱……」

「還有情趣用品，昨天我上網看了一下，種類特別多，有的可好玩了，咱都沒用過。你怎麼不關注一下啊？這些才能提高咱們生活品質，你瞧瞧你買的……書！我去！」顧海嫌惡地將手裡這本書扔到地上。

白洛因幽幽地看了顧海一眼，「撿起來。」

顧海怒視白洛因三秒鐘，沒等白洛因倒數計時，自個兒就主動把書撿起來了。

白洛因朝顧海問：「前兩天我給你的那本書看完了麼？」

「看完了。」

白洛因用審視的目光打量著顧海，顧海一副問心無愧的表情。

「拿來給我檢查一下。」

顧海把書遞給了白洛因，白洛因翻開一看，還真的都寫完了。答案被白洛因沒收了，這些題都是顧海自個做的，為了避免他投機取巧，白洛因還特意檢查了一下完成情況，看看有沒有瞎寫亂寫的，結果檢查下來一切良好。

「怎麼樣？沒騙你吧？」顧海伸手要把書拿回來。

白洛因的手突然回撤了一下，用力攥著書封，感覺書的厚度有點兒不對勁。他把書翻開，看了一下頁碼，頓時火冒三丈。尼瑪！隔一頁少一頁，隔一頁少一頁，不用說了，肯定讓這無賴給撕掉了！

顧海看到事情敗露，迅速朝另一個屋子逃跑，白洛因緊追不捨，終於在浴室將顧海逮住，順手抄起門後的拖把，狠狠朝顧海的身上抽去。顧海被打得四處亂竄，最後逃到一個小旮旯[56]，夾縫中求生存。

56：角落。音：ㄍㄚ ㄌㄚˊ。

「別打了，寶貝兒，你把我打壞了，回頭誰伺候你啊？」

「我不用你伺候，我自個也能活得好好的。」

顧海反手將白洛因推擠到牆上，身下的巨物抵著白洛因的命根兒，下流地磨蹭著，感覺到白洛因的掙扎，顧海一口咬在白洛因的耳垂上，「也就是我這個型號的，別人誰餵得飽你啊？就你這雙手，擼脫臼了也趕不上我一半的速率。」

於是，顧海又挨了結結實實一悶棍！

「我好像聽見電話響了。」顧海說。

白洛因仔細聽了一下，貌似真的是顧海的手機鈴聲。於是鬆開他，兩個人一起走出浴室。

一看是顧洋的手機號，顧海開口便叫哥。

「我已經到青島了，你住在哪？」

「這麼快……」顧海詫異，「你來青島幹什麼？」

「你爹派我來俘獲你！」

顧海哼笑一聲，「瞧他找的人，找了半天找了個同夥！」

白洛因拿起自個的手機，翻看了近些日子的通話紀錄，隱隱間察覺到了什麼。

「行了，你現在在哪，我出去找你吧。」顧海說。

「隨你。」

放下手機，顧海朝白洛因說：「我爸已經知道咱們在青島了，他還派我哥過來擒獲咱倆，你說他是不是腦子有泡？」

「你就知道顧洋和你是一夥的？」白洛因頂了一句。

「不然呢？」顧海反問，「他要真和我爸一個鼻孔出氣，當初何必幫咱們？」

白洛因臉色變了變，「我還是勸你謹慎一點兒。」

「行了，知道了，我出去一趟。」

顧海剛一走，白洛因就給白漢旗打了個電話。

「爸……」

「兒子啊！」白漢旗爽朗一笑，看樣子心情不錯。

「最近幾天，顧海他爸有沒有去咱家？」

「沒有啊！」白漢旗一派輕鬆的口吻，「我也納悶呢，自打你倆走到現在，他還沒露一個面呢，你媽也是，都沒來這打聽一句。」

相比白漢旗的輕鬆，白洛因的心卻咬得死死的。

「爸，您要是方便，就用別人的身分證換個手機號吧，我這邊可能也要換。」

白漢旗的呼吸凝重起來，「怎麼了兒子？你那邊出啥事了麼？」

「沒有。」白洛因寬慰道，「我這挺好的，不是為了以防萬一麼！」

「甭擔心，出了啥事有爸罩著你呢！」

白洛因心裡酸澀澀的。

「對了，兒子，爸和你說件好事，前兩天老師打電話過來，說學校已經定你為保送生了。這下你不用擔心了，在外邊好好放鬆放鬆心情吧。」

白洛因英挺的眉毛微微皺起，「我記得保送生得經過兩輪測定呢，我壓根沒回學校，怎麼通過審核的？」

「我也不知道啊！」白漢旗大剌剌的，「你剛走的時候我去了學校一趟，老師還說學生不來，誰來也沒用。結果昨兒就打電話通知我，說你的審批條件都符合，直接列為保送生，檔案都提交了。」

白洛因頓生疑惑。

「兒子啊，過兩天我再找老顧聊聊，你倆趁早回來吧！咱家祖祖輩輩就出來你這麼一個清華大學的高材生，我得好好擺幾桌，請請那些親戚朋友，咱也露露臉啊！」

「行了，我知道了，爸，您別忘了換號碼的事。」

放下手機，白洛因的手在寫字桌上敲著鼓點，一下一下甚是密集。突然，他的手一停，眸底巨浪翻湧，趕忙拿起手機撥了顧海的電話。

「大海，你別去見你哥了，趕緊回來！」

顧海驀地一愣，「為什麼？我已經到了酒店門口了。」

「甭管為什麼了，趕緊回來就是了。」

顧海以為白洛因出事了，剛要轉身往回撤，突然感覺後背一涼，橫跨一大步，猛地將身後那個企圖偷襲他的傢伙逼了出來。顧海把帽簷壓得很低，又載著墨鏡，這個人最初也只是懷疑，這會兒和顧海交了手之後，才確定他就是顧海。

這是個練家子，功夫絕不是蓋的，顧海和他硬碰硬來了幾拳，就感覺此人和之前交過手的那些完全不同，他一點兒都不怕傷了自己，他的目的就是盡其所能地制伏他！

大概覺得這樣打勝算不大，突襲者突然低頭說了句，「匯都大酒店東街拐角。」

顧海這才發現此人領口掛著一個小儀器，心裡頓生不妙，一腳狠狠踹出，撒丫子57就跑。顧海也不知道那些人都埋伏在哪裡，他只能碰運氣，一路朝西狂奔。

57：指抬腿奔逃的樣子。

很快，身後的腳步聲從兩個變成了N多個，顧海知道情況不樂觀，但是現在除了跑別無他法，只要有一線生機，他就得牢牢攥住。

顧海跑進了繁華的商業街，在人群中快速穿梭著，他進了一個購物商場，一路狂奔到三樓，然後闖入工作人員的休息室，直接從休息室的窗戶跳了下去，這一跳就跳到了商場後面的小胡同，距離瞬間拉開了。

顧海停下來喘口氣，正巧旁邊站著一個年輕的小夥子。

「哥們兒，幫個忙，一會兒你穿著我的衣服，戴著我的帽子往那邊跑，我被一群追債的盯上了。你放心，他們發現你不是本人，不會為難你的。」

小夥子嚇得臉都白了，連連擺手，「我不穿、我不穿……」

顧海硬是把衣服給小夥子套上了，還把他的手插進了衣兜，那裡面裝著一疊鈔票，「你幫我這個忙，這些錢全歸你了，你不幫我，落我手也沒個好兒！你自個掂量著辦。」

小夥子的肩膀被顧海鐵鉗子一樣的手攥著，臉都疼紫了。

最終，倒楣催的小夥子還是穿上顧海的衣服，在他的目光逼視下朝北邊跑了。

「我看見了，在那邊，給我追！」

顧海神經一緊，瞧見旁邊有輛車，趕忙竄到車後，正巧有個美女蹲在地上不知道在找什麼，顧海一把將人家薅起來，按在牆上就親！

一路人馬浩浩蕩蕩地在顧海的身後穿行而過。

聲音逐漸遠去，顧海這才放開了美女，也不知道剛才親到了哪，軟呼呼的，還帶著一股香氣。美女的眼睛灼視著面前這張臉，陽光俊朗，英俊不羈，本想朝他臉上甩一巴掌，居然下不了手了。顧海尷尬地笑笑，「不好意思，瞧妳太漂亮了，一時沒忍住。」

美女心理素質絕佳，非但沒生氣，還朝顧海笑了笑。顧海第一次耍流氓耍得如此成功！

狙擊手站在樓頂上，槍口瞄準顧海的小腿，心裡不由得冷笑，真有兩下子，竟然能在這麼短的時間內掉包，幸好留了一手，不然讓個混小子給耍了。

於是，迅速叩擊扳手。

顧海正欲離開，突感腿上一陣劇痛，牙關死咬，表情猙獰。

這不是一般的子彈，他對人的身體沒有殺傷力，但痛感不低於普通子彈，而且痛過之後就是高度麻痺，被襲擊的部位很快就會失去知覺。顧海意識到自個的這條腿抬不起來了，與此同時，剛跑掉的那群人又回來了。

顧海以為死定了，結果美女的一句話又讓他絕處逢生了。

「你的臉色怎麼這麼難看？身體不舒服嗎？我正好要回家，不如載你一程，送你到醫院吧！」

「這是妳的車？」顧海問。

美女笑，「不然呢？」

顧海直接打開後車門，粗魯地將美女塞了進去，自己坐上駕駛位，迅速啟動車子，朝馬路衝去。

一輛汽車從身邊疾馳而過，那群人才發現目標已逃。

45.

顧海開著車在路上轉了N多圈，轉到最後都快轉迷糊了，美女還在後面安安靜靜地坐著。顧海感覺四周的環境足夠安全了，才沿著來之前的路摸索著返回。

「從前面那個紅綠燈往後轉。」美女突然開口。

顧海心存感激，這會兒才想起後面還坐個人呢。

「我被一群人圍堵了，要不是妳及時出現，今兒就難逃一劫了。」顧海唇角帶著一抹若有若無的笑意。

美女語氣柔和，「我看出來了。」

顧海頗感意外，「看出來了？」

「從你非禮我那一刻開始，我就知道你遇到麻煩了。」

顧海還是第一次聽到女孩把非禮掛在嘴邊，暗想這女孩這麼年輕漂亮，又開著一輛好車，生活作風還這麼豪放，不會是那號人吧？

「妳就不怕我把妳拐賣了？」顧海試探了一句。

美女輕笑一聲，露出恬淡的酒窩。

「你不是那種人。」

「這你也能看出來？」顧海朝後瞄了一眼。

美女點頭，「直覺。」

顧海沒再說話，本想著路上找個加油站給車加點油，就當是謝禮了，結果一摸衣兜才想起來錢都折騰沒了，只能開口表達歉意。

「你是北京人？」美女問。

「嗯。」

「我說聽著口音怎麼這麼耳熟呢！你來這旅遊啊？還是看親戚？」

「看親戚，妳是本地人？」

「我父母在青島，我在北京讀書，哎，你也在讀書吧？看你這樣兒不超過二十歲。」

顧海笑了笑，「妳是第一個說我年輕的，我媳婦兒總說我老。」

美女不由得一驚，「你都有媳婦兒了？」

「嗯，我這人早婚！」

美女：「……」

距離所租的房子還有一段路程的時候，顧海就把車停下了，最後表達了一次謝意。

美女主動開口，「給個電話吧，以後常聯繫。」

「我手機號總換，妳知道了也沒用。」顧海打開車門下去。

美女也跟著出去了，這才好好地看了顧海一眼，目光中溢著別樣的水波。

「我幫了你這麼大一個忙，你連個手機號都不給，也太小氣了吧？我又不會上門跟你討加油費。」美女調侃了一句。

顧海的一條腿還吃不上勁，這會兒急著回去，也就沒再繼續逗趣。

「手機剛讓人順走了，真得換號。」

美女沒再為難，擺擺手，「那就有緣再見。」說完，從口袋裡摸出一瓶香水，對著顧海的後背狠狠地噴了幾下。

顧海一邊走一邊納悶，還抬起胳膊聞了聞自個的衣服，我身上沒臭味吧？她往我身上噴香水幹什麼？……管他呢，趕緊回去要緊！

白洛因一直聯繫不上顧海，迫不得已給顧洋去了個電話，結果顧洋告訴白洛因，顧海根本沒有赴約。白洛因把情況和顧洋說了一下，顧洋心領神會，還叮囑白洛因不要冒然外出，就把電話掛了。之後白洛因就一直在房裡等，如坐針氈。

終於，敲門聲響起。

白洛因打開門，看到顧海齜牙咧嘴站在外面。

「你怎麼了？」白洛因趕緊上去扶。

其實這會兒顧海的腿已經好得差不多了，可瞧見白洛因那關切的眼神，再好的腿也變瘸了。胳膊搭上白洛因的肩膀，架著他往屋裡走，哎呦媽喲地叫得特血活。

「到底怎麼回事？」白洛因又問。

顧海把事情發展經過原原本本地告訴了白洛因，只不過把美女換成了小夥子，本來這個故事就帶著一點兒戲劇性，再加上顧海那副破爛口才，和一張沒有可信度的臉，白洛因聽完之後不僅沒有表現出任何同情，還滿臉的疑惑。

「怎麼和拍電影似的？」

「真的！」顧海急於解釋，「我真的遭襲擊了！不信你看，我的腿上還中彈了呢！」說罷挽起褲腿，結果腿上除了幾根毛什麼都沒有。

白洛因鼻子裡嗅出一股強烈的氣味，不是他敏感，是因為這氣味太濃了。白洛因開門的時候就聞到了，本以為是樓道的香氣，結果發現不是，這香氣的源頭在某個人衣服上。

白洛因語氣裡夾帶著幾分嘲諷，「歹徒身上沒少噴香水啊！」

顧海神色一滯，這才明白那位美女的用意，草，真是最毒不過婦人心啊！

「哦，不是歹徒身上的，是屋裡的香味，你知道我哥那人，就尼瑪喜歡整一些華而不實的東西。你說他訂個包廂吧，還非得訂個帶主題的，什麼浪漫花語……」

「你剛才不是說你壓根沒進酒店麼？」白洛因打斷了顧海的胡扯。

顧海又是一愣，「我剛才說了啊？」

「廢話！」白洛因的目光瞬間冷厲。

顧海趕緊解釋，「是這樣的，我這腿啊，它不是中彈了麼？這子彈沒有留下疤痕，為什麼呢？我估摸著就是迷香散，那香味就是從子彈裡散發出來的。」

白洛因冷冷一笑，「你自個編吧！」

說完，甩袖子走人，顧海一把拽住了他。

「鬆開！」白洛因口氣很重。

顧海也急了，「你怎麼一點兒都不知道心疼人啊？還不如街上偶遇的美女呢，人家都知道載我一程！」

白洛因的臉陰得嚇人。

顧海這才發現自個又說禿嚕嘴了。

白洛因回了臥室，猛地一撞門，大地都在顫抖！

到了睡覺時間，臥室的門依舊關得死死的，顧海窩在沙發上，越想越委屈，我今兒跑出來我容易麼我？要是沒人家搭把手58，我這會兒早就被押送回京了，你丫發脾氣都沒處找人去！非得我出點兒事你丫才樂意是吧？非得我少了半條命你才知道心疼是吧？

草！

拿起白洛因的手機，找到顧洋的號就打了過去。

「都雞巴賴你！你在北京不好好待著，跑這來幹嘛？老爺子讓你幫忙你就幫啊？就尼瑪有能耐拒絕我是吧？」

顧洋就回了兩字，「瘋了？」

「瞧瞧你今兒整的這雞巴事！你丫來就來吧，還把我叫出去幹什麼？」

掛了電話，顧海心裡還窩著火，突然想起來什麼，拿著手機瞅了一眼，勃然大怒！

「白洛因，你給我滾出來！」哐噹踹了一腳門。

裡面沒有任何反應，顧海又踹了一腳。

「你丫還有臉說我呢！給我滾出來！今兒咱倆得好好說說！」

58：在關鍵時刻伸手幫忙。

「別給我裝孫子！」

門猛地被拉開，露出白洛因那張陰冷的面孔。

顧海黑著臉舉起手機，怒道：「我哥怎麼會知道你的手機號？」

「我給他打了一次電話，他不就知道我的手機號了麼？」

「你給他打電話幹什麼？」顧海大吼。

白洛因也吼，「聯繫不上你，我不給他打電話給誰打？」

「這不是重點！」顧海不依不饒，「咱把通訊錄全部刪除了，你怎麼會知道他手機號？」

「我背下來的不行麼？」

顧海一字一頓地質問道：「你把他號碼背下來了？」

「是！」白洛因赤紅著雙眼，「你去美國，一去就大半個月，我他媽的每天盯著那個號碼等，作夢都是那個號碼，是你你會忘麼？」

屋子裡陷入一陣死寂，顧海暴虐的氣焰一點點被吞噬，白洛因轉身欲走，顧海一把將他拽進懷裡。白洛因狠狠揪扯著顧海的衣服，顧海就那麼緊緊抱著他，死活都不撒手。

久久之後，顧海開口，霸道中難掩溫柔。

「不許和我生氣！」

白洛因一聽這話更他媽來氣了，你丫招了一身香味回來，還對我大吼大叫，這會兒還命令我不能生氣?!

「其實是把小夥子換成美女，就是實情的真相，我沒敢告訴你，怕你生氣。」顧海如實招來。

白洛因咬牙切齒，「你以為我是你啊？」

顧海溫柔地撫了撫白洛因的後背，低聲哀求道：「別和我生氣，現在正是並肩作戰的關鍵時期，咱倆哪能起內訌啊？」

白洛因冷冷質問道：「哪個孫子先耍渾的？」

「我、我。」

「招認了是吧？」

顧海點頭，「絕對招認。」

白洛因哼笑一聲，「我記得當初咱倆定下一個協議，下次再耍渾，直接脫褲子。」

顧海臉一緊，故意裝糊塗，「沒吧？」

「我怎麼記得有這碼事啊？當時某人還盛情邀請我幹死他呢！」

「你肯定記錯了。」顧海訕笑。

「小海子，今兒你就老老實實認罰吧！！！」

46.

自那日街頭遭圍之後，顧海和白洛因把手機號都換了，白漢旗也很自覺地辦了一張卡，專門用來和兒子通話。一週以來兩人行事謹慎，沒有特殊情況幾乎很少外出，經過一番周密的計畫過後，兩人準備和顧洋見個面。

三個人約在一個很隱蔽的酒店包廂，一邊吃飯一邊聊天。

「你該理髮了。」顧洋說。

顧海摸了摸自個的頭髮，大剌剌地說：「沒吧？我覺得還挺短的呢！」

「我說的是白洛因。」

白洛因這才抬起頭，心不在焉地哦了一聲。

顧洋莫名的關注讓酸意在房間內升騰，顧海把手放在白洛因的後腦勺上，輕輕撫了兩下，故意說給顧洋聽，「我覺得現在這髮型不錯，不長不短的，沒必要非得理得那麼整齊。」

白洛因斜了顧海一眼，沒說話。

「下一站準備去哪？」顧洋問。

顧海想了想，說：「應該不是雲南就是西藏，總之越偏僻越好。」

「什麼時候動身？」

「年後吧。」顧海說，「那種地兒的冬天太難熬了，年前暫時不動身了，這挺好，不像北京那麼冷、那麼乾燥，挺適合過冬的。」

顧洋不動聲色瞟了白洛因一眼，「你們就打算在這過年了？」

顧海攬住白洛因的肩膀，樂呵呵地說：「在哪過年不一樣？主要是看和誰一起過。去年就錯過了，今年一定得好好彌補一下。」

「去年為什麼錯過了？」顧洋隨意打聽了一句。

白洛因和顧海交換了一個眼神，想起去年春節期間的種種痛苦，誰都沒開口。

顧洋自然不會追問。

又聊了一會兒，顧海突然開口，「我去趟洗手間。」

剩下白洛因和顧洋兩個人，白洛因放下筷子，不動聲色地看著顧洋。

顧洋冷峻的面孔上浮現一絲不經意的笑容，輕傲而幽冷。

「這麼看著我幹什麼？」

白洛因輕啟薄唇，「關於我保送過審的事，是你去和校方協調的吧？」

顧洋冷笑，「你太自戀了。」

白洛因回執一個更冷的眼神，「希望如此。」

「現在的髮型真的不適合你。」顧洋又強調了一遍。

「適合不適合，因人而異。」

顧洋的手突然伸了過去，手背在白洛因的側臉上滑了一下。

「你的五官不出眾，但是臉型很完美，如果你的審美水準總是和顧海看齊，那你的這張臉就只能停留在大眾帥哥的層面，我覺得挺可惜的。」

白洛因攥住顧洋的手，漠然地拉扯下來。

「你的審美水準高，但是我欣賞不來。」

顧洋輕輕呷了一口酒，似笑非笑地看著白洛因，「我好像真的有點喜歡你了。」

「那你自個慢慢發展吧。」

兩人聊得好好的，包廂的門突然被撞開，五、六個持著器械的硬漢闖了進來，將白洛因和顧洋圍住。

「都不許動！」

局面瞬間僵死，白洛因和顧洋交換了一個眼神，而後齊刷刷地看向那幾個人。

「你們哪來的？」顧洋冷冷問道。

其中一個開口，「顧大公子，枉費首長對你一片信任，你竟然知情不報！」

「他信任我？」顧洋冷笑，「那你們是怎麼來的？」

幾個人面面相覷，但手裡的槍依舊攥得很牢實。

「顧大公子，我們不想跟您耗了，您要是識相就趕緊把人交出來吧，這樣咱們都好回去交差。」

顧洋瞇縫著雙眼打量著這幾個人，幽幽地問道：「你們讓我交什麼人啊？」

「別裝傻！」一個脾氣暴躁的男人怒道，「我們眼瞅著他進來的。」

「是麼？」顧洋攤開手，「那你告訴我他在哪？」

領頭的發布命令：「直接給我搜！搜不到人就把他倆抓回去交差！」

一聲令下，四、五個人分頭行動，把包廂內所有能藏人的地方全都找遍了，其中一個二貨還用腳狠狠踹了一下地板，看看是否留有暗道。白洛因心中不由得冷笑，你以為暗道是茅坑啊！到處都有？

只剩下廁所了，一個人擰了下門把手，結果發現擰不開。

「裡邊有人！」

聽到這邊的喊聲，剩下四個人一齊跑了過來，兩個人用腳踹門，剩下的三個在後面掩護。沒一會兒，門開了，兩個人剛要闖進去，突然被一面人牆撞了回來，彈到了後面三個人身上，五個人齊齊愣在那裡。

狹小的空間內最少站了十幾個人，全都表情猙獰地看著他們。

糟糕！中埋伏了！

幾個人想撤，可惜已經晚了，對方人多勢眾，而且個個有兩下子，很快將他們幾個人制伏。槍械被沒收了，雙手反綁在身後，表情陰鷙地看著顧洋和白洛因。

「顧大公子，您這樣公然挑釁首長是沒有好下場的，胳膊擰不過大腿，這個道理您不會不懂吧？」

「我懂不懂就不勞你們費心了。」顧洋朝那十幾個人使了個眼色，「把他們關在裡頭，所有通訊設備全部沒收，我會找人幫你們聯繫首長的，你們也該歇歇了。」

領頭的怒喝，「顧大公子，做人要給自己留條後路！」

顧洋冷笑，「我有沒有後路不知道，但我知道你肯定沒有後路了！」

「你也太小瞧我們了！」領頭的目露精銳之色，「今兒老子就讓你見識見識什麼叫迂迴包抄！」

話音剛落，又有一路人馬破門而入，目測不下二十人。幸好顧洋所訂的包廂夠大，不然這麼多人恐怕擠不下。他們個個人高馬大，裝備精良，難以想像顧威霆下了多大的決心，就為了一個人，動用了這麼大警力。

這些人一進來，被制伏的五個人立刻就有底氣了。

「顧大公子，您瞧著辦吧！」領頭的又發話了。

顧洋瞧了瞧這陣勢，臉上浮現幾絲憂慮，「我是挺想把人交出來的，關鍵是他不在啊！」

幾個人面色一變，好像自始至終，無論對峙還是僵持，都沒看見顧海的影子。

「他不在也沒事，你倆在就成了，先把他倆綁起來！」粗大的嗓門。

四、五個人走到顧洋和白洛因身邊，顧洋這會兒還有心思和白洛因調侃，「你說，二十多個人，都關進洗手間，裝得下麼？」

「夠嗆。」白洛因冷笑。

正要動手開綁的人手突然一抖。

領頭又是一聲怒吼，「還愣著幹什麼？趕緊動手，傷著碰著算我頭上！」

砰的一槍，子彈擦過領頭的耳邊，狠狠釘在後面的牆上。

這是一顆貨真價實的子彈。

領頭的臉色瞬變！

與此同時，顧海破門而入，手裡還拽著一個狙擊手。

「齊活兒，『恐怖分子』全部落網！」

窗口突然架起十餘桿槍，槍口不停地晃動，反射進來的光讓屋內每個人寒噤。狙擊手腿上中彈，只能勉強倚靠在牆邊，領頭的怒不可遏，大喝一聲拚了！

顧海槍口對準他，「你們二十多個人，沒有一把槍裡裝的是能真正傷人的子彈。但是對不住了，哥們兒，我沒那麼仁厚，我這裡邊的子彈都是真的。」

說罷就是一槍，領頭反應及時地在地上滾了一圈，雖然沒打著，但是屋裡二十幾個人心都涼了。

他們當中任何一個人死，都像是踩死一隻螞蟻，可這三人要有點兒閃失，他們得拖家帶口地陪葬，那邊隨便開槍無顧忌，這邊有槍都不敢開，還怎麼拚？

顧海霸氣凜然地站在屋子中央，「你們瞧好了，外面一共十五桿槍，我給你們十五秒鐘。十五秒鐘之內，你們逃進洗手間的人就算安全了，十五秒鐘一過，沒進去的人就好好嘗嘗槍林彈雨的滋味吧！」

話音剛落，洗手間那十幾個幫手自覺地走了出來，給這群人騰地方。

若是一般人，這會兒早就往洗手間衝了，門估計都得擠爆，這二十幾個漢子好歹是軍人，沒爭沒搶的，一個個神色黯然地走了進去。就領頭的和狙擊手沒動，眼瞅著就剩幾秒鐘了，白洛因突然把狙擊手的槍搶了過來，對著他連開數槍。

反正也打不死，那我就趁這個機會好好給顧海報個仇吧！

狙擊手疼得在地上直打滾。

領頭的不知怎麼就開竅了，赤紅著雙目站起身，心有不甘地進了洗手間。

十幾個幫手將這些人身上所有的通訊設備全部洗劫一空，顧洋冷冷地朝這些東西掃了一眼，開口說道：「放心吧，會有人接替你們聯繫首長的。」

顧海勾起一個嘴角，「今年過年甭回去了，咱大夥一塊過，多有氣氛！」

白洛因看著那十幾個人，淡淡說道：「這些人就交給你們了，一日三餐照常供應，晚上發幾床被子，好好招待著！」

「放心吧，一個都跑不了。」

於是，三人有說有笑地離開了。

47.

自打白洛因走，白漢旗就眼巴巴地盼，盼啊盼啊，終於把顧威霆給盼來了。

這一天是小年，吃糖瓜兒[59]的日子，顧威霆走進白家小院的時候，鄒嬸和白漢旗在廚房忙乎得熱火朝天，煙囪裡冒著一簇簇白煙，滿院子飄著肉香味，白爺爺正在收拾東牆角的那些瓶瓶罐罐，白奶奶怕冷，坐在屋裡看電視。

孟通天又長高了不少，待在院子裡一刻也閒不住，繞著大樹跑了幾圈之後，看到有人進來，習慣性地把手伸進衣兜，掏出一個小方盒子，拿出筷子粗細的小摔炮，用力朝顧威霆的腳邊砸去。

啪！一聲清脆的爆竹響兒在顧威霆的耳邊炸開。

顧威霆的目光朝孟通天看去，後者正用小手摀著小嘴偷偷樂。

「通天，你又淘氣！」鄒嬸從廚房探出頭來。

孟通天朝顧威霆做了個鬼臉，蹦蹦跳跳地跑遠了。

白漢旗從廚房走出來，穿著一件白色的大圍裙，真像那麼回事似的，其實就是個搗亂的。

「顧老哥，你來了。」白漢旗局促地笑了笑，摘掉圍裙跟著顧威霆進了屋。

白漢旗給顧威霆倒了一杯茶，端到顧威霆面前的時候客氣地說了句，「不是什麼好茶，湊合喝吧。」

顧威霆的目光在房間裡掃了一眼，把整個屋子的全貌盡收眼底，屋子雖然重新粉刷過了，沙發、電視都是新的，但仍遮蓋不住它的老舊。

白漢旗先開口，「顧老哥這程子挺忙的吧？」

顧威霆淡淡地回了句，「還可以。」

然後白漢旗就找不到話說了，他等著顧威霆質問他兒子們的下落，可顧威霆自始至終都沒有開口。面無表情地往那一坐，別說白漢旗這種心虛的了，就是問心無愧的人，都會被他這種氣勢壓得呼吸不暢。

顧威霆站起身，掀開門簾進了孟通天的房間，白漢旗跟著走了進去。

「因子和大海每週末都會回家一趟，他倆一回來，小兒子就得跟我們倆口子睡，他倆就睡這屋。」白漢旗多嘴了一句。

顧威霆扭頭看見了那張極為詭異的雙人床，目露疑惑之色。

白漢旗尷尬地笑了笑，「本來這屋就一張單人床，大海經常來家住，就和因子擠在一張床上。後來我發工資了，就給大海買了一張，省得兩孩子睡在一塊會擠，結果買回來沒兩天，就讓大海給接成一張床了。」

顧威霆掀開被褥看了一眼，兩床的接面處釘了一排釘子，結結實實的。

「那會兒我要是警覺一點兒，或許就沒今天這事了。」白漢旗歎了口氣。

顧威霆的臉色變了變，在白漢旗忐忑的目光中走出了這個房間。

老哥倆坐在外邊聊了一會兒，與其說是聊，還不如說是下級向上級匯報工作，因為顧威霆自始至終都沒有開口，一直是白漢旗在旁邊喋喋不休。

「說句實在話，大海這孩子真不賴，這要是個姑娘，我早就八抬大轎娶進門了。那會兒我不知道他是你兒子，以為他和我們因子一樣，就是個窮小子。在這住著的那段時間，他什麼活兒都幫著幹，這間屋的屋頂漏水，是他給修的，外邊的洗澡間，也是他找人幫著蓋的，還有我們老倆口子的工作，都是他偷偷摸摸給張羅的……說實話，當初那麼使喚你兒子，現在想起來挺過意不去的。」

顧威霆感覺白漢旗描述的人根本就不是他兒子，可從白漢旗的嘴裡說出來，卻又感覺那麼真。他把目光投向白漢旗，終於捨得開口說句話了。

「你是不是挺恨我的？」

白漢旗驀地一愣，「我恨你？我為什麼恨你？」

「難道你不該恨我麼？」顧威霆目光爍爍，「我搶走了你的妻子。」

「呃……」白漢旗大剌剌的，「你不說我都忘了，姜圓現在是你媳婦兒了哈?!」

顧威霆：「……」

顧威霆又去院子裡遛達了一圈，孟通天扛著一把槍跑來跑去，白漢旗還指著孟通天的槍朝顧威霆說：「這孩子的玩具也都是大海給買的。」

孟通天一聽見「大海」兩字，以火箭發射的速度衝到白漢旗身邊，抱著他的腰問：「顧海哥哥啥時候來？好多天沒瞅見他了。」

顧威霆看著孟通天眼睛裡熊熊燃燒的期待火苗，突然感覺這個叫不上名字來的小孩兒都比自己和兒子要親。

「我走了。」顧威霆抬起腳朝門口走去。

白漢旗驀地一驚，走了？就這麼走了？啥也沒問就走了？

到了門口，白漢旗看到外面停著一輛軍車，司機穿著厚厚的大衣站在外面等。看到顧威霆出來，司機趕忙過去給顧威霆開車門。

「顧老哥。」白漢旗叫了一聲。

顧威霆停住腳，轉身看了白漢旗一眼，「還有什麼事麼？」

「你就沒什麼要問的麼？」白漢旗還是沒憋住。

顧威霆冷冷一笑，「我問了，你會告訴我麼？」

白漢旗嚥了口唾沫，臉上帶著幾分愕然，這時鄒嬸突然走出來，朝顧威霆的手裡塞了一些東西，「顧老哥，今兒是小年，帶點兒糖瓜兒回去吃吧，自個家做的。」

顧威霆的語氣柔和了幾分，「謝了，也給你們拜個早年。」說完，在司機的陪護下上了車。

到了車上，顧威霆拿起個糖瓜兒嘗了口，香甜酥脆，味道當真不錯。

司機樂呵呵地說了句，「好多年沒吃這個東西了。」

顧威霆心中不免感慨，他何嘗不是？好多年沒有正經八百地過個年了。

「首長，您的電話。」

顧威霆拿起手機，又是派到山東那個領頭的打來的。

短短幾天，這二十幾個爺們兒就熬得不像個人了，整天窩在這麼個小房間裡，坐著不舒坦，躺著躺不下，吃喝拉撒全在裡面。最要命的就是沒法和外界聯繫，只能聽著外面的鞭炮聲，思念著家裡的親人。

等顧海把領頭拽出來的時候，這貨早沒前幾天的霸氣了，灰頭土臉地跟在顧海的後面，一句橫話都說不出來了。

顧海把槍抵在領頭的腦門上，逼著他謊報「軍情」。

「首長，我們在這守了大半個月了，都沒打探到一點兒消息。您讓我們盯著顧洋，我派了幾個人輪番盯著他，二十四小時不離眼，都沒發現他有什麼異常舉動。您說那兩人是不是已經不在青島了？眼瞅著要過年了，我倒是無所謂，可這裡面有幾個兵蛋子正滿三年，今年好不容易趕上個假期……所以，我想請示首長撤回一部分人。」

「都撤回來吧。」顧威霆淡淡說道。

領頭的一副受寵若驚的表情。

「首長，您說的是真的麼？我們都可以回去了？」

那邊沉默了半晌，這邊領頭的心繃得緊緊的，大氣都不敢出。

「嗯，收拾收拾都回來吧。」

領頭的突然來了精神，立刻昂首挺胸，朗聲回道：「謝首長體諒！」

掛掉電話，飛快衝回洗手間，高呼一聲，「兄弟們，我們解放了！！」

一群人在顧海的目光注視下欣喜若狂地跑出酒店，好像外面就是他們的家，下一秒鐘他們就能和親人團聚了。

除掉這個心腹大患，顧海和白洛因終於可以出來透透氣了，兩個人決定上街逛逛，順帶著買些吃的回去，今兒晚上得好好慶祝一下本次反圍剿勝利。

兩個英武帥氣的小夥子在街上走，自然少不了路人的側目，尤其是女孩。

有兩個女孩跟著白洛因和顧海走了快一路了，不時地在後面議論誰帥的問題，兩人走到一個相對僻靜的街角，其中一個膽大的女孩忍不住了，大聲喊了句：「帥哥！」

顧海早就察覺到有人跟著他倆，這會兒聽到後面發話了，突然快走幾步，伸出胳膊搭在白洛因的肩膀上，然後在兩個女孩的目光注視下，明目張膽地在白洛因的臉上親一口，就在兩個女孩目瞪口呆的時候，顧海又回頭給了她們一個魅惑明朗的笑容，最後搭著白洛因的肩膀揚長而去。

身後傳來尖叫聲，不知道是嚇得還是興奮的。

兩人走到一家便利商店，顧海拍拍白洛因的肩膀，「你在外邊等我一會兒，我進去買包菸。」

便利商店人很多，付款的時候排了很長的隊。

白洛因在外邊等著無聊，眼睛環視四周，突然看到一家賣糖葫蘆的小店。在這地兒看到賣糖葫蘆的真不易啊！白洛因目露驚喜之色，在便利商店門口和顧海打了聲招呼，也不知道顧海聽沒聽見，直接拐個彎進了那家小店。

假期最大的特點就是人多，除了當地人，還有外地的遊客。就連買糖葫蘆都得排隊，白洛因最討厭排隊，所以平時買東西都是顧海去擠，但是今兒忍不住了，好長時間沒吃了，太想這一口了。

顧海從便利商店出來，發現白洛因不見了。舉目四望，到處都是人，就是沒看見白洛因。兩人出門前都沒帶手機，走散了都不知道怎麼聯繫。

若是放在平時，走散了也就走散了，兩個小夥子有什麼可擔心的，大不了打個車直接回家。關鍵現在是特殊時期，稍微有點兒風吹草動，都能讓顧海一身冷汗。

在原地站了一分鐘，顧海的心徹底慌了，走街串巷地尋找白洛因，他壓根沒想到白洛因是去買東西了，在他的慣性思維裡，白洛因就是讓人擄走了，在他眼皮底下擄走的，他的眼睛只關注可疑目標，卻不往小店裡瞟一眼。

於是，等白洛因出來的時候，顧海早不知道跑哪去了。

便利商店人多，白洛因沒注意看，以為顧海還在裡面付款，就站在外面等，一邊等一邊吃糖葫蘆。等顧海繞回來的時候，白洛因那串糖葫蘆都吃完了。

48.

「欸？你怎麼從那邊過來的？」白洛因一臉詫異地看著顧海。

顧海急得嘴唇都紫了，這會兒瞧見白洛因拿著一串糖葫蘆，吃得嘴邊都是糖渣兒，心裡能不冒火麼？

於是上去就一通吼：「你丫跑哪去了？」

白洛因臉一緊，笑容也淡了下來，「就去買兩串糖葫蘆。」說罷將手裡剩下的那串給顧海遞過去。

顧海沒接，仍黑著臉質問：「你去買糖葫蘆怎麼不和我說一聲？你知道我多著急麼？」

白洛因也惱了，「我和你說了，是你自個沒聽見！」

「你要正經八百和我說我能聽不見麼？」顧海咄咄逼人，「你就不能等我出來一起買？晚吃一口能饞死你麼？」

白洛因伸出手的那隻手猛地下墜，啪的一聲，將剩下的糖葫蘆砸到地上，怒道：「愛雞巴吃不吃！」沉著臉扭頭就走！

顧海一把拽住白洛因的衣服，白洛因狠狠將其甩開，顧海又去拽，白洛因又把他甩開。剛才還說有笑的兩個人，這會兒就在街上撕扯起來。白洛因狠狠朝顧海臉上砸了一拳，俗話說打人不打臉，顧海怒火攻心，又朝白洛因屁股上踹了一腳。

得！這一腳算是徹底把白大爺給惹了，這回說什麼都不管用了，白洛因的臉就像那黑鍋底兒似的，攔上一輛車就走人了。

顧海站在街頭咬牙切齒，多大點兒事呢？就因為一串糖葫蘆，兩人就撕破臉了，可見融洽這個東西還真不是一朝一夕就能培養出來的。

顧海恨恨地出了幾口氣，正打算回去，突然就瞧見那家賣糖葫蘆的店了，原來拐個彎就到了。乍一看人還挺多，買的時候應該挺擠的吧？他不是不樂意擠麼？回頭瞅一眼被砸在地上的糖葫蘆，還挺心疼的。於是又去店裡買了幾串糖葫蘆兒，提著回了租住的房子。

白洛因早就回來了，正在臥室裡運氣呢，之前逛街買的那些東西提回來，也不管收拾，就那麼撇在門口。顧海進門的時候，腳底下都是東西，都沒處落腳了。

顧海先把東西收拾好，後又拿著一串糖葫蘆站在門口，清了清嗓子，白洛因陰著臉背對著他，聽到聲音也沒回頭。

顧海走了進去，手搭上白洛因的肩膀，立刻換來一聲滾。顧海把糖葫蘆伸到白洛因眼前，又被白洛因甩了回去。

「真生氣了啊？」

白洛因口氣冷冷的，「跟你丫犯不上！」

「你至於麼？不就因為一串糖葫蘆麼？再說了，那也是你砸到地上的，我這不是又給你買回來了麼？要是不夠，那屋還有。」

白洛因心裡冒火，「根本就不是糖葫蘆的事！」

「那因為啥？因為我兇你？你自個說，今兒這事是不是賴你？要是平時就算了，現在是啥時候啊？你要是找不著我你著不著急？」

白洛因存心擰巴60著，「我不著急！」

顧海知道白洛因說的是氣話，遂指著自己的臉，控訴道：「你瞧瞧你給我打的，都青了，有你那麼打人的麼？我是誰啊你就那麼打我？」

白洛因兇煞的目光逼了過去，「你不是也踹了我一腳麼？」

「哪啊？我那根本沒使勁！」

「使沒使勁你知道啊？」

「瞧瞧，還說沒生氣！」顧海捏了白洛因的臉一下，調侃道，「真踢疼了？讓我瞅瞅，我瞅瞅踢壞沒。」

「滾一邊去！」白洛因沒好氣地說。

顧海樂呵呵地拿起糖葫蘆吃了一口，讚道，「別說，味兒還真不賴，你不再吃一口？」說罷又遞到白洛因嘴邊。

白洛因壓根沒搭理這一茬。

顧海抽了回去，又捋下來一個，咂摸[61]著嘴，「嗯，又甜又脆。」

白洛因頓時覺得他身邊站了一個弱智兒。

顧海接連吃了好幾個，最後剩下兩個，又在白洛因眼前晃了晃，還問：「真不吃？再不吃沒了。」

60：彆扭。
61：仔細辨別滋味之意。

「我說了不吃就不吃。」白洛因兇了一句。

「今兒我非得讓你丫吃一口！」說罷捋下來一個咬在嘴邊，用手箍住白洛因的頭，非要送到他嘴裡。白洛因左躲右躲沒躲開，嘴唇被蹭得黏乎乎的，只好張開嘴。

半個紅果和某個人舌頭一起闖了進來，甜味兒彌漫了整個口腔，白洛因嚼著紅果的時候故意咬了顧海的舌頭一下，顧海疼得縮了回去，將白洛因唇邊的糖渣兒一點一點兒舔乾淨了。

於是，兩人迅速和好如初，又湊到廚房去準備豐厚的晚宴了。

顧海切菜切累了，稍微停了片刻，朝旁邊瞅一眼，白洛因正洗黃瓜呢，手攥著黃瓜擼上擼下的，看得顧海心火直冒。

「你那樣洗不乾淨。」顧海在一旁提醒。

白洛因很配合的回了一句，「那要怎麼洗才能洗乾淨？」

「你拿過來，我給你演示一下。」

白洛因將黃瓜遞給顧海，顧海直接插到嘴裡，先是用舌頭色情地舔了舔，然後將黃瓜插入口中，下流地吞吐著，惡劣的眼神不時地瞄著白洛因。

白洛因被顧海噁心得夠嗆，瞧見他那一副忘情的模樣，直接將他口中的黃瓜搶了過來，作勢去扒他的褲子，戳一戳他那躁動的小菊花。

顧海閃躲不及，差點兒被攻陷，幸好手勁足夠大，在尾骨處將黃瓜攔截下來，驚險逃過一劫。後來瞧見白洛因將黃瓜扔進垃圾桶裡，還一臉心疼地抱怨，「你扔它幹嘛？」

「沾了一嘴的唾沫星子，不扔留著噁心誰啊？」

顧海戲謔道：「你還嫌我髒啊？我嘴對嘴餵你吃東西的時候還少啊？」

白洛因臊著臉沒說話，顧自洗著剩下的菜。

顧海從後面摟住白洛因的腰，下巴擱在他的肩膀上，柔聲問道：「你啥時候能給我做頓飯啊？」

「甭想了，沒那一天。」

顧海叫冤，「你這不明擺著欺負人麼？我怎麼就該伺候你啊？」

「沒人逼你。」

顧海發恨地啃咬著白洛因的耳朵，舌頭在耳廓上舔了幾下，白洛因手上的節奏立刻就紊亂了。

「嘿，我買了情趣用品，吃完飯咱倆可以玩一玩。」

白洛因身體一僵，扭頭看向顧海，牙齒磨得吱吱響，「你果然！……不玩，愛玩自個玩去！」

「特好玩！」顧海一個勁地煽動。

白洛因終究沒抗住誘惑，好奇的問了句，「你買的是啥？先讓我看看。」

「嘖嘖……」顧海壞笑，「剛才誰說不玩了？」

「先給看看唄！」

顧海笑得淫蕩無恥，「回頭再說，我怕我拿出來就想玩，到時候連飯都吃不好。」

顧海越是這麼說，白洛因心裡越是沒底，於是趁著顧海炒菜的工夫，進了臥室不停地翻找。衣櫃、書櫃、寫字桌的抽屜、枕頭底下……所有能藏東西的地方都找遍了，愣是沒發現什麼可疑物品。

「吃飯了，寶貝兒。」顧海在外喊了一聲。

白洛因只好作罷。

今兒是小年夜，大小算個節日，又除掉心腹大患，兩人決定喝一杯。本來吃飯前約定好了，就一杯，絕對不多喝，結果越聊越興奮，不知不覺第二杯酒也下肚了，顧海存心灌白洛因，於是又倒了一杯，結果灌到最後自個也多了。

白洛因一喝多了，絕對是個活寶，顧海就是瞅準這點，才拚命找機會往他嘴裡倒酒。

兩人歪倒在沙發上，茶几上放著一面小鏡子，白洛因瞧見自個的臉紅撲撲的，以為染上什麼東西了，於是把頭埋進顧海的肩窩，不停地蹭，蹭完了再一瞅，更紅了。

「邪門了。」白洛因喃喃的。

顧海精神醉了，身體還清醒著，於是拽了白洛因一把，說道：「你在那蹭不管事，你得在這蹭。」說罷指指自個的胯下。

白洛因的腦袋瞬間倒了下去，像是個鐵球砸到了顧海的老二上，顧海嗷的叫了一聲。

白洛因抬起半邊臉，偷摸著瞟了顧海一眼，笑得壞透了。

「吃一口，可好吃了。」顧海掏出大鳥，擱到白洛因嘴邊。

白洛因冷哼一聲，腦袋扭了過去，後腦勺對著小海子。

顧海突然間想起來什麼，一把將白洛因拽起來，「對了，我買的情趣用品還沒玩呢！」

白洛因一聽這個來精神了，腰板兒挺得倍兒直。

「對、對，快去拿，麻利兒的。」

49.

一分鐘後，顧海回來了，白洛因醉醺醺的眼神看了過去，瞬間呆愣在原地。他以為顧海會拿著個帶電的假性器或者催情的藥水之類的，哪想那傢伙抱著兩身衣服晃晃悠悠地走過來了，如果衣服是透視的或者鏤空的也就罷了，尼瑪還是密不透風的！

顧海將衣服在白洛因面前抖落開，一副獻寶的表情。

仔細一瞧，一件六十年代的軍大衣，袖口的棉花都露出來了，還有一件同年代的紅棉襖，上面印著兩朵牡丹花，盛開得鮮豔奪目，透著濃濃的鄉土氣息。

白洛因只是喝醉了，智商沒有下降，不帶這麼糊弄人的62！隨即拽住顧海的兩隻耳朵狠狠往外扯，一副要拚命的架勢。

「你見過誰拿軍大衣和花棉襖當情趣用品啊?!」

怪不得沒找著，敢情一直在眼前兒晃，就是沒看出來，當時還以為是房東他姥姥的嫁妝落在這了呢！

顧海趕緊把自個的耳朵解救下來，隨後解釋道：「這個是用來玩角色扮演的。」

62：不帶為不行之意，整句為不能這樣矇騙人。

「角色扮演？」白洛因掃了顧海一眼，「扮演什麼角色？」

「我呢……」顧海指了指自個，「扮演老村長！」

「你！」顧海停頓了一下。

白洛因一臉認真地等著。

「扮演窩囊廢的媳婦兒！」

白洛因的手又朝顧海伸了過去，顧海趕緊護住自個的耳朵。

「憑啥我扮演窩囊廢的媳婦兒？你咋不演？」

「別嚷嚷，噓！」顧海豎起手指，一副神祕的表情，「我告訴你哈，這棉襖太小了，我的肩太寬，穿不進去。」

「你以為我傻啊？」白洛因倒豎雙眉，「咱倆衣服都是一個號的！」

「不信我穿給你看看！」說罷，顧海把棉襖拿了過來，先穿好一個袖子，然後把另一個袖子翻過來再穿，這樣就等於把棉襖從身後擰了一圈，能穿進去才怪。

「你看，這隻袖子穿不進去了吧？」顧海故作無奈地看著白洛因。

白洛因愣愣地瞧了兩眼，大概是覺得顧海穿這件花棉襖太逗了，傻呼呼地跟著笑了起來，也沒往後面瞅，就一個勁地點頭，「還真穿不上！」

「對吧？我能騙你麼？」

說著就把棉襖脫下來給白洛因穿上了，白洛因穿著有點兒短，但一點兒都不影響效果，穿上之後整個人都變土了。顧海又拿來一條縮腿兒褲子給白洛因穿，白洛因一看褲子是綠色的，說什麼都不穿。

「哪有紅棉襖配綠褲子的?」

顧海硬是把褲子給白洛因套上了,還一個勁地忽悠,「只有這種搭配,才能顯示出一個農婦的淳樸和善良。」

「我不演農婦!」白洛因嚷嚷。

顧海佯怒著看著白洛因,「衣服都換好了就不能反悔了。」

又做了一會兒思想工作,白洛因總算答應配合了,於是顧海開門走了出去。

「砰砰砰!」敲門聲。

白小媳婦兒把門打開,顧村長風塵僕僕地站在外邊。

按照事先商量好的臺詞,白小媳婦兒開口問候道:「村長,咋這麼晚才過來呢?」

顧海瞧見白洛因那一副憨傻加二貨的倒楣樣兒,頓時覺得給自個開門的人不是窩囊廢他媳婦兒,而是穿著媳婦兒棉襖來開門的窩囊廢本人。

「你這不行!」顧海提出批評,「你得又羞又喜地說這句話!為什麼羞呢?因為你在和我偷情,為什麼喜呢?因為你丈夫滿足不了你,你盼了我好多天了。」

白洛因心領神會。

顧海揮揮手,「重新開始。」

於是又出門了。

沒一會兒,門又響了。

白洛因打開門,這一次記住了,一邊笑一邊說:「村長,咋這麼晚才過來呢?」

這個笑容立刻讓憨傻變成了憨態可掬,顧村長差點兒就去揉白小媳婦兒的臉了,但是本著對村長德高望重的好形象的維護，顧村長還是遏制住了這個邪惡的念頭。

他正氣凜然地邁步進屋，等門一關上，立刻露出輕浮猥瑣的笑容。

「你男人不在家？」大手捏住白小媳婦兒的下巴。

白小媳婦兒咬了咬唇，沒說話，其實他是忘詞了，卻歪打正著地刻畫出一副欲拒還迎的表情，瞬間將顧村長迷得七葷八素。

顧村長將白小媳婦兒抵在牆角，氣喘吁吁地吻著他的脖子，一副急不可耐的表情。

「顧村長，您這是要幹嘛啊？」白小媳婦兒作勢要推搡。

顧村長邪肆一笑，「你說我要幹嘛啊？」手伸進白小媳婦兒的褲子裡。

「嘖嘖……都沒穿內褲啊？是不是知道今兒我要來啊？」

白洛因實話實說，「演戲之前你給我脫的。」

顧海動作頓了頓，黑著臉在白洛因的屁股上打了一下，訓道：「投入一點兒，什麼演戲啊？誰跟你演戲呢？你現在就是白小媳婦兒，我就是顧村長！」

白洛因急了，一拳砸在顧海胸口，「不玩了！」

「好好好，就是我脫的，就是我脫的，村長給小媳婦兒脫的，村長要幹小媳婦兒，穿褲子怎麼幹啊？是吧？」

白洛因很快又入戲了，「村長，我家那口子一會兒就回來了，您趕緊走吧！」

「他回來又怎麼樣？他回來正好，就得讓他看看，真正的爺們兒是什麼樣的！」說罷就去扒白小媳婦兒的褲子。

白小媳婦兒掙扎著不讓脫，一副哀求的模樣看著顧村長，「村長，您別這樣，我家那口子已經開始懷疑了，我怕……」

「怕啥？他自個窩囊廢，還不讓別人疼疼他媳婦兒？」這是什麼邏輯！

白小媳婦兒依舊掙扎，越掙扎顧村長越來勁，越起勁越口無遮攔，「臭婊子，都讓我幹了百八十回了，扭扭捏捏給誰看呢？給我主動把腿叉開，不然老子強姦了你！」

「顧村長，我家那口子回來了！」白小媳婦兒突然驚叫一聲。

顧村長露出野獸的笑容，「正好讓他瞧瞧！」

「不是，他真來了，我都聽見敲門聲了。」

這是當初設計好的臺詞，所以當白小媳婦兒驚慌失措的時候，顧村長應該不由分說地硬上。於是顧村長當即撕開白小媳婦兒的小棉襖，大力揉搓白小媳婦兒的胸前兩點。

「真的有敲門聲！」

小小的掙扎一下那是情調，掙扎厲害了那就破壞氣氛了。尤其當一個媳婦兒伸出腳朝你的褲襠上給一腳的時候，再惡趣味的男人都該清醒了。

「砰砰砰！」

顧海和白洛因交換了一個眼神，不是吧？窩囊廢真回來了？

顧海起身晃晃悠悠去開門，白洛因果然喝多了，不僅沒趁著這段時間把棉襖脫下來，還尼瑪把鬆開的兩個釦子重新繫上了，整整齊齊地站在門口迎客。

打開門的那一刻，顧洋以為自個穿越了。

一個軍大衣配雨鞋，一個紅棉襖配綠褲子，這是鬧哪樣啊？

白洛因入戲太深，拔不出來了，這會兒瞧見顧洋，錯愕地來了句，「窩囊廢，你回來了……」

顧洋冷峻的臉上浮現無數道黑線條，都快編成網了。

顧海打從瞧見顧洋那張臉，他就清醒了，你說你什麼時候來不好？偏偏這個時候來煞風景！心裡正膈應63呢，突然瞧見自家媳婦兒摟住人家胳膊了，還尼瑪挺委屈地跟人家解釋，說村長是來這慰問群眾中的，咱倆還是倆口子。

顧海急了，一把將白洛因拽了回來，怒道：「你瞅好了，你和誰是倆口子啊？」

白洛因給顧海吼得一懵，扭頭瞧了顧洋一看，又瞧瞧顧海，「嘿，我發現你倆長一模樣兒，窩囊廢和老村長一個人扮的，那他是窩囊廢，你也是窩囊廢！」

完了，這酒犯後勁了。

顧洋打從聞到這滿屋的酒味兒，就知道這兩貨為啥抽邪風了，本來他是想來這道個別的，明兒就回北京了，結果瞧他倆這副德性，說了也等於沒說。於是在白洛因棉襖的衣角上扯了一下，又別有深意地瞧了顧海一眼，逕自地走了出去。

顧洋走後，白洛因還對著門口愣了一會兒神，看得顧海醋意大發，趕緊將小媳婦兒摟入懷中，霸道地吻了上去，「別看了，再看他也不是你男人。」

白洛因還沒明白，「走的人是窩囊廢還是村長？」

顧海這次改口了，「走的是村長，我是窩囊廢，我才是你原配男人。」說罷用手在白洛因紅撲撲的臉蛋上調戲了一把。

「那你怎麼穿著村長的大衣啊？脫下來，我給他送過去。」白洛因作勢要扯。

顧海一把攥住他的手，「怎麼著？偷情偷上癮了？真不把你男人放在眼裡了，走，跟我進屋，今兒晚上咱得好好算算帳。」

於是，顧海的角色瞬間從老村長變成了窩囊廢。

「你聽好了，現在我是窩囊廢，你呢是我媳婦兒，我沒有性能力，只能看不能上，所以你得盡媳婦兒之責，每天給我表演，讓我過過眼癮。」

顧海以為，他這話說完之後又得做一系列思想工作才能請動這位爺，結果今兒白小媳婦兒特自覺，直接把花棉襖一脫就上了床，順帶著點了一根菸。

白洛因自胸口往上都是紅的，輕輕吐一口菸霧，將那誘人的紅渲染得迷離失真。眼神若有若無地朝顧海瞟去，血性、陽剛，卻又帶著那麼一絲魅惑。

他半裸著身體，渾身上下只有那麼一條褲子，能把縮腿褲穿得這麼性感的，也就只有白洛因這兩條筆直的長腿了，他將兩條腿自然打開，硬朗的線條平滑流暢，腿間微微隆起，小怪獸還在沉睡中，迫切需要喚醒。

白洛因夾著菸的手指緩緩下移，最終停在兩腿之間，緩緩地揉搓著，動作很慢很磨人，亦如他的呼吸，粗重而緩慢，伴隨著吐出來的煙霧，彌漫了整個房間。他的目光輕傲懶散，好像註定了這副身體只能遠觀而不能褻玩，叼著菸的嘴角偶爾翹起，像是對欣賞者的奚落和不屑，卻又帶著濃濃的挑逗。

63：意為討厭、令人噁心。

顧海的瞳孔驟然緊縮，鼻息間漫著一股血腥味兒，這樣的白洛因太讓他瘋狂了！以後就算傾家蕩產了，也得買兩瓶酒擱家備著，這輩子的性福全指望它了！

白洛因腿間的小怪獸在慢慢甦醒，若隱若現的輪廓在鬆垮的褲子上浮現，白洛因把手插進褲中，脖子微微上揚，發出撩人的喘息聲，並隨之加快了手裡的動作。

他嘴裡的菸僅僅剩下半截了，就像顧海的耐心，被他的手指捏攥著，再一口口地吸入吐出，很快就要吞噬殆盡。

白洛因又把褲子往下拉了拉，已經能看到他晃動的手背和濃密的毛髮，卻看不到手裡包裹的東西。顧海的目光死死盯著那處，熾熱的火焰像是要把褲子點著，讓裡面遮擋的祕密領地全都暴露在他的視線內。

一根菸抽到底兒了，白洛因撚滅菸頭，幽幽地瞟了顧海一眼。

顧海再也忍不住了，猛虎下山一樣地撲到了白洛因身上，硬生生地撕爛了他的褲子。

「你不是窩囊廢麼？」白洛因存心問。

顧海狠狠一頂，「讓你丫治好了！」

瘋狂的活塞運動過後，兩人噴射了第一股，誰也沒軟下來，酒精的催發和氣氛的誘導讓兩個人很快開始了第二輪，這一次白洛因坐在顧海身上，愜意地晃動著腰肢，顧海則躺在床上，悠然地點了一根菸，一邊抽一邊欣賞著白洛因的動作。

白洛因彎下腰，在顧海的菸嘴上吸了一口，全都吐在了顧海的臉上，顧海也吸了一口，包裹在嘴裡，等著白洛因吻過來，再把滿口的菸渡到他的口中，從彼此的鼻息中漫出來。

兩個人從身體到心全都醉了。

顧海托起白洛因的腰，突然發力地在下面猛地抽送一陣，白洛因被這毫無徵兆的快感刺激得離開了顧海的唇，咬著他的下巴悶哼道：「……別……太快了！……」

顧海輕笑著放開白洛因，「那你自己掌控速度。」

白洛因直起身，按住顧海的胸口，緩緩地活動著自個的腰肢，兩腿之間的巨物高高昂起，顧海伸手過去把玩，白洛因條件反射地加快了速度，因為激動而扭曲的面孔在顧海的眼裡異常的迷人。

顧海把手伸到白洛因的臉上，白洛因又俯下身和顧海親吻，兩人一起動，情動的喘息和悶哼聲在彼此口中嗚嗚作響。

「是不是這？嗯？是不是？……」

「嗯……嗯……顧海……」

顧海將白洛因的頭重重扣在枕邊，一聲粗暴的低吼過後，他的小腹濕滑一片，而精華也盡數留在了白洛因體內。

「因子，我愛你。」顧海藉著酒勁難得動容一次。

白洛因發燙的面頰貼著他的側臉，淡淡回了句，「好。」

「好？」顧海扭頭瞧了白洛因一眼，「就這一個字，沒別的了？」

白洛因閉著眼睛嗯了一聲，顧海再一推他，白洛因腦袋直接滑到了枕頭下面。哎？你別睡啊！顧海晃悠兩下，白洛因一點兒反應都沒有。往那一扎，睡得可香了，香到顧海悶了一口氣，都沒捨得叫醒他。

算了，就當你丫的欠我一句，哪天想起來再補！

50.

除夕夜，軍區別墅四周一片靜謐，完全感受不到過年的氣氛。

姜圓輕輕歎了口氣，「去年過年的時候好歹還有個孩子，今年就咱兩人，這年過的，真讓人心酸。」

顧威霆不動聲色地看了姜圓一眼，「我應該讓妳一個人過，這樣明年我回來陪妳，妳就不覺得心酸了。」

「你討厭！」姜圓撇撇嘴，「你要是再不回來，我都不知道自個為誰活著了。」

「孩子是身外之物，即便他們不走，也不會屬於妳。等他們成家了，還是只有我一個人陪妳過年，如果妳覺得孤單，可以再生一個。」

「你以為孩子說生就能生啊？我一個人怎麼生啊？」

顧威霆淡淡一笑，「我可以友情贊助一下。」

「你……」姜圓被氣笑了，「以前怎麼沒發現你這麼油嘴滑舌？」

「過獎了，和老白相比還有一段差距。」

姜圓微微嘟起嘴，姣好的面容上浮現一絲紅暈，黯淡的眼神總算有了幾分光亮。

「其實，我們真的可以考慮再要一個孩子。小海和洛因才十八歲，我們年齡也不大，又有能力撫養，多一個孩子，生活會充實很多吧？」

「我沒意見。」顧威霆微挑雙眉，「反正我對顧海是不抱任何希望了，如果妳能再給我生一個，我也算多了一份希望和寄託。」

姜圓靈眸閃動，「那……如果咱們真有孩子了，你會寵著他還是嚴加管教？」

「寵？我敢寵麼？妳看看顧海被我慣成什麼樣了？」

「呃……」姜圓被嚇得花容失色，「你對小海也能叫寵啊？那你要嚴加管教，孩子得被你蹂躪成什麼樣啊？」

「反正他沒有頑強的生命力，是經不起我折騰的。」

「你這麼一說，我還哪敢要啊？」姜圓心都涼了半截。

顧威霆冷笑，「如果他連我的管教都承受不起，怎麼配做我的兒子？這樣兒子生下來有什麼用？」

「照你這麼說，那些有先天性疾患的孩子生下來就該掐死啊？孩子不是拿來用的，是拿來疼的，我現在倒想要個小丫頭，能整天黏在我的身邊，哭哭啼啼的，想起來就幸福。」

「妳什麼時候變得這麼有母性了？」顧威霆瞥了姜圓一眼。

姜圓歎氣，「自打兒子走，我就覺悟了，我曾經追求的那些東西太浮誇了，孩子不在身邊，這一切都沒有意義了。」

顧威霆不動聲色地吃著碗裡的飯。

「我是不是變得太婆媽了？你是不是有點兒厭倦我了？」

「厭倦也不會再換了，我這人怕麻煩。」

姜圓：「……！」

年夜飯吃到最後，顧威霆對姜圓說，「打明兒起，妳就隨軍吧。」

「隨軍？」姜圓目露驚詫之色。

顧威霆點頭，「隨軍，和我一起回部隊。」

深夜，萬家燈火通明，姜圓卻早早地睡了，也許卸下了一身的包袱，突然之間覺察到累了，躺在床上就睡著了。

顧威霆卻毫無睏意，一個人站在窗前，凝眉冷思，為什麼我如此想念我的混帳兒子呢？

他的混帳兒子，和老白的混帳兒子，正站在一個廣場上放爆竹，玩得異常ＨＡＰＰＹ。

顧海拿出兩個鋼管粗細的雙響爆竹，直接放在手上點，白洛因想去攔，撚兒已經開始竄火星了，白洛因後撤兩步，驚雷一般的巨響在耳邊爆炸。

響過之後，爆竹管還攥在顧海手裡，白洛因心有餘悸。

「你犯二吧？哪有把雙響爆竹攥手裡點的？」

顧海還挺得意，「你敢麼？」

白洛因冷哼一聲，「這算什麼能耐啊？有本事你塞褲襠裡點。」

「你丫……」顧海被氣笑了，「信不信我塞你菊花裡點？」

白洛因炸毛了，追著顧海打。

「別打了，大過年打人不吉利。」顧海一條胳膊圈住白洛因的脖子，「咱們還有煙火沒放呢，快十二點了，抓緊時間吧！」

這麼一說，白洛因和顧海齊齊朝自個的車走去。

顧海把煙花筒都放在了後車廂裡，打開正要往外搬，結果忽略了手裡夾著的那根菸頭，眼瞅著火星子滋滋冒了起來，顧海這次沒法淡定了，拽著白洛因就跑。

白洛因還沒明白怎麼回事呢，突然一陣爆炸聲響起，數十支煙火騰空，十幾個人一塊點都沒這效果，夜空中煙花絢爛。這還不是高潮，緊接著爆炸聲密集成片，煙花開始不走尋常路，到處亂竄，有幾個就在白洛因腳底下炸開的。再一瞧顧海的車，已經燃起了熊熊大火，火苗蹭蹭往上竄，染紅了半邊天。

過了好一會兒，顧海吶吶說道：「大吉大利！」

「大吉大利什麼啊？」白洛因嘶吼，「車尼瑪都沒法要了！你往下搬的時候怎麼不瞅著點兒啊？還愣著幹什麼?趕緊去救火啊！」

顧海一把拽住白洛因，「甭去了，撲滅了也白搭，維修費還不如買輛新車呢！」

白洛因心疼得臉都皺成一團了，那燒得可是大把大把的鈔票啊，顧海瞧見他那副模樣，忍不住調侃道：「現在這社會，不燒輛車都沒臉說自個是官二代。」

白洛因恨得咬牙切齒。

因為意外，導致顧海和白洛因燃放爆竹的計畫提前完成，兩人開一輛車回去的時候，街上剛開始熱鬧起來，絢爛多彩的煙花在車外的夜空裡綻放，白洛因的眼睛看著窗外，心裡不由得感慨，早知道那輛車報廢了，剛才不如多抬頭看看了，當時的夜空一定特美吧！

有些東西，註定要以毀滅性的代價來換取，既然已經付出了，何不好好珍惜那份來之不易的幸福呢？

白洛因的目光轉了回來，眼睛盯著車裡的電子顯示幕，時間正好卡在十一點五十九分，白洛因屏氣凝神，在數字跳轉的那一剎那，迅速轉過頭。

「過年好！」

「過年好！」

幾乎同時開口，又是同時露出喜氣洋洋的笑容，無需任何偽裝，一張臉就可以除掉彼此心中所有的遺憾。

永遠不會忘記，那一年的除夕我們在路上。

三月中旬，天氣漸暖，白洛因和顧海準備啟程去西藏。

收拾東西的時候，顧海還挺捨不得的，「菜市場的大媽都認識我了，每次買菜都把零頭給我抹了。」

白洛因不屑一顧，「我估摸誰去買菜她都會把零頭抹了。」

「誰說的？」顧海據理力爭，「年前我買菜的時候她還收零頭呢，年後再一去，零頭不要了，偶爾還搭幾根蔥。咱們這一走，以後誰還給我抹零頭啊？」

白洛因幽幽地看了顧海一眼，「你少燒一輛車，你孫子買菜的零頭都出來了。」

「我發現你這個人怎麼這麼冷漠呢？」

我不是冷漠，我是沒你那麼矯情，什麼事都掛在嘴邊說。我能不傷感麼？好歹在這過了三個多月，每天睜開眼就能看到大海，推開窗戶就能吹到海風，以後去哪找這麼便宜的海景房啊？

收拾好東西，兩人在這吃了最後一頓飯。

期間，無意間聊起學校裡的事，白洛因隨口提了句，「尤其過了北影的複試。」
顧海抬起頭看著白洛因，「你怎麼和他聯繫上了？」
「沒，我是在校園論壇上看到的，有人把北影三試名單公布了，我看到了尤其的名字。」
「不會是同名同姓吧？」
白洛因哼笑一聲，「這麼二缺64的名字還能找到重名？」
「也是啊。」顧海的筷子停了停，刻意來了句，「你還挺關注他的。」
「本來沒怎麼關注，自打你和我犯了一次渾之後，這個人就給我留下了不可磨滅的印象。」
「你丫成心是吧？」顧海迅速變臉。
白洛因習以為常，很自然地切斷話題。
「對了，我還沒問你呢，你想好去哪個大學沒？」
顧海淡淡回了句，「隨便。」
「隨便？」白洛因有點兒火大，「你能不能有點兒上進心？」
「誰說我沒有上進心啊？」顧海掃了白洛因一眼，「我就是上了大學，也不會踏踏實實在裡面混日子的，我打算過兩年就著手準備開個公司，創業上學兩不誤。我這個人比較務實，理論那種東西對我沒有誘惑力，官途我不想走，經商最適合我。」

64：少根筋之意。

白洛因覺得特不靠譜，「資金呢？」

「既然都有打算了，資金肯定能籌備來，我可以從小做起，慢慢壯大。」

「我怕錢到了你手，沒兩天就得瑟65沒了。」

「瞧你說的！好像我多沒自制力似的。」

「你有過麼？」白洛因嚴重懷疑。

顧海挑了挑眉，眸底暗示意味明顯，「你指的是哪方面？」

「吃飯！！」

51.

「這款車怎麼樣？」

一輛豪華的越野車橫在白洛因面前，路虎發現[66]，那會兒剛出沒多久的車型。

「你怎麼租了一輛這麼貴的車？」

「哪是租的啊？」顧海倚靠在車門上，硬朗的面孔內暗藏著幾分笑意，「我新買的。」

白洛因微斂雙目，「買的？你哪的錢？」

言外之意，你丫的不是把錢都上繳給我了麼？怎麼還藏著私房錢？如實招來！

「你還記得那條紅鑽石項鍊麼？我把它給賣了。」得意洋洋，好像自個幹了一件多精明的事。

「你什麼時候賣的？我怎麼都不知道？」白洛因發現顧海越來越賊了。

「咱還在北京的時候，那人就聯繫過我，有意要買，那會兒我沒應。前兩天他又給我打電話，我一想咱正好缺輛越野車，不如就把這條項鍊轉讓出去吧，反正留在我手也沒用，保不齊哪天丟了呢？這錢不就白瞎了麼！」

65：在此指胡亂花錢的意思。

66：路虎（Land Rover），英國運動型多用途汽車品牌。

白洛因額頭冒汗，「幸好沒把房產證帶過來。」

「租車不是也得花錢麼？還不如買一輛，咱倆又不是只出去這麼一次，等高考完了，大把大把的時間留著幹嘛？不得到處走走看看啊！」

白洛因皮笑肉不笑，「照咱倆這樣過，還有高考麼？」

「你想那麼遠幹什麼？不是還有仨月呢麼！走走走，先上車，咱得出發了，不然等出省的時候天都黑了。」

白洛因沒動，沉著臉盯著顧海。

顧海嘴角扯了扯，身體僵持了片刻，瞬間鬆垮下來。手摸摸衣兜服口袋，摸出一張卡來，戀戀不捨地遞到白洛因面前。

「賣項鍊剩下的錢都在這呢。」

白洛因的唇角勾起一個弧度，「上車！」

兩人一擊掌，新車上路了！

從青島去西藏的路有川藏線，也有青藏線，他們決定川藏線去，青藏線回，這樣可以看到更多的沿途風景。後車箱裡裝備齊全，為此顧海還查閱了很多資料，列出一份清單，他負責準備，白洛因負責檢查，對一切考慮到的突發情況都準備好了應急措施。

三天之後，兩人到了成都，因為對這個幸福感最高的城市充滿了好奇，白洛因提議先在這裡玩兩天，兩天之後繼續上路。路程中又遇到了數不清的問題，汽車故障、道路施工、天氣異常、攔路搶劫……憑藉兩人的氣魄膽識，這些問題統統被克服了，只是到達時間比原計畫晚了四天，等他們抵達西藏的時候已經四月份了。

汽車在公路上平緩地行駛著，海拔已經悄然升至三千米，兩人還渾然不覺。隨著路途的行進，天空越來越澄澈清透，一座座煙霧繚繞的雪山開始出現在兩人視線中，讓人睏倦的神經突然一醒。白洛因的視線朝外看去，眸間突現一抹喜色，拽著顧海的胳膊說：「你快看，藏羚羊！」

顧海減慢了車速，一隻紅褐色的藏羚羊就在距離他們不遠的地方，健碩挺拔的軀幹透著高寒地域的那種蒼茫和大氣。它很快朝北奔跑，優美得像飛翔一樣的跑姿，閃現著鮮活的生命色彩。

「呼吸困難麼？」顧海問。

白洛因的思緒被拉回，用手摸了摸胸口，貌似沒什麼感覺，可能被興奮所掩蓋了吧。

顧海停下車，遞給白洛因一瓶口服液。

這種口服液可以提前防備高原反應，這幾天兩人一直喝，白洛因很不喜歡那個味道，每次喝之前都得磨嘰一陣。今兒還算不錯，沒等顧海威逼利誘，就乖乖地喝了，大概是看到這麼美好的景色，這些煩人的小細節都可以忽略掉了。

「有什麼不舒服的一定得和我說。」顧海叮囑。

白洛因點點頭，「放心吧，沒事，快點兒上路吧。」

中午，兩人終於順利抵達拉薩。

白洛因興沖沖地打開車門要下去，又被顧海拽住了，進行了一系列繁瑣的出門準備。防晒霜、太陽眼鏡、遮陽帽……一樣都不能少。本來白洛因還覺得顧海小題大做，結果出去走了幾步才發現他是明智的，這兒的光線真不是一般的足，皮膚暴晒在太陽底下有種灼燒感，怪不得藏民各個皮膚黝黑，粗獷剽悍。

本來入藏之後應該先休息，可兩人等不及了，草草地吃了一些東西，就去了大昭寺，一整個下午都在那晒太陽。看著那些來朝拜的信徒在門口磕長頭，念佛經祈福，目光澄澈，表情虔誠，白洛因不免感慨，沒信仰真可怕，坐在這看熱鬧，有種枉為人的感覺。

「我也應該朝拜朝拜。」顧海突然冒出一句。

白洛因斜了他一眼，「人家朝拜是為修來世，你為什麼？」

「我不修來世，只求今生與你相伴。」

白洛因的目光中遮掩不住的笑意，「我代表佛祖超度你！」

「哈哈哈……」

從大昭寺回來，兩人去了當地一家有名的藏菜館，喝了喝純正的青稞酒，品了品獨特的酥油茶，吃了吃地道的手抓羊肉……可惜還是不習慣這種口味，兩人出去之後都表示沒吃飽，於是又找了家麵館惡補了兩大碗拉麵。

入住酒店的時候天已經黑了，西藏晝夜溫差很大，從車裡出來，白洛因就打了個冷噤，顧海用胳膊圈住他，兩人並肩走進酒店。

洗澡的時候，顧海和白洛因悲催的發現，他們今天晒過頭了，雖然做好了防晒措施，可後脖頸的地方還是被晒脫皮了。這還不算什麼，更悲催的是被太陽眼鏡遮住的地方和沒被遮住的地方簡直是兩個人種，一照鏡子發現毀容了。

顧海給白洛因塗藥膏的時候特心疼，「你瞧瞧，晒得嫩肉都露出來了，疼不？」

「有一點兒。」白洛因吸了口氣。

後來換他給顧海塗藥膏，發現顧海沒有明顯晒傷的地方，就是有點兒紅，摸起來麻麻的，忍不住感嘆了一句，「本來挺好的皮膚，晒成這樣，啥時候才能恢復啊？」

顧海眸色一亮，「我皮膚很好麼？」

白洛因沒好意思說，顧海雖然手糙了點兒，可身上的皮膚還是很滑的。尤其配上那一身的腱子肉，摸起來相當有質感，這也是白洛因偶然間色一把的直接誘因。

「還可以吧。」

顧海聽後目露驚訝之色，「以前怎麼沒聽你提過？」

「我沒事提它幹嘛？」白洛因不以為意。

顧海卻有點兒心裡不平衡，「怎麼就不能提了？你看咱倆那個的時候，我總是誇你，說你兩條腿又長又直啦，說你屁股又圓又大啦，說你小嘴風騷迷人啦……你想想你誇過我什麼？哪天操爽了，能冒出一句雞巴大，那還得是我逼問出來的。」

「你……！」白洛因差點兒把顧海楔進床板裡。

臨睡前，白洛因看到顧海擺弄一塊棉布，用剪子在中間掏一個洞，掏完之後用手在臉上比畫一下，感覺尺寸不合再繼續剪，剪糟踐了就換一塊重新剪。

「你幹嘛呢？」白洛因沒看懂。

顧海頭也不抬地說：「做面罩。」

「面罩？」白洛因更糊塗了，「做面罩幹什麼？」

「明兒出去的時候罩臉上，估摸著回來就能晒均勻了。」

白洛因把顧海的發明創造拿過來，往臉上一罩，只有眼睛周邊一圈露出來了，頓時明白了顧海的用意，不得不佩服他豐富的想像力。

「用不用我給你做一個？」顧海樂呵呵地問。

白洛因木訥地搖搖頭，「您留著自個用吧，明兒戴出去的時候離我遠點，別說咱倆認識。」

「不識貨的東西！」

白洛因哼笑一聲，「我要真識貨還能看上你麼？」

顧海撲了過去，捲了一身的碎布和線頭，被白洛因嫌惡地踹開了，顧海只好先把床單收拾乾淨，而後仰躺在大床上，就因為白大爺誇了他一句皮膚好，不停地在那自我陶醉，陶醉了將近十分鐘，又開始明目張膽地自摸，結果又挨了白洛因一腳。

屋子的燈被關上，有個角落卻散發著淡淡的光，還彌漫著天然的奶油香味兒。

顧海朝光亮的源頭看去，發現白洛因的手上捧著一盞燈，清亮的目光在火束上跳躍著，認真端詳的側臉輪廓被燈光悄然柔化，察覺到顧海在看他，白洛因扭頭朝顧海一笑，柔聲說道：「看，酥油燈！」

燈光映照下的笑容，在顧海的眼中如此乾淨，如此溫暖。

他忍不住用手圈住白洛因的肩膀，把臉貼在白洛因的臉上。

白洛因將酥油燈小心地放歸原處，正打算睡覺，顧海的手突然伸到了他的額頭上。

「你有點兒低燒。」

「是麼？我沒感覺到有什麼不舒服。」白洛因說。

顧海開燈起身，白洛因問他去幹什麼，話還沒說完顧海就走了。沒一會兒，一個醫生走進來，給白洛因測了腋下體溫，的確有點兒低燒，不過沒什麼事，吃點兒退燒藥就行了。

醫生已經這麼說了，顧海還是不放心，整整一宿都沒睡，就那麼抱著白洛因，看著他，生怕有什麼意外。他聽過好多這種傳聞，說在高原上感冒是了不得的事，絕對不能疏忽，一旦轉成肺水腫，情況就危險了。

第二天一早，白洛因的低燒症狀徹底沒了，兩人啟程去了納木錯。

高原上的湖泊是上天最美的傑作，如不身臨其境，你無法感受那種大氣磅礴的美。湖水湛藍疏朗，像是雪山下的一滴晶瑩剔透的淚，湖面暮靄茫茫，恍若仙境。站在湖邊，你會感覺自己遠離世俗，整個心靈彷彿都被這純淨的湖水所洗滌。

行走在壯闊雄渾的草原上，看著土撥鼠、野兔、黃羊……聽著冰層融化時的奇妙聲響，一切苦難都變得微不足道。

52.

從納木錯返程，兩人去了羊八井泡溫泉。

這裡的溫泉熱氣噴出地面幾米甚至百米，形成一股股氣浪直衝雲霄。白洛因禁不住有些呆了，溫泉旅館的老闆走出來，笑著從不遠處的泉眼裡撈出兩個雞蛋，遞給白洛因和顧海，「吃吧，剛煮熟的。」

白洛因嚥了口唾沫，沒敢接。

老闆操著一口濃重的河南腔說道：「肯定煮熟了。」

顧海接了過來，剝開其中一個，蛋清是晶瑩剔透的，看起來有點兒軟，不像家裡煮得那麼牢實。本以為裡面的蛋黃是溏心的，結果剝開才發現蛋黃已經熟透了，嚼在嘴裡很勁道，顧海忍不住讚歎道：「這溫泉煮出來的雞蛋還真不錯。」

說罷遞給白洛因一個，「嘗嘗吧，的確是熟的。」

不熟我還不擔心呢，就因為是熟的，白洛因才膽寒。

「這溫泉都能把雞蛋煮熟了，咱倆要是進去不得褪一層皮啊？」

顧海一愣，瞬間笑了出來，旁邊的老闆也跟著笑了，大概是笑白洛因的可愛。

「你傻不傻啊？人家能讓你去開水裡面泡麼？這裡的溫泉水都經過冷卻了，你看到那個露天泳池沒？那裡面就是冷卻了的溫泉水，我們是要去那泡的。」

白洛因臉上有點兒掛不住，「你又沒事先告訴我，我怎麼知道？」

「這是常識，還用我告訴你麼？」顧海又笑了。

白洛因恨恨地搶過雞蛋，大步朝更衣室走去，果然長時間和傻子待在一塊，自個的智商都下降了。

雖然經過冷卻，可池水還是很燙，白洛因好一會兒才適應過來，顧海在周邊游了一圈，來到白洛因身邊，兩人靠在池沿上，咕咕的泉水按摩著身體，不時覺得體內熱浪翻滾。放眼望去，皚皚雪山在周圍環抱，靜謐的原野和移動的羊群近在眼前，鼻息間彌漫著青草的香氣，在這種環境下泡溫泉，實在是一種難得的享受。

白洛因正在閉目養神，突然感覺一隻手順著脊背遊走在腰側間，最後滑到泳褲的邊緣，他嗖的將眼睛睜開，發覺不遠處就有一對年輕人在泳池裡追逐嬉戲，岸上還有幾個藏民走來走去，立即按住了顧海作惡的手。

「你幹嘛？到處都是人！」

顧海貼伏在白洛因耳邊，「怕什麼？反正都是藏民，他們罵咱咱也聽不懂。」

白洛因：「……」

到了夜間，室外溫度驟然下降，白洛因和顧海就在旅館住下了，每個房間都有小溫泉池，裡面富含草藥，可以有效地驅寒解乏，白洛因和顧海就躺在池子裡，一邊聊天一邊吃水果，好不愜意。

「不想回去了。」白洛因閉著眼睛淡淡說道。

顧海從白洛因身後圈抱住他，手在他的腿間流連，鼻息裡擴散著絲絲熱氣，「不想回去就不回去了，咱就在這出家為佛吧。」

白洛因根本沒聽顧海在說什麼，反正他十句話有九句都不靠譜，就是感覺這樣放鬆的心境很舒服，什麼都不用想，外面就是個蒼茫寧靜的世界，裡面就是這樣一間小屋子，屋子裡有兩個人，彼此倚靠，無話不談。

顧海的手環抱著白洛因的腰側，緩緩上移，輕輕地按摩，來來回回數次，終於到達胸口，粗糙的指頭輕輕地在兩點上撥弄。

白洛因呼吸甚重，側頭注視著顧海，魅惑的雙唇帶著清冷的水波。

顧海吻住白洛因的薄唇，起初是溫柔的，像池底流淌的水波，而後漸漸濃烈，熱浪開始在身上翻湧，一股股地向身下匯聚。兩人心照不宣地將手伸向對方的分身，愛不釋手地把玩著，熟練地操控著對方的情緒，直到完全失控……

顧海擠了一些沐浴露在手上，耐心地在白洛因身上塗抹，白洛因閉著眼睛不吭聲，英俊的臉頰在升騰的霧氣裡似真似幻。顧海的手塗抹到白洛因的腿間，大概是覺得癢，白洛因閃躲了一下，剛適應沒一會兒，顧海的手又伸到了臀縫裡，順勢進入一根手指。

白洛因的眼睛微微睜開一條小縫，懾人心魄的視線直逼著顧海，顧海手指大動，白洛因眉頭輕蹙，發出魅惑的喘息聲，刺激得顧海寒毛都豎起來了。

高原溫泉不宜浸泡時間過長，於是兩人很快擦乾身體鑽進了被窩。

意猶未盡的白某人把手伸到了顧某人的身上，準備美餐一頓。顧某人感覺到白某人的撩撥，竟然咬著牙挺住了，想起之前的種種吃虧，當即決定反撲回來。

「先誇我，不誇不讓摸。」

白洛因冷魅的視線瞥了顧海一眼，顧海的魂沒了半個，剩下半個勉強撿回來了。

不讓摸？那我就用嘴攻陷你。

白洛因含住了顧海胸口左邊的那一點，顧海猛嚥了一口氣，半條魂又少了二分之一，剩下的四分之一還不知道在哪懸著呢。可人家今兒就徹底爺們兒了一次，你不開口，那我就吊著你，看咱倆誰扛得過誰。

「不誇我一句，甭想碰我！」顧村長一把推開了心急的白小媳婦兒。

白洛因也沒耐心了，草，比個女人還難伺候！不讓碰我還不碰了，沒你爺還能餓死？

翻了身，後腦勺無情地對著顧海熾熱的眸子。

顧海不甘示弱，當即使出殺手鐧，用靈巧的手指和舌頭在白洛因的腰眼附近撩撥著，這是顧海當初重點開發的領域之一，白洛因也不知道顧海用了什麼手段，他這塊原本不怎麼敏感，結果被顧海調教得碰都不能碰。

最後，白洛因宣告失敗。

「你的皮膚真好。」白洛因惡罵自個沒出息。

顧海的舌頭在白洛因兩點附近打圈，「還有呢？」

白洛因嚥了一口氣，愛答不理地說：「你的肌肉真有彈性。」

顧海的手又伸到了密縫中，惡劣地在密口周圍搔弄。

「還有呢？」

「你還有完沒完？」白洛因傲然的眸子與顧海對視。

顧海的手指赫然闖入，兇悍而霸道地在狹窄緊致的甬道裡來回穿梭，一下一下地戳擊著白洛因的致命點。

「你給我停下！」白洛因表情糾結。

「說不說？嗯？」顧海的身體重重地壓制著白洛因，又加入一根手指，不容違抗地連環刺激，「還沒誇完呢，今兒你不把我誇爽了，我就一直這麼折騰你……」

白洛因的腰身已經離開了床單，因情動而扭曲的臉在顧海的眼中異常的性感。

「＊＃@……大……」

顧海故意擰起眉，「什麼？我沒聽見。」

白洛因將顧海的兩隻耳朵揪成了血紅色。

激情過後，顧海突然想起來什麼，朝白洛因說：「你還欠我一句話呢！」

白洛因立刻炸毛了，「還欠你啥？」

能說的不能說的，剛才都尼瑪說出來了！你還讓我說啥?!

「別急別急……」顧海又開始擺出一副溫柔體貼的模樣，「我說的不是那種話，是很正經的一句話，當初我和你說了，你沒回我。」

「什麼話？」白洛因問。

「你還記得小年夜那天晚上不？咱倆喝多了，玩角色扮演，我演……」

「甭給我提那件事！」白洛因兇悍打斷，「我沒和你玩過，你少給我胡編亂造！你再給我胡扯，我跟你丫急！」

關於那晚的事，白洛因是寧死不承認，就算人證物證都在，他也一口咬定自個絕對沒幹過那種傻事。顧海一每每提起，白洛因必是一副炸毛小狗的姿態嗷嗷亂吼。

「得得得，咱不說那個遊戲，咱就說事後，事後你還記得我和你說過什麼麼？」

白洛因搖搖頭，他連那麼大型的遊戲都不記得，更甭說最後那句話了。

顧海朝白洛因貼了過去，「我說了一句我愛你。」

白洛因心尖微顫，扭頭看向顧海，後者正含情脈脈地看著他。

「你也應該表示表示吧？」

白洛因避開顧海的目光，「我沒聽見。」

「我愛你！」顧海又大聲說了句，「這次聽見了麼？」

白洛因點頭，「這次聽見了。」

然後又沒了。

顧海等得溫泉池子裡的水都快蒸發乾了，也沒等來白大爺一個字兒，再扭頭一瞧，白大爺又去向周公表白了。

53.

這幾天部隊沒有什麼事，顧威霆比較清閒，這天他突然來了興致，打算再去白洛因和顧海的小淫窩觀光遊覽一番。

推開門，房間裡透著一股沉悶的味道，大概是很久沒有開窗戶的緣故。顧威霆將窗戶打開，外面一條繁華的商業街，車輛人群川流不息。他彷彿看到一輛車正在駛入社區，車上走下來兩個人，心臟驟然一縮，再定睛一看，卻什麼也看不到了。

陽臺養了幾盆花，如今大半都枯萎了，噴壺扔在外邊，一凍一化已經走了形。廚房餐具一應俱全，調味料分門別類地放在調味盒裡，放鹽的那個盒子是開著的，鹽已經成塊狀了，一把小勺子靜靜地躺在裡面。顧威霆想像不到顧海那雙大手捏起這麼一把小勺子會是什麼模樣，更無法想像他能安靜地站在這裡做一件極其繁瑣的小事。

綠色的蔬菜早已成了枯葉，軟塌塌地搭在菜籃子周邊；馬鈴薯早就發霉了，上面斑點遍布；茄子蔫得只剩下手指粗細；只有一個洋蔥還是好的，結果拿起來發現挨著籃子底下的部分已經爛成泥了……打開冰箱，裡面各種熟食、飲料、醬菜……塞得滿滿的，卻放得很整齊。

也許被帶走之前，他們還想做一頓豐富的午餐，可惜沒來得及。

所幸兩個浴室都很乾淨，馬桶套是臨走前新換的，浴缸每次用過都會刷乾淨，洗漱檯上面擺著一個掉了毛的禿鴨子，本來鴨子是毛茸茸的，結果某人手欠全給薅了。擱物架上擺放著兩個人的洗漱用品，一瓶洗面乳幾乎是滿的，一瓶卻見了底，可見他們兩人的護膚品是混著用的，不分你我。

顧威霆拿起一個刷牙杯仔細端詳著，上面印著顧海的大頭貼，杯子上的顧海嘟著嘴，一副欠扁的表情；另一杯子上印著白洛因的照片，也是同樣的表情。顧威霆將兩個刷牙杯對在一起，果然兩張嘟著的嘴親到一起了。

真不想承認這倆二貨是自個兒子！

臥室一看就是收拾過的，比他上次來的時候整齊多了，只有厚厚的一床被子，長長的一個枕頭，光是看床上用品的擺放，就能猜到兩人平時是怎麼睡的。

打開左邊的床頭櫃，一箱子的套套，什麼顏色都有；打開右邊的櫃子，一箱子的潤滑油，什麼口味的都有。

顧威霆坐在床上，幽幽地看著這間溫馨的小屋，心裡什麼滋味都嘗遍了。

來到西藏已經第九天了，兩人大部分時間都在東奔西走，流竄於各個風景勝地，偶爾累了也會逛逛小街，領略一下當地的風土人情。

顧洋打電話過來的時候，兩人正坐在牛皮船上欣賞羊卓雍錯的湖光山色之美。

今天湖上風很大，張開嘴有種呼吸不暢的感覺。

「喂？」

除了風聲，顧洋什麼都沒聽到。

顧海也是盡全力大聲喊，「哥，有事麼？」

「你爸答應不干涉你倆了，趕緊回來吧。」

「什麼？你說什麼？」

顧洋懶得重複一遍，就把電話掛了。

白洛因把半張臉藏在領口下面，等顧海放下手機，忍不住問了句，「什麼事啊？」

「不知道，我就聽見我爸怎麼怎麼滴了……」顧海把手機插進衣兜，滿不在乎地說了句，「管他呢，追來就追來唄……師傅，再往前划划！」

結果，兩天之後顧洋又來了電話。

「到北京沒？」

顧海睡得迷迷糊糊的，「什麼到北京沒？」

「別告訴我你們還沒出發呢。」

「出發，出發去哪？」

顧洋的語氣裡透著絲絲涼氣，「你們現在在哪呢？」

「西藏啊！」顧海打了個哈欠坐起身。

「給你三天時間，收拾收拾，馬上坐飛機回北京。」

顧海困頓的神經瞬間清醒過來，「回北京？回北京幹嘛？」

「敢情我前兩天那個電話白打了，你什麼都沒聽見是吧？」

「你打電話那會兒我正在湖上，那天風大，水鳥還在四周叫喚，我沒聽清，你再說一遍。」

顧洋冷哼一聲，「你倒是活得挺逍遙。」

白洛因還沒睡醒，顧海的手在他身上摸來摸去，懶懶開口問道，「到底什麼事啊？」

「你爸已經同意不干涉你們倆了，他給了五天時間，務必要見到人。現在你們已經耽誤了兩天，還有三天時間，趁早動身。」

顧海冷笑一聲，「給我下套[67]呢？你丫就甭安好心！」

「誰給你下套呢，少廢話，趕緊回來。」

顧海在白洛因身上滑動的手驀地停下，臉上的表情終於回歸正色。

「你說的是真的？」

顧洋哼笑，「涮你這種智商的人有勁麼？」

顧海忘了自己的手還在白洛因的小腹上，一激動狠狠揪了一把，白洛因吃痛醒來，正欲爆發，顧海趕忙把手伸到白洛因的頭髮上順了幾下，白洛因很快又睡了過去。

等白洛因再次醒來的時候，顧海正愁眉苦臉地端坐在旁邊的椅子上。

「怎麼了？」白洛因恍恍惚惚聽到顧海早上和誰通了電話。

顧海歎了口氣，「我爸已經不干涉咱倆了。」

白洛因倒是表現得挺鎮定的，他緩緩地坐起身，幽幽地瞟了顧海一眼。

「那你還發什麼愁？」

「不知道。」顧海目光渙散，「就是覺得挺沒勁的。」

「……神經病。」

67：設下陷阱。

白洛因穿好衣服從床上下來，去了洗手間，正刷牙的時候，滿口都還是泡沫就走出來了，看著顧海說：「其實我也有點兒不想回去，嘿嘿……」

顧海走到浴室門口，身體慵懶地倚在門框上，目光中透著點點邪光。

「要不咱再在這待幾天？」

「得了吧。」白洛因漱口，「你不想回家了？」

顧海揚了揚唇角，甩下一句「矛盾」，就沒精打采地走回去了。等白洛因出來的時候，顧海仰躺在大床上，一副無病呻吟的姿態，白洛因也躺了上去，兩個難兄難弟裝模作樣地哀號了幾聲。突然一躍而起，興沖沖地開始收拾東西。

回家了，終於可以回家了！

外邊風景再美，終究不屬於自己。

儘管白洛因和顧海快馬加鞭地往回趕，可回到家的時候也已經是四月底了，白漢旗聽說白洛因要回來，每天站在門口盼，盼得脖子都長了，才把他兒子盼來。

於是，兩人各回各家。

為了早點兒看到白洛因，鄒嬸今兒都沒去店裡，早早地買好菜擱廚房備著，然後就開始在門口晃悠。一直晃悠到下午兩點，才看到白洛因的身影，眼淚不受控地掉下來。

「孩子，在外邊沒少受罪吧？瞧瞧這小臉晒的，焦黑焦黑的……」

白洛因實在不好意思當著親人的面說自個是旅遊晒黑的。

「快點兒去看看你爺爺奶奶吧，你奶奶大年三十沒瞧見你，整整哭了一宿，以為你出啥事了，我們怎麼勸也不聽。」

白洛因心一沉，趕緊朝爺爺奶奶的房間走去。

白奶奶剛一瞧見白洛因，當即哭了出來，哭得像個小孩似的，一邊哭一邊說：「奶奶還以為你沒了呢……」

白洛因哭笑不得，趕忙去哄，「奶奶，我這不好好的麼？我春節那段時間去外地參加活動了，一個特重要的活動，學校組織的，不去就不讓考大學了。」

白奶奶又問：「你都不想奶奶？」

白洛因心一酸，拽著白奶奶的手說：「想啊，天天都想。」

白奶奶就像沒聽見一樣，還是一個勁地問，一遍又一遍，「你都不想奶奶？……你都不想奶奶？……你都不想奶奶？……」這幾個字，白奶奶說得特別清楚，不知道在腦子裡反反覆轉過多少次了。

白洛因眼圈紅了，起身去拿毛巾，回來給白奶奶擦臉。

白爺爺的腦血栓後遺症越來越明顯了，這會兒瞧見白洛因，只知道咧著嘴笑，已經不會說什麼了。

顧海的車剛開進社區就看到顧洋了，顧洋就站在門口，顧海坐在車裡就開始朝顧洋笑，顧洋則是面無表情地看著他，顧海下車，走到顧洋身邊。

「你怎麼晒成這副德性？」

顧海露齒一笑，「這膚色多陽光。」

顧洋冷笑，「你的牙真白。」

兩人並肩走進電梯，電梯徐徐上升，顧洋瞟了顧海一眼，顧海回看了一眼，哥倆的目光碰上，還有點兒水火不容的感覺，大概是想起顧村長和窩囊廢了。

到了家門口，顧洋才開口。

「你爸就在裡面。」

顧海的腳步頓了頓，提防的目光看著顧洋。

「怎麼？都到家門口了還怕是個圈套啊？你那些膽兒都哪去了？」

顧海冷哼了一聲，大步走了進去。

顧威霆在沙發上正襟危坐，看到久盼歸來的兒子，臉上沒有過多的表情變化。

「爸。」顧海淡淡地叫了一句。

顧威霆沒應，不知是沒聽見，還是不願意搭理顧海。

顧海提著自個的包走進臥室，把東西放下，簡單地換了一件衣服，出來接了一杯水，咕咚咕咚全喝下去了。

「我說不干涉你們，不代表我支持你倆，想讓我認可，下輩子吧。」

顧海心裡暗暗道，我不用你認可，你只要別搗亂就成。想是這麼想，可顧海還是禮貌地回了句，「謝謝爸的體諒。」

聽到這句話，顧威霆的臉色才稍稍好轉，他看了顧海一眼，其實從顧海進來到現在，他一直暗暗觀察顧海，只是沒有正式地將目光投過去。顧海要感謝自己去西藏的這段旅程，因為有了它，顧威霆才相信顧海在外邊真的餐風露宿，沒過什麼好日子。如果讓顧威霆知道顧海這段時間一直在外度蜜月，估計一氣之下會把他發配邊疆。

「我問你，你對自個讀大學的事情是怎麼打算的？」

「沒打算。」顧海實話實說。

顧洋在不遠處看了顧海一眼，神色幽暗。

顧威霆眼神表情不快，「沒打算？那你想怎麼著？直接參加高考念大學？就你這個水準，撐死了是個三流大學，你丟得起那個人麼？」

關於這個問題，顧海一點兒都不想和顧威霆交流，他說了顧威霆也不會理解，還不如閉嘴，該幹什麼幹什麼。

「把菸放下！」顧威霆怒喝一聲。

顧海只好把抽出來的菸又塞了回去。

顧威霆伸出一根手指對著顧海，「我給你一個建議，要麼你就乖乖入伍，要麼你就考國防生，如果你留在國內，就這兩種選擇。」

「您能不能別總是對我的人生指手畫腳？」

顧威霆惱了，「我對你已經做到最大限度的放縱了！」

顧海剛要說話，顧洋開口了。

「叔，這事等高考過了再商量吧，先讓小海好好歇兩天。」

顧威霆冷銳的眸子迫視了顧海良久，終於起身朝外走去，走到門口的時候還停了一下，頭也不回地說：「你櫃子裡的那兩箱東西讓我搬走了！」

直到顧威霆上了電梯，顧海才反應過來，當即咬牙切齒。

「老——淫——賊！」

54.

五一假期過後，白洛因和顧海才返校。

此時的班裡已經籠罩上一層硝煙戰火的味道，之前幾個臭美的丫頭這會兒也披頭散髮來上課了，後排幾個好動的哥們兒這會兒全都老實了，就連長年累月趴在桌子上的覺主這會兒都挺直腰板了……所以當顧海和白洛因悠哉悠哉地走進班的時候，立刻被視為異類。

「呃……你不是移民了麼？」尤其一副驚訝的表情看著白洛因。

白洛因嘴角扯了扯，「移民？誰告訴你我移民了？」

「楊猛。」

「他的話你也能信？」

「那你這程子去幹嘛了？」尤其問。

白洛因不好開口，只能轉移話題。

「對了，我聽說你去參加北影的面試了，結果怎麼樣？」

「過了。」尤其輕描淡寫地說，「現在就等文化課考試了。」

白洛因面露喜色，「行啊，小子，我聽說北影比清華還難考呢，你怎麼做到的？不是說必須要有關係，而且還得花大把的鈔票麼？」

「我也挺納悶的，我就是去那試吧試吧，壓根沒想過能錄取。結果一試的時候就有個老師看中我了，後來一直和我聯繫，免費給我指導。複試放榜的時候我都沒去看，還是老師打電話通知我過了，我當時還不信呢。等到了三試，我才真正開始準備，但也沒抱多大希望，結果就這麼過了，說實話挺意外的。」

看到尤其神采奕奕的模樣，白洛因真心替他高興。

「畢業那天記得給我簽個名，萬一哪天你火了，我還能拿去賣兩個錢。」

尤其嘿嘿笑，「不至於，以後咱還得聯繫呢，我就是成了大腕，也不會對爾等草民耍大牌的。」

說完拿出紙巾擤鼻涕。

白洛因一副堪憂的表情看著尤其，「我真擔心你上臺的時候堅持不完一首歌鼻涕就下來了。」

「你丫能不能別老拿這事擠兌我？」

白洛因但笑不語。

尤其突然想起什麼，一把攥住白洛因的手，目露迫切之色。

「因子，你得幫幫我，我文化課夠嗆啊！這要是面試過了，文化課給刷下來，多冤啊！趁著現在離高考還有一段時間，你給我補補吧。」

「成。」白洛因答應得挺痛快。

尤其的感激之詞還未來得及說出口，突然感覺手上一陣火辣的刺痛，某人拆下了課桌上的一顆螺絲釘，直接朝他倆緊握的雙手扔了過來，又準又狠，尤其的手背被戳出了一個小紅窩。

白洛因幽冷的目光朝後面掃射過去。

尤其這次主動開口，「對了，顧海，有個事一直想感謝你呢！我挨打完沒幾天就去面試了，鼻青臉腫的，結果面試的老師說我有種殘缺美，讓我在眾多考生中脫穎而出，給主考官留下很深的印象。」

顧海的嘴角抽了抽，「那我再給你兩拳，沒準明天就能接戲了。」

放學，顧海被老師臨時叫走，白洛因站在校門口等著顧海。等顧海出來時，白洛因正坐在學校外邊的欄杆上抽菸，顧海走過去，搶過他手裡的半截菸，放在嘴裡狠狠吸兩口，又還給了白洛因。

兩人是騎自行車來上學的，已經很久沒有這種感覺了，白洛因站在後車架上，手按著顧海的肩膀，看著馬路在自己面前越縮越短。

「你還記得麼？咱倆剛認識那會兒，你是朝後面坐著的。」

白洛因怎會不記得，那會兒他看顧海處處不順眼，現在想想還覺得納悶。明明是死對頭，怎麼就發展成現在這種關係了？如果讓白洛因回到當初的境遇中，審視現在所發生的一切，一定會被自己雷得天翻地覆。

有時候，我們覺得最不靠譜的一件事，卻在我們生活中實實在在發生了。

「你說，咱這輛自行車還能騎多久？」白洛因問。

顧海低頭瞅了瞅，「這輛車應該挺結實的，就鏈條有點兒皺，回去上點兒油和新的一樣，我估摸著最少還能騎兩年吧。」

「誰跟你說這個呢？」白洛因氣結，「我的意思是同騎一輛車的日子還有多久。」

「你想要多久有多久。」顧海樂呵呵的，「你要是願意，以後上了大學，我還可以騎自行車接你上下學。提前說好了，你不能住校啊，咱們還住在家裡。遠點兒也沒事，反正大學時間寬裕，我們有大把大把的時間在路上。」

想像總是美好的，白洛因卻隱隱間覺得，他們這樣騎車在路上的時間就只剩下二十幾天了。

高考前三天，學校放假了。

白洛因趁著這兩天閒置時間打算回家一趟，也算是高考前給家人吃一顆定心丸。正巧在校門口碰到楊猛，兩人順道一起回去。

「對了，我還沒問過你，你填報了什麼志願啊？」

「甭提了。」楊猛垮著臉，「我都快因為這事愁死了。」

白洛因看了楊猛一眼，「怎麼了？目標定得過高？」

「我爸非逼著我報了一個軍校，說是我們家各輩子沒出過一個軍人，還指望著我光宗耀祖呢。又說什麼軍人待遇好，畢業直接管分配，我擰不過他，一咬牙就報了，本科提前批68。」

白洛因噗哧一聲笑了，「你爸怎麼想的？」

「我哪知道啊，想起一齣是一齣。」楊猛歎氣，「這要是真考上了可咋辦啊？我現在每天都提心吊膽的。」

「大可不必！」白洛因拍拍楊猛的後腦勺，「放心吧，你肯定過不了軍檢。」

兩人沉默地走了一陣，楊猛突然開口問：「因子，你前陣子到底幹嘛去了？」

白洛因語塞。

「因子，你是不是不把我當哥們兒了？」楊猛試探性地問。

白洛因呼吸一滯，攥著楊猛的肩膀緊了緊。

「說實話，這麼多年，我真正交下的朋友就你這麼一個。咱倆用哥們兒形容都有點兒見外了，我一直都把你當親人。可你也知道，有些話並不是關係親密就能說，因為在乎，所以怕傷了你。」

「你不把我當哥們兒也沒關係。」楊猛笑呵呵地拍著白洛因的肩膀，「咱倆做個好姐們兒也不賴。」

白洛因：「……還別說，你要參加女兵軍檢，沒準真能過。」

楊猛竄上白洛因的後背一陣猛打。

兩人在胡同口分開，楊猛先拐進去，白洛因又走了幾步才拐進去，隔著一條胡同，白洛因突然聽見楊猛從那頭傳來的喊聲。

「因子，你是我的偶像，是我人生的標竿，無論你幹什麼我都挺你！」

白洛因眼角濕潤了。

顧海來給顧洋開門，顧洋走進去，看到白洛因不在，目露訝然之色。

「難得啊！就你一個人在？」

「嗯。」顧海悶著臉，「他回家了。」

顧洋隨口問了句，「吃了麼？」

「湊合對付了幾口。」

68：中國考試制度。將要求較為特殊，且性質需求相近的學校集中，在大規模招生前提前錄取。包括軍院、體院、藝術學院等院校。

顧洋冷冷地瞥了顧海一眼，「我問你一個問題。」

「說。」顧海點了一根菸。

「你是不是就為他活著呢？」

菸霧從顧海的口中漫出，他的目光沉睿篤定，沒有半點兒調侃的意思，「不光是為了他，也為了我自個。」

「你有自己的人生觀、價值觀麼？」顧洋問。

顧海冷笑，「你說話怎麼和顧威霆一個味兒了？」

「我只是在質疑你的話。」顧洋微斂雙目，「我沒看出你有哪一點是在為自己打算的。」

「為他打算就等於為我自個打算。」

顧洋皮笑肉不笑，「你無藥可救了，顧村長。」

「總比你麻木不仁強，窩囊廢。」顧海撣了撣菸灰。

顧洋臉歸正色，「我不是來和你逗貧的，我所就讀的學校在香港有個分校，我打算在那繼續完成我的學業，畢業之後也可能在那發展一段時間。所以我想問問你，你有沒有去香港的打算？」

「沒有。」顧海回答得很乾脆，「我不可能把因子一個人留在北京的。」

「讀書沒必要紮堆子69。」顧洋很客觀，「你們的感情能維持多久，不是用你們的相處時間來衡量的。如果你真要循規蹈矩地上你所報的那兩個大學，我真的奉勸你別浪費那個時間，如果你想要學歷，我現在就能給你弄過來。」

「顧洋，你別以為我從你手裡拿了幾個錢，就理所應當地指望著你。你給了我多少錢，我這記得清清楚楚，用不了多久，這些錢就會一分不少地還給你。別指望用任何親情和金錢來拴住我，我顧海的路是自己踏出來的，不是你們給鋪平的。」

55.

高考結束的第一天，學生們自發組織了一場謝師宴。

宴會上，老師和學生們第一次敞開心扉，數學老師的一句話讓白洛因特別動容，她說：「白洛因，其實每次看你在我的課上睡覺，我都挺心疼的，以後上了大學別熬夜了，踏踏實實睡幾個好覺吧。」

在這次宴會上，白洛因還看到了將近一年未見到的羅曉瑜，她依舊那麼漂亮，而且還多了幾分女人味。她是抱著女兒過來的，女兒長得很像她，靈動的大眼睛一會兒瞧瞧這個，一會兒瞧瞧那個，萌翻了眾人，很多學生爭搶著要抱一抱。

白洛因走到羅曉瑜跟前，笑容柔和，「老師，那次我說的話有點兒過了，您別放在心上。」

「瞧你說的，哪有老師和學生記仇的。」

白洛因從衣兜裡掏出一個小方盒子，遞給羅曉瑜。

「老師，送您的。」

羅曉瑜面露驚喜之色，「送我的？」

「嗯，裡面是一面鏡子，以後您心情不好的時候就照照鏡子，您就找不到發脾氣的理由了。」

羅曉瑜笑得臉都紅了。

這次謝師宴也等同於散夥飯，除了給老師準備了禮物，關係要好的同學之間也準備了禮物。尤其又是個收禮的大熱門，每次一有女生上前來送禮物，眾位男生就罰他喝一杯酒。於是飯局還未過半，尤其就喝多了。

白洛因就坐在尤其身邊，趁著顧海去洗手間的工夫，從包裡拿出一個東西遞給尤其。

「想來想去沒啥好送你的，就給你尋了一種藥，治療鼻炎的祕方，從一個老中醫那鼓搗來的，一共三個療程，不管用全額退款。」

這句話不知怎麼就觸到了尤其的淚點，尤其聽完之後眼圈都紅了。

「因子，其實我……」

白洛因打斷他，「行了，你甭說了，我明白。」說完狠狠地給了尤其一個友誼的擁抱。

「因子，其實我也給你準備了一個禮物，當著這麼多人的面沒好意思拿出來，就存在酒店前臺服務區了。你要是打算要，等散席了就自個去領，要是不打算要，就直接扔那吧，反正也不是什麼值錢的東西。」

白洛因在尤其的後背上重重地捶了兩下。

「其實我一直都想和你說，你是我從小長到大見過最帥的男人。」

顧海正好從洗手間走出來，聽到這話差點兒栽個大跟頭。

宴會還沒結束，顧海就接到孫警衛的電話，那邊催得急，只好先走一步。這群學生一直鬧到晚上九點多，才陸陸續續地回家，白洛因一個人走到前臺，說明來意之後，前臺服務小姐遞給了他一個巨大的包裹。

白洛因打開一看眼眶就熱了，尤其送了他一床被子。

從酒店走出來，白洛因給顧海打了個電話，結果無人接聽，只好自己打車回家了。

到了家門口，本想用鑰匙開門，結果發現門是開著的，白洛因直接走了進去，看到顧海在臥室的櫃子裡翻找東西，找得很認真，連他進來都沒有察覺到。

白洛因直接在顧海的屁股上踹了一腳，「你丫怎麼不接電話？」

然後，某個人轉身站起來，變戲法似的換成了一張冷峻的面孔。

「顧洋……」白洛因傻眼了。

顧洋似怒非怒地看著白洛因，「這一腳怎麼算？」

白洛因還在給自個找理由，「你幹嘛穿著顧海衣服啊？」

顧洋冷傲的笑容溢出嘴角，「我的衣服不適合在幹活出汗的時候穿。」

白洛因今天的情緒波動有點兒大，再加上喝了點兒酒，聽到這話立馬就急了，攥住顧洋衣服的領口就要往下拽，「你丫給我脫下來！」

「嘖嘖……」顧洋陰惻惻的笑，「我糟踐他的衣服你就心疼了？你還挺護短的麼！」

白洛因無視顧洋的嘲諷，一門心思要把這件衣服脫下來。於是兩人就擰巴上了，顧洋讓著白洛因，白洛因卻不依不饒，也不知道顧洋是不是有意的，趁著白洛因防守疏漏的時候，一股蠻力將他推倒在床上。

白洛因的手還在撕扯著顧洋的衣領，導致顧洋在白洛因眼皮上方衣領大開。

因為沒有歪心思，所以白洛因對這一幕完全免疫，可顧洋就不這麼想了。

「白洛因，隨便動手動腳可不是什麼好習慣，剛才你調戲我的那一腳我還沒和你算呢，你這又來脫我的衣服。你說，這兩筆帳我該怎麼和你算啊？」

白洛因憤憤然地去擰顧洋的脖子，想掙脫開卻沒有成功。

顧洋眸色亮了，「白洛因，我不是顧海，我的屁股不是你想踹就能踹的。」說罷就去扯白洛因的褲子，因為下手過重，布料撕裂的聲音傳到白洛因的耳邊，白洛因赤紅著眸子大吼一聲，「顧洋，你丫給我滾開，別讓我膈應你。」

「我歡迎你膈應我。」

顧洋依舊帶著玩味的笑，然後伺機將白洛因的T恤掀開，大手伸到他的腰側。

白洛因猛地一激靈，一腳踹在顧洋的小腹上。

顧洋伸出兩根手指，「已經第二腳了，你老是這麼熱情，我都有點兒不好意思了。」說罷整個人都壓在白洛因的身上，兩隻手按住他的頭，將他牢牢釘在床上，完全動彈不得。白洛因兇悍的眸子與他對視，顧洋還之以輕浮的笑容。

「白洛因，其實我和顧海的本質是一樣的，只不過一個是粗俗的流氓，一個是文雅的流氓。顧海能給你的，我都能給你，他給不了你的，我也能給你。很快你就會發現，其實我更適合你。」

「我寧願聽他說髒話，也不願意聽你說好聽的。」

顧洋絲毫沒被打擊到，還在鍥而不捨地攻擊白洛因的底線，「其實那天你暈倒在我的房間，我把該幹的事都幹了，你沒必要和我見外了。」

白洛因毫不示弱，「你意淫過度了，我這人沒別的特長，就是比別人多長了一隻耳朵。無論我是睡過去了還是暈過去了，就是一隻蒼蠅落到我的胳膊上，我都能察覺到。」

「既然這樣，那我就少說話，多幹事。」

於是，在白洛因冷冽的目光逼視下，顧洋的嘴唇緩緩下移，白洛因的身體一寸一寸變得僵硬，顧洋身上的血流一股一股變得火熱，就在他的薄唇即將貼在白洛因嘴角的一剎那，他突然停了下來，目光驟然變暗。

「果然我是個顏控70。」

白洛因沒明白什麼意思。

下一秒鐘，顧洋強行將白洛因拖到洗手間，未經他允許強行給他洗頭。白洛因掙扎不停，甩了顧洋一身泡沫和水，顧洋破天荒地大吼一聲。

「老實點兒。」

白洛因不知道這孫子在打什麼主意。

洗完頭，顧洋又將白洛因拖拽到鏡子前，兩隻手貼在他的腦袋兩側，對著鏡子仔細看了兩眼，而後拿起剪刀。

「受不了了，今兒我必須得給你剪個好髮型。」

白洛因全身上下的血液都在倒流，無法形容此刻的心情了。

「你們一家子都是神經病！」

顧洋朝鏡子裡笑了笑，「本來我們一家子人都挺正常的，是遇見你之後才變成神經病的。」

「你會理髮麼？」

剪刀在顧洋的手裡輕巧地轉了個圈，「我這人下定決心幹一件事的動機不是會不會、能不能，而是出色不出色，勝任不勝任。」

說罷，迅速在白洛因的瀏海上來了一剪子，這一剪子下去，白洛因就沒有退路了，不繼續剪完的話，他怕顧海看了會作惡夢。

顧洋在白洛因的身上圍了一塊布，然後就正式動手。

白洛因突然開口說：「我把保送機會讓給別人了，不過還是謝謝你。」

「為什麼讓給別人？」顧洋不痛不癢地問。

「我沒過審核，不夠格就是不夠格，再者我完全可以憑實力自己考。」

顧洋哼笑一聲，「你們倆都挺有骨氣的。」

談話間，頭髮已經剪出了一個基本輪廓，看著顧洋熟練的手法，白洛因心裡暗暗猜測，顧洋怎麼會有這麼一門手藝？他以前聽說過中國留學生到了國外靠刷盤子賺生活費，難不成顧洋為了生計也做過理髮師？……想著想著，睏意藉著酒勁冒了上來，白洛因的頭突然垂了下去。

顧洋只好先給白洛因理脖頸外側和耳朵後面的那些碎髮，理好了之後，輕輕將白洛因的頭抬起，讓他仰靠在椅子上睡，正準備給他理額前的瀏海，結果看到他酣睡的面龐，動作突然就頓住了。

顧海回來的時候，白洛因的頭髮已經理好了，顧洋正在給他吹乾。

看著兩人親密無間的動作，顧海的大腦瞬間充血，他幾大步跨入屋內，一把搶過顧洋手裡的吹風機，本想當面大吼，結果看到白洛因熟睡的面龐，還是硬生生地忍住了。

出了臥室之後，顧海朝顧洋的胸口重重地砸了一拳。

「你他媽到底想幹什麼？」

顧洋陰著臉看向顧海，「我幹什麼了？你告訴我我幹什麼了？顧海，不是一次兩次了，你腦子清醒一點兒！我是你哥，你在別人面前耍渾我不管，但是在我面前，門兒都沒有！我顧洋當初能捅你一刀，現在就能捅你第二刀！」

顧海的情緒漸漸冷卻，他坐到沙發上，點了一根菸，面無表情地抽著。

過了好一會兒，顧洋再次開口，「你爸又找你了？」

「嗯。」

「什麼事？」

「還能有什麼事？」顧海陰霾著臉，「無非就是參軍入伍那點兒事。」

「奮鬥了大半輩子的基業，眼瞅著沒人繼承了，他能不著急麼？」

顧海長舒了一口氣，臉色稍稍好轉了一些，「不說這個了，你來這幹嘛？」

「找一張單據，明天開庭需要用，這場官司挺懸的，明天你務必得到，就算輸了也能有個人接應我，早上九點，法庭門口見。」說完這句話，顧洋換上自個的衣服，逕自地走出門。

56.

顧洋走後，顧海回到臥室，白洛因還坐在椅子上睡，頭髮半濕半乾。

顧海拿出吹風機，怒氣之下調成冷風，直接對著白洛因的腦袋吹。雖然是夏天，可屋子裡的空調開得很大，完全感覺不到熱，反倒是這一陣冷風，把白洛因吹得一個激靈，很快就醒過來了。眼睛先朝鏡子裡瞟一眼，髮型還不錯，再一瞧旁邊的理髮師，換人了。

「你哥呢？」白洛因問。

顧海一聽這話，猛地將吹風機砸在寫字桌上，目露兇煞之光。

「你丫還沒和他待夠是吧？嫌我回來得早了是吧？」

一連兩個不分青紅皂白的質問句，也把白洛因的情緒激化了，他不明白顧海的大腦構造是什麼樣的，為什麼很簡單的一個線條，經過他大腦的一番過濾，總能拐出八道彎來。

「是，你丫一宿別回來才好呢！」

說完這句話，白洛因恨恨地解掉身上的遮布，正準備從顧海身邊走過去，突然就被他一把拽住了，胳膊用力一掄，腦袋差點兒砸到床頭櫃上。

下一秒鐘，顧海欺身壓了上來。

「你要氣死我是不是？」

「誰氣誰啊？」白洛因揪住顧海的衣服，「我做錯什麼了？他死乞白賴要給我剪頭髮，除了讓他剪，我能怎麼樣？我上去給他一個耳刮子麼？那是你哥！如果他不是你哥，我根本懶得搭理他一下！」

四目相接，兩個人的呼吸都帶著重重的壓迫感。

僵持了許久之後，白洛因開口，「我不想和你吵架。」

說完這句話就去推顧海，第一下沒推開，第二下推開了，把衣服往床上一甩，就去浴室洗澡了。剩下顧海一個人趴在床上，眼前就是白洛因的衣服，他將頭埋在裡面，聞著白洛因的體味，慢慢地調整緩和自個的情緒。

就在顧海起身打算去洗澡時，他又發現了一件讓他血脈賁張的事，白洛因的褲子竟然被撕開了，褲縫處一條長長的大口子，外露的線頭狠狠揪扯著顧海的心。

顧海拿著那條褲子走到浴室門口，推門門不開，直接踹門而入，走到正在洗澡的白洛因身邊，黑著臉將褲子直接砸在他身上，奪門而出。

顧海去樓下的籃球館打了會兒籃球，出了一身汗，身上的戾氣全都隨著汗液排出去了。看看表，已經一點多了，該回去睡覺了。

走到家門口，門上貼著一張紙，上面赫然幾個大字。

「渾人請繞道！」

顧海揚起嘴角，推門而入。

白洛因已經睡下了，顧海洗完澡也鑽進被窩，他躺下沒多久白洛因就坐起來了。

打火機的火苗冒著藍幽幽的光，很快就黯淡下來，一團團菸霧從白洛因嘴邊擴散。顧海瞇起眼睛朝旁邊看去，看到一大片光裸的脊背，不自覺地將手伸了上去。

「你和我解釋解釋，那條褲子到底怎麼回事？」

白洛因乾脆俐落三個字，「不知道。」

說完這話沒一會兒，白洛因就打了一個噴嚏，緊跟著第二個，顧海伸手拽了白洛因一把，想把他拽回床上，結果沒拽動。白洛因又打了第三個噴嚏，顧海徹底沒耐心了，胳膊肘扼住白洛因的脖子硬是把他按回床上。

白洛因嘴裡的「滾」字還沒有說出口，顧海就封住了他的唇，在他口中霸道地索取，掠奪他的呼吸，吞掉他可能飆出的任何傷人的話……然後是下巴、鼻翼、鼻尖、眼瞼、額頭、耳側……直至白洛因的呼吸從紊亂到平穩再到紊亂。

顧海停下嘴上的動作，爍爍的目光瞪著白洛因。

「是不是現在學習負擔沒有了，家長那關也過了，日子太滋潤了，你丫不和我吵吵架，心裡不舒坦啊？」

顧海最擅長的兩件事：耍渾和惡人先告狀。

白洛因掃了顧海一眼，「你先從我身上下去，我告訴你那條褲子怎麼回事。」

顧海乖乖地躺到旁邊。

兩秒鐘之後，慘叫聲在屋子裡響起。

「嗷！……別掐，那地方可掐不起啊，爺們兒何必為難爺們兒啊啊啊！……」

白洛因停手，顧海的臉都疼紫了。

「顧洋穿了你的衣服在屋子裡晃蕩，我認錯人了，就在他身上踹了一腳，結果他抓到把柄之後不依不饒的，我倆就起了口角，後來上升為武力，褲子就成現在這樣了。」

顧海心裡一緊，「他沒對你動手吧？」

「沒，就僵持了幾分鐘就停了。」

「他丫絕對是故意的……」顧海正嘟囔著，突然又覺察到什麼不對勁，接著問：「那他後來怎麼又給你剪頭髮了？」

白洛因被問煩了，怒道：「我哪知道？這個問題你應該去問你祖宗，你們顧家人的神經怎麼長的？一個個都這麼奇葩！」

顧海硬著臉沒說話。

「我就解釋這麼多，你愛信不信！」說罷轉過身，背朝著顧海。

顧海又從後面圈住白洛因，臉貼在他的頸窩，口氣還是很強硬。

「以後你盡量少招惹他。」

白洛因眼前就有個陶瓷小罐，他真想抄起來砸到後面那個人的腦袋上。

「怎麼還成我招惹他了？我什麼時候主動招惹過他？」

顧海沒聽見一樣自顧自地說著，「他這人不像我們這麼簡單，他比你能想像得要複雜得多。」

「他愛什麼樣什麼樣，我一點兒都沒興趣知道。」白洛因口氣冷淡。

顧海攥住白洛因的手，靜靜說道：「我不是想讓你了解他，我只是想提醒你，對他要有一顆防備之心，不要輕易將他和我們畫為一路人。」

白洛因突然想起來什麼，冷哼一聲。「可人家說了，你倆一個是粗俗的流氓，一個是文雅的流氓，本質是一樣的，只是表現方式不同而已。」

「一樣個姥姥！」顧海磨牙，「他丫那是自捧！我倆本質差遠了！我是嘴硬心軟，他丫是嘴硬心狠！你還記得我和你說過的那件放風箏的事麼？就從那麼一件小事裡就能看出我倆本質的不同。」

顧海不提這事還好，一提這事白洛因又想樂了，他倒是沒從這件小事裡看出顧洋的壞，倒是看出顧海的蠢了。

「別給我嘻皮笑臉的，我和你說正經的呢！」顧海將白洛因的臉扳正。

白洛因繃住笑，「行了，我知道了。」

顧海又盯著白洛因的臉看了一會兒，見他的眸子裡閃著異樣的波光，嘴角忍得直抽搐，頓感顏面受挫，咬牙撲了上去，「你還笑？你還笑？我讓你丫笑，讓你丫笑……」

「哈哈哈……呃……哈哈哈……」

第二天早上七點鐘，顧海就被顧洋的電話吵醒了。

「起床沒？」

顧海打著哈欠，「剛幾點就起床啊？你那官司不是九點才開庭麼？」

「你以為這是上課啊？可以踩著鈴進來！」

顧海揉了揉眼睛，不耐煩地說：「行了，知道了，這就起。」

結果，掛了電話之後又鑽進被窩，瞧見白洛因的眼睛要睜不睜的，表情像隻無辜的小耗子，於是又跟他膩歪了一陣，直到白洛因徹底清醒過來。

「我一會兒得出去一趟，我哥有個官司，我得去旁聽。我洗漱完了給你熬點兒粥，等你起床正好能喝上。」

「不用了。」白洛因伸了個懶腰，「我也得出去。」

「你幹嘛去？」顧海一邊穿衣服一邊問。

白洛因坐起身，「我不是把保送機會讓人了麼？之前有個老師一直給我跑這件事，我突然整了這麼一齣，事先也沒和那個老師商量，覺得挺不合適的，打算去解釋一下。」

顧海點點頭，「你和那老師聯繫好了麼？」

「你哥幫我聯繫的。」

顧海臉色變了變，沒說什麼。

兩個人都洗漱完畢，一起去臥室換衣服，白洛因朝顧海說：「你先走吧，反正我不著急。」

「一起走吧！」顧海說。

「咱倆又不順路。」

「我先把你送過去，再去找我哥。」

「費那工夫幹嘛？一人開一輛車多方便！再說了，你哥不是催你麼？你趕緊走吧，一會兒我自個開車去！」

顧海依舊堅持，「我就想開車送你過去，不然我不放心。」

白洛因拗不過顧海，只好加快動作，和他一起出門了。

車子剛駛出社區，顧海就接到了顧洋的電話。

「你到哪了？」顧洋問。

顧海的口氣裡透著幾絲不耐煩，「剛開出社區。」

「大概多久能到？」

「說不準。」顧海慢慢提速，「我得先把因子送過去，再去找你。」

一陣可怕的沉默過後，顧洋毫無溫度的聲音傳了過來。

「你上了他的車？」

顧海剛要嗯一聲，突然路口衝出來一輛車，他急踩剎車沒反應，迅速打方向盤，一個急轉彎之後才驚險避過一劫。

「先不聊了。」顧海匆匆掛了電話，扭頭看了一眼，白洛因一副驚魂未定的表情。遂把手伸過去，在他頭髮上摸了摸，柔聲安撫道：「剛才嚇著你了吧？」

白洛因深吸了一口氣，幽幽地說：「以後開車盡量少接打電話。」

顧海笑著扭過頭，車子即將上馬路，顧海踩了一下剎車，沒有反應，又踩了一下剎車，還是沒反應，顧海的笑容瞬間凝結在臉上……

57.

車子直接一個急轉彎衝上馬路，白洛因又是一陣心跳加速，扭頭看向顧海：「你今兒怎麼回事啊？」

顧海機械地笑笑，「有點兒沒睡醒。」

前方都是直道，車輛較少，顧海暫時鬆了一口氣，剎車失靈沒關係，他可以通過強制降檔減速剎車。餘光瞥了白洛因一眼，白洛因正在看著他，目光中帶著幾分焦躁不安。

「顧海，不知道為什麼，我心裡特慌。」

顧海臉上緊繃的肌肉驟然放鬆，語速也刻意放慢。

「沒事，你就是剛才給嚇著了，我給你講個笑話就好了。」

「講吧。」白洛因淡淡說道。

顧海一臉輕鬆的笑容，「你先閉上眼睛。」

「閉眼幹嘛？」

「這個笑話必須得閉著眼聽。」

白洛因不知道顧海在整什麼么蛾子，不過出於好奇，還是把眼睛閉上了，暗想中計就中計吧，頂多遭個突襲而已。

「話說有個村子的生育率總是居高不下……」顧海一邊說著、一邊直接搶入二檔，鬆油門抬離合器，車速瞬間降了下來。

白洛因剛要睜眼，顧海又開口了，「有一天鎮裡的幹部去了這個村，打算普及避孕知識，於是拿了一箱套套過來，並教他們怎麼用……」

白洛因聽到顧海還在繼續說，就沒把眼睛睜開，理所應當地認為前方有車，顧海才會急剎的。

顧海伺機掛入一檔，開始緩緩拉起手剎，小心翼翼地拉緊、鬆開……

「結果，兩年之後，這些幹部去村裡視察，發現他們村的生育率還是居高不下。」

眼瞅著車就要停下來了，前方的路口突然冒出來一輛物流派送的大車，直接從這輛車的車頭擦了過去。

「你知道為什麼麼？」顧海額頭滴下冷汗。

白洛因搖頭，「為什麼？」

「一個男人是這麼對幹部說的：我聽您的話，每天都戴著它，但是我發現戴著它沒法尿尿，於是我就在前端剪了一個口子。」

白洛因噗哧一聲笑了出來。

與此同時，有個人橫穿馬路，前面的大車突然急剎車，顧海想打方向盤已經來不及了。

「你這笑話閉上眼和不閉上眼聽有什麼區別啊？」

白洛因剛要把眼睛睜開，突然感覺一股大力朝自個衝撞而來，一瞬間天旋地轉，耳膜嗡嗡作響，身體被某個重物死死壓住，無法正常呼吸。等他再把眼睛睜開的時候，眼前就是顧海的臉，連同淌下來的血，清晰地在視線內放大。

白洛因的臉瞬間慘白，他捧著顧海的臉大喊了一聲，顧海沒有任何反應。

白洛因將視線從顧海臉上移開，眼前的景象讓他心臟驟然停跳。

兩車追尾，車頭嚴重扭曲，鋼板直插入顧海的後背，擋風玻璃破碎，顧海的肩膀和腦袋多處被畫傷。而自己卻安然無恙，只是手背上蹭破了一點兒皮。旁邊的駕駛位雖然也走形了，但是破損程度遠不及這邊嚴重。如果顧海不在最後一刻擋過來，他根本不會受這麼重的傷。

因為是公家的車，又在這種繁華的地段出事，前面的司機沒敢避責，趕緊下車查看後面的情況，第一時間撥打了一二〇。

擔心車會發生爆炸，司機趕緊將白洛因解救出來，等他和白洛因兩個人去拽顧海的時候，卻發現顧海被鋼板卡住了，司機立刻去後車廂拿工具，回來的時候被眼前的景象驚呆了。

白洛因竟然用手把卡住顧海的那塊鋼板掰開了，五指縫裡面全是血，有兩個指甲蓋都被撬開了。為了盡快把顧海從車裡解救出來，白洛因已經顧不上疼了。

道路被封鎖，白洛因抱著顧海坐在馬路中央等著救護車，顧海的後背還在往外湧血，白洛因堵在上面的手早已被血染紅，鮮血順著指縫流到白洛因的褲子上，白洛因的心撕裂一般的痛。

「顧海、顧海……」白洛因的嗓子都喊啞了，顧海也沒有一點兒反應。

旁邊的司機小心地提醒，「你把他平放在地上，這樣抱著容易出危險。」

白洛因恍若未聞，就那麼死死地將顧海箍在懷裡，誰靠近一步都不成。

從沒有一刻像現在這樣恐懼和無助，舉目四望，到處都是陌生的面孔，誰能幫幫我們？誰能把他叫醒？誰能給他止血？誰能阻止時間的流逝，讓希望永遠那麼長……

「剛才醫院打電話過來，現在是上班高峰期，救護車堵在路上開不過來。」

白洛因如遭雷劈，他低頭看了顧海一眼，心如刀割。

「從哪個方向過來的？」

「東邊……欸？你要幹什麼？」

司機的追問連同衆人的驚呼聲全被白洛因拋在耳後了，東西方向的馬路早已堵成一條長龍。他就這麼背著顧海衝上馬路，在走走停停的車輛右側狂奔著，甩了一路的血和眼淚。

顧海，你一定不能有事！我們忍飢挨餓那麼多天都熬過來了，我們衆叛親離過，苦中作樂過，該承受的，不該承受的，我們都承受了。你睜開眼睛看看，我們離幸福只有一步之遙了啊！

大海，大海……你聽到我叫你麼？你應我一聲，應我一聲吧！我們的越野車才買了那麼幾天，我們還有那麼多地方沒去。以後我們出行再也不用提心吊膽了，再也不會錯過那些好風景了。

顧海的頭始終垂在白洛因的肩窩，顛簸中他的臉頻頻蹭到白洛因的面頰，溫度伴隨著他的呼吸頻率在慢慢降低，白洛因的淚狂湧而出，早已脫力的腿仍舊在玩命加速著……

大海，你的身體不能涼，如果你的手腳都涼了，我該怎麼辦？

直到白洛因的雙腿已經喪失知覺，才有幾個醫護人員衝上前，將他背上的顧海緊急抬入救護車內。

白洛因虛脫一般地倒在車門處，面色煞白，豆大的汗珠順著臉頰滾落。聽著車內醫生匆忙的腳步聲和頻繁挪動器械的聲音，白洛因的身體不受控地發抖抽搐……

此時此刻，他突然明白，原來，在自己的心中，顧海一直都是金剛不死之身。他所謂的勇敢和無畏都是建立在這基礎之上。他之所以敢在顧威霆面前大放厥詞，不是因為他不怕顧海死，而是因為他認為顧海根本不會死。

甚至，在白洛因的意識裡，顧海連生病都不會，他永遠那麼健康，永遠不需要體貼呵護。一直以來都是他在照顧自己，他在自己生病受傷時東奔西走，他在深夜為自己暖手暖腳，他在嘗試著做飯、洗衣服、買早點……

好像他永遠有使不完的精神，好像他沒有陪著自己熬夜，好像他的作息時間永遠比自己多了N個小時……

所以，當顧海倒在自己懷裡，怎麼喚都喚不醒時，某種信念在白洛因的心中垮塌了。

原來他不是神，他也會受傷，也會示弱，也會一睡不醒。

原來我如此懼怕他的死亡，怕到不惜用自己擁有的一切去交換他的生命，只要他能活下來。

堵車狀況沒有絲毫好轉，就在所有醫護人員束手無策的時候，一架直升機出現在眾人視野中，將命懸一線的顧海從死神手裡搶了回來。

急救室的燈一直亮著，白洛因的眼淚已經流乾了，當顧洋趕到醫院的時候，他的面前站的就是個乾枯的血人，沒有任何生命氣息。

不知過了多久，一名醫生走了出來，「暫時脫離生命危險，已經轉移到加護病房。」

白洛因的嘴唇動了動，一句話也沒有說出來。

轉過身，顧洋就站在他的身後。

「你原本是想殺了我吧？」

顧洋的聲音不急不緩，在寧靜的走廊裡顯得那麼沉重。

「你這個人太危險了，你待在顧海的身邊，註定會毀了他。」

「你頻頻向我傳達好感，就是想讓我對你卸下防備之心？還是說……你早就動了除掉我的念頭，但是良心上過不去，所以想在事先彌補一下？」

顧洋沒有給出任何回答。

久久之後，白洛因開口說：「謝謝你在送我上路之前，還給我剪了一個這麼好的髮型。」

顧洋眸底暗流湧動。

白洛因從顧洋身邊經過的時候，腳步不由自主地停了下來。

「如果顧海醒了問起我，你就說我死了。」

顧洋心臟驟然一縮，轉過身想開口的時候，白洛因的身影已經消失在走廊盡頭。

我表現出的好感都是真真切切的，但是抱歉，那是我最疼愛的弟弟。

白洛因第一次去菜市場，買了蔬菜和肉提回家，第一次開火炒菜燉肉，一直忙活到晚上，當最後一盤菜端上桌的時候，第一盤菜早已涼了。

白洛因站在桌前靜靜地凝望了一分鐘，然後提著東西永遠地離開了這裡。

深夜，白洛因站在大橋上，聲嘶力竭地大喊道：「顧海，我愛你！顧海，我愛你！顧海，我愛你！……」一遍又一遍，直到哭著跪倒在冰冷的石面上。

顧海，其實我是個膽小的人，我害怕孤獨，害怕遠行，害怕傷害親人……因為遇見了你，我才變得堅強。

所以，你要好好給我活著！

感人肺腐推薦——

腦洞開到最大的極致妄想，浪漫得教人上癮！

占星專家／唐立淇

相信很多對BL有興趣的人都跟我一樣，因為追了網路劇的關係，開始回頭尋小說來看，畢竟，劇裡很多細節沒顧到，看得人一頭霧水。好比顧海對白洛因產生興趣的開始與原因，怎麼沒頭沒腦被罵幾句後就「眼裡只有他」了？讀了小說，才知原來白洛因字寫得好看，而顧海是個字控，這才恍然大悟。

讀《上癮》小說也讓我終於大大滿足，從等劇的焦慮中被拯救，雖然第二季遙遙無期，但反正已看過第一季了，知道後面的劇情，所有畫面都可以自動腦補，誰叫我們是有特異功能又擅長妄想的腐女呢？

唯一要敬告「圈外人」的是，請勿以文學的標準看待BL創作，若以此為準，《上癮》絕對有許多值得吐槽之處：好比父親把兒子關在地洞八天不吃不喝，這真的很不實際啊！照說到第三天，人就會死了吧，哪有父親還能無動於衷？或墜機在全世界都尋不到的地方，愛人卻能第一時間自帶GPS般搜尋而至，成就分離八年後，終能「綁在一起，哪都別想去」的夢幻療癒場景（當然是療癒腐女）……

通篇之中，諸如此類「不合理但腐女能接受且釋然」的安排比比皆是，因為那都是超受歡迎的老哏，而能成老哏，就因為管用、受歡迎啊！因此要問的並非劇情合不合理，而是老哏運用巧不巧妙，不用老哏，腐女才悶呢。

所謂老哏，就是用不可思議的阻礙來凸顯熱戀忠貞；面臨死亡才知道愛有多濃烈（只能瀕死不能真死）；集優點於一身，卻對愛虐待他的人死纏爛打，才顯得出專情至極……是的，我們終生都在期待這種不切實際能發生在自己身上吧，否則怎會被這些不合理吸引？（是的，我們自己知道）。那，既然都不切實際了就不切到底吧……畢竟我們知道老哏的作用是什麼，畢竟尋常強度已不能動搖心旌，腦洞只能一開再開，才能得到我們的笑容。

這也是許多腐女親自下海動手創作的原因，靠人不如靠己，乾脆當起自耕農，妄想自己來，腦洞沒有最大只有更大，能寫出妄想本身就很幸福、很過癮了，若能得到他人共鳴更棒。柴雞蛋絕對是箇中翹楚，《上癮》劇情蜿蜒曲折，內心鋪陳到位、細膩，毫不打折，主角個性夠鮮明，俊美的強攻VS強受又更增添風味，難怪讓人一吃上癮。

嗯，這是部能滿足腐女妄想的BL創作無誤，也能勾起「有為者亦若是」的雄心，是否該把高中時寫的BL小說再拿出來瞧瞧、繼續寫下去呢？

STORY 系列 011

上癮3

作　者—柴雞蛋
主　編—陳信宏
責任編輯—王瓊苹
責任企畫—曾睦涵
美術設計—黃庭祥
校　對—尹蘊雯

董事長—趙政岷
總編輯—李采洪
出版者—時報文化出版企業股份有限公司
一〇八〇一九臺北市和平西路三段二四〇號三樓
發行專線—（〇二）二三〇六六八四二
讀者服務專線—〇八〇〇二三一七〇五
（〇二）二三〇四七一〇三
讀者服務傳真—（〇二）二三〇四六八五八
郵撥—一九三四四七二四　時報文化出版公司
信箱—一〇八九九臺北華江橋郵局第九九信箱
時報悅讀網—http://www.readingtimes.com.tw
電子郵件信箱—newlife@readingtimes.com.tw
時報出版愛讀者粉絲團—http://www.facebook.com/readingtimes.2
法律顧問—理律法律事務所　陳長文律師、李念祖律師
印　刷—紘億印刷有限公司
初版一刷—二〇一六年六月三日
初版三刷—二〇二一年五月十七日
定　價—新臺幣二九九元

時報文化出版公司成立於一九七五年，
並於一九九九年股票上櫃公開發行，於二〇〇八年脫離中時集團非屬旺中，
以「尊重智慧與創意的文化事業」為信念。

上癮3 / 柴雞蛋著. -- 初版. -- 臺北市：時報文化, 2016.06
冊；　公分. --（STORY系列；11）
ISBN 978-957-13-6640-1（平裝）

857.7　　105007545

ISBN 978-957-13-6640-1
Printed in Taiwan